転生冷術士の酒場経営

著　者　普通のフリーター
イラスト　吉武

ルッツ
店主の弟子であり、
『レイ』の従業員。
クリスタにとっては双子の弟。
ヴィンフリーデ
交易都市領主の娘であり、
エーディリトの妹。
店主
酒場『レイ』の主人。
日本からの転生者であり、『冷気』のルーンを持つ唯一の人物。

マルグレート
鍋工房の孫娘。
祖父のディトマを慕うおじいちゃんっ子。
レオナルト
交易都市の騎士団に所属する
青年であり、『レイ』初の客
エーディリト
交易都市の騎士団に
所属する少女騎士であり、
交易都市領主の娘
クリスタ
交易都市の騎士団に所属する少女騎士であり、
ルッツにとっては双子の姉。

1杯目　大汗のエール……7
2杯目　農民に供するつまみ……23
3杯目　豪商に供する料理……41
4杯目　姫騎士に供する美酒……49
5杯目　詩人に供するつまみ……79
6杯目　妙技が生む氷菓……97
7杯目　パン職人に供するまかない……123
8杯目　旅立つ者への餞別……147
9杯目　かぼちゃの少年……157
10杯目　リンデンベルクの血（番外編）……177
11杯目　端材の弟子……189
12杯目　双子をつなぐ一品……213
特別書き下ろし　幼姫に供す氷菓……240
あとがき……283
人物設定資料……286

転生冷術士の酒場経営

著者 普通のフリーター　イラスト 吉武

MAG Garden

1杯目
大汗のエール

吹き抜ける風はどこまでも穏やかであり、涼とするにはあまりにも頼りない代物である。

　まして騎士レオナルト・エーベルスは巡回任務に合わせた略式の装いとはいえ金属鎧《よろい》に身を包み、夏の日差しの下馬を駆っているのだ。

　これで暑くないと言ったら、決して虚言を吐かないという騎士叙任の際に奉った誓いを破ることになってしまうだろう。

　猛暑が容赦なく全身をさいなみ鎧の内部を蒸し風呂じみた状態へ変じさせ、着実に体力をこそぎ取っていく。

　特に兜《かぶと》の中はひどい。内部に充満した熱気で汗が蒸らされ、暑さと臭気で頭がどうにかなりそうである。

　だが、泣き言を言っている場合ではなかった。

　彼の眼前では、今まさに街道を行く行商人たちが恐るべき魔物……牙馬《きばうま》に襲いかかられようとしているのだ。

「ハイ！　ハイ！」

　愛馬の横腹へ蹴りをくれてやりながら、『風』のルーン文字が刻まれし騎士剣を引き抜く。

　普段ならば貴族《メイガス》を貴族たらしめる象徴たる魔術を用い、この距離からの一撃でけりをつける相手だ。

　だが、今は位置取りが悪い。

　レオナルトが得意とする真空の刃《やいば》を打ち放てば、それは牙馬のみならず救出すべき行商人たちをすら傷つけてしまうだろう。

　だが、レオナルトと牙馬……彼我の行商人たちに対する距離の差は明らかだ。

　このままでは、守るべき民が魔物に蹂躙《じゅうりん》される様を黙って見守る結果となる。

「ええい！　ままよ！」

　叫ぶと同時、レオナルトは己の魔力を解放しながら鞍《くら》の上に立ち——跳んだ！

　鞍の上に立ったままでは驚嘆すべき武芸の冴《さ》えというべきだが、その後の行動はいかにもまずい。

　疾走する馬の速度というものは、およそ百五十里の距離をわずか半刻で走破するほどのものである。

そこから身を投げうったならば衝撃と鎧の重さに押し潰され、無残な死を遂げるのは誰の目にも明らかだ。

では、レオナルトは民を助けられぬ非力を悔い自らその命を絶ったのか?

その答えは、否である。

――見よ! レオナルトの全身を包み込みし旋風を!

超極小規模の竜巻と化せしそれは内部の騎士を一切傷つけることなく、矢弾のごとき速度でもって牙馬へと打ち出しているのだ。

これこそ貴族! これこそが騎士!

『風』のルーン文字を神々から賜《たまわ》りしレオナルト・エーベルスが見せた、魔術の冴えであった。

「いあ――っ!」

たちまち牙馬へと飛びかかったレオナルトは、裂帛《れっぱく》の叫びと共に愛剣をその首筋へと振りかざす。

断末魔の雄たけびすらもない。

小剣のごとき牙を備えし恐るべき魔馬《まば》は、見事その首を撥《は》ね飛ばされ横に倒れた。

「――と、と」

だが、残心するまでもなくレオナルトの戦いはそこで終わらない。

自身を風の力によって打ち出す秘技は制御の難しき奥の手であり、これを誤れば待っているのは死なのである。

己を包み込む風を操り、打ち出すのに使ったのと同等の力でこれを相殺していく。

その最中で兜が吹き飛ばされ、二十代半ばへ達しようかという青年騎士の顔が露となった。

そしてどうにか着地へ成功し、無事レオナルトはバルクア草原の草々を踏みしめることとなったのである。

「騎士様、ありがとうございます!」

兜を拾いつつその声に振り向くと、助けられた行商人たちが口々に礼を述べながらレオナルトのもとへ集まってくるところだった。

「よい、気にするな。力持たぬ平民を魔物から守るためにこそ、神々は我ら貴族へルーンの恩寵《おんちょう》を授けてくれているのだからな。いわばこれは、神々の意思を俺が代行したにすぎんのだ」

遅れて駆け寄った愛馬の首を撫《な》でてやりながら、レオナルトはそのように言い放つのみだ。

そして清廉なる騎士はひらりとその背に飛び乗ると、

「それより、リッカルの街はもうすぐそこだ。もはやこの周辺に魔物はいないと思うが、俺が送り届けることにしよう」

そう宣言し、行商人たちから更なる感謝の言葉を述べられたのである。


交易都市リッカルはモンレーア王国の主要四街道が交差する場所に位置する上、その脇には大河ドナーニを、正面にはカルネヴァ海をいただくまさに交通の要所である。

必然、街路には種々雑多な人々が行き交い、大いに賑《にぎ》わうこととなった。

だが、陽も傾こうかというこの時分になるとそれら人々の行き着く先はおのずと三つへ絞られることになる。

すなわち、自らの住まいか、あるいは宿か、もしくは——酒場だ。

そして無事に今日の任務を終え平服に着替えたレオナルトが探しているのは、本日自らの肉体に課した労をねぎらうための酒場であった。

(さて、どこへ出向いたものか……)

平服に着替えてなおとめどなく溢れる汗を袖口で拭いながら、思案する。

(いつもの店へ顔を出すのもいいが、たまには新規の店を開拓するのも面白い)

下級貴族故の気楽さで飲み屋街を歩きながら、そのようなことを考えていたのである。

と、その足が止まった。

人にぶつかりそうになったわけではない。

いかに人通りが多かろうと、培った修練により無意識のうちそれらを避けられるレオナルトだ。

では、何故足を止めたか？

（はて、冷気……？）

涼としてはいささかばかりも頼りにならぬ潮風を押しのけて感じられた、その冷気にであった。

冷気の源を探ってみるとそこには、

（酒場……？　新しくできたのか？）

日頃から飲み屋街の探索に余念のないレオナルトをして覚えすらない、真新しい酒場がその扉を開け放っていたのである。

造りはリッカルにおいて一般的な石造りのそれで、看板には『レイ』という聞きなれない響きの店名が力強い字で記されていた。

（ふうむ、面白い……）

そう考えるのと足を踏み出すのとでは、どちらが先であっただろうか？

ただひとつ確かなことは日が傾いてなお衰えを知らぬ猛暑の中にあって、その店から感じられる冷気は悪魔的誘惑性をもってレオナルトを誘っていたのだ。


決断的に店内へ踏み入る。

（おお……まるで高原のごとき涼やかな空気だ……）

その瞬間にレオナルトの全身を包み込んだのは、真夏の港町ではありえない清涼な空気であった。

大きく息を吸い、吐く。

ただただうっとうしく感じられた汗が急激に冷却され、本来の役割を果たしていくのが何とも言えず心地よい。

「いらっしゃいませ」

堪能していたところへかけられた声に向き直り、レオナルトはぎょっと立ちすくむこととなる。

何故ならば、その声の主がただ単純にでかかったからだ。

身の丈は二メートルを超えているのではないか？

明るい色の茶髪は短く刈り揃えられ、にこりとした笑顔と相まって人懐っこい印象を見る者に与える。

だが、その全身はくまなく鍛え込まれており純白の調理衣を下から押し上げているのだ。

格好を見るにこの店の店主と考えて間違いはないが、

明らかに職種を間違えている。

もしもこの人物に騎士鎧を着せたのならば、絵画に描かれた英雄のごとき勇壮さを感じさせたことであろう。

レオナルトがそう思ってしまったのは、何もこの青年が立派な体格をしているからというだけではない。

その全身に満ち満ちている、暴圧的なまでの魔力も原因であった。

単純な魔力量でいえば、レオナルトのおよそ五倍ほどにもなろう。

酒を飲もうという弛緩《しかん》した気持ちは消えうせ、思わずかしこまってしまうレオナルトであった。

「し、失礼……。一見して酒場の店主に思えますが、どこぞの大身貴族の方とお見受けする」

「ああ、いや、それは違うんですよ……」

青年は困ったような顔で笑うと、ぽりぽりと頬をかいてみせた。

「確かに以前は貴族姓を名乗っておりましたが、今はそれを禁じられている身の上でして……」

「何と、とてもそのようには……」

と、そこまで口にしたレオナルトの脳裏にはっときらめくものがあった。

――ヴィンガッセンのドン亀。

そのように貴族たちの間で揶揄《やゆ》される、大貴族家の嫡男がいたのである。

「……ヴィンガッセンの？」

「ええ、そのドン亀です。体格も魔力量もヴィンガッセン様に似たのですが、神から授かったルーンは今も使ってる『冷気』だけでして。そのように戦闘へ向かぬルーンしか持たぬのでは民を守る貴族としての責務が果たせぬと、勘当されるに至ったのですよ」

はっはっは、と快活に笑う青年を見て不憫《ふびん》に思ってしまうことを禁じえないレオナルトである。

（これが噂の、『土』『水』『火』『風』いずれのルーンも授かれなかったという……。神々を疑うなどあってはならぬが、しかしこれは……この魔力なら三つ……

いや四属性全てを授かってもおかしくはない）

息を呑《の》む。

ヴィンガッセン家といえば四大貴族家の一つであり、青年の身から放たれる魔力はその嫡男として申し分ないほどの凄まじさだ。

（それで授かれたのが、『冷気』などとは……！　そのようなルーンでは戦いようもなく、さぞかし無念であられることだろう。しかも、ご実家から遠く離れたこの地にて酒場を営むほどに落ちぶれようとは……）

わずか一瞬の間に、これだけの思惟《しい》が脳裏を掠《かす》めた。

しかしながら腑《ふ》に落ちないのは、青年が放つ明るい雰囲気だ。

稀《まれ》にだが、その地位を失う貴族というのはいる。

といっても、この青年のように四属性いずれのルーンも授かれなかったという事例は他に聞いたことがない。

貴族が除籍される理由というのは人民の模範たる貴《メイ》族《ガス》に相応《ふさわ》しくないおこないを取るか、もしくは極端に魔力量が乏しいかといういずれかの場合のみなのだ。

ともかくいずれの場合も、本来歩むはずだった人生の道を踏み外した悲観から暗く重苦しい空気を身にまとっているものだった。

しかして、この青年はどうか？

まるで、この状況に不満はなくむしろ今の状態こそ自らが望んだものであるかのごとく振る舞っているのである。

「さ、それより立ち話もなんです。どうぞ、どの席も空いておりますよ」

「ああ、いや……」

このような憐憫《れんびん》の気持ちで相手と向き合うのは、騎士として恥ずべき行為である。

だからさっさと店を出てしまうのが正解だったのだが、どうにもその機を逸してしまったようだ。

青年に促されるまま、カウンターの一席へ座ることになる。

「だいぶ汗をかいておられるようですので、私としてはエールをオススメしますが？」

「ではそれを……ちなみに一杯いくらで？」

「はい、大銅貨で五枚をいただいております」

「そ、そうですか……でそれをください」

「はい、かしこまりました」

さすが大貴族出身だけあってうやうやしく洗練された動作でカウンター内へ引っ込む青年を見ながら、レオナルトは胸中溜《た》め息をついていた。

（エール一杯が大銅貨五枚だと……？　馬鹿な。相場が大銅貨二枚だというのは、この街の酒飲みなら誰もが知っている！　元々は大貴族の御曹司だ……そういった調べが足りなかったのだろう）

ますますもって、哀れみの念が強くなった。

市井に身をやつし、商売で身を立てようという心構えは立派である。

少なくとも、己が同じ境遇となってここまでさっぱりと割り切れる自信はなかった。

が、相場すら知らぬのでは店を維持していくことなど叶《かな》うまい。

そうして待っているのは、お定まりの転落人生なのだ。

だが、そのような思いはたちまち霧散し果てることになる。

（何だ、あれは……？）

レオナルトが注視したのは、青年が今まさに扉へ手をかけたその奇妙な箱であった。

素材は鉄製のようであり、細身の少年少女ならばすっぽりと収まれそうな大きさがある。

そして青年が今まさに明け放とうとしている扉には、見たこともない奇妙な文字が刻まれているのだ。

何となく自身が操る『風』のルーンにも似た形であることを考えると、これが神々の手によって青年へもたらされたという『冷気』のルーン文字だろうか？

（だが、一体それで何をしようというのだ……？）

惑乱している間にも扉は開かれ、内部の様相を見せつける。

箱の内部は上下に複数の仕切りがしかれていたが、その全てにずらりと並んでいるのが……ガラス製のジョッキであった。

ジョッキは大きく分厚い作りとなっており、いかにも持ち応えのありそうな取っ手といい滑らかな曲面を形作る飲み口といい何とも……何ともレオナルト好みな代物である。

（相場は知らずとも、エールをよりうまく味わうための作法は心得ておられるらしい）

これによって、レオナルトの青年に対する評価は好転を迎えた。

モンレーア王国の男は、その血も汗もエールによってできている。

そのような国民性であるから貴族平民を問わずエールは豪快に飲み干すのが当然の仕儀とされており、それにはジョッキを支える頑丈な取っ手と味わいのまろやかさを増す曲面の飲み口を備えたガラスジョッキこそが至高であるとされていた。

青年が取り出そうとしているそれは、まさにその要件を備えた最高の一品である。

……ただひとつ解せないのは、何故このような箱の中へ収めているのかということであったが。

しかも、この箱は一つだけではない。

それぞれ大きさこそ微妙に異なっているものの、同じようにルーン文字を彫られた鉄箱がいくつも厨房《ちゅうぼう》内に並べられているのだ。

（まさか、その全てにジョッキやグラスを収めているのか……？）

年齢に見合わぬ場数を越えてきたレオナルトの勘働きは、しかしこの時ばかりは予想を外した。

次に青年が手をかけた鉄箱から取り出されたのは……瓶である。

それはレオナルトにとって、非常に見慣れた形状の代物であった。

――ヴァインツアインエール。

青年の生家たるヴィンガッセン家と同じ四大貴族の一つ、ヴァインツアイン家の領地で生産されしエールの瓶である。

王国有数の大穀倉地帯を有するこの地方のエールは国中に流通しており、最も一般的で最も美味なエールとして知られていた。

無論、流通の際は木樽にて運搬されるわけだが、それを各地方の都市で肝煎りの商会が瓶詰めにするのだ。

何故ならば、樽から柄杓で汲《く》み上げるよりも一度瓶詰めにしてからジョッキへ注いだ方が良い泡立ちとなるからである。

ことりと音を立て、エールの瓶とガラスジョッキとがカウンターに置かれた。

途端、レオナルトの全身がぞわりと総毛立つ。

何故か？

……置かれた瓶とジョッキから漂う冷気が、その頬を撫でて通りすぎたからだ。

涼やかな店内にあって、それ以上の圧倒的な冷気をこの二つの品は有していたのである。

（冷やした……のか？　エールとジョッキを……？）

疑う余地もない。

ルーン文字を刻まれし鉄箱こそはレオナルトの騎士剣同様、青年の魔力を発現するための発動体だったのである。

「お注ぎいたします」

手に取った瓶の栓を抜き、ジョッキを掴み上げながらそう言う青年にレオナルトは返す言葉がない。

その動作一つ一つに微塵《みじん》の隙もなく、練達された技芸を感じさせたからであった。

同様のことを剣の素振りで成すとして、自分はあと何年の月日を重ねねばならないか……。

そのように思わせる所作である。

そして、ジョッキにエールを注ぎ込む姿がまた美しい。

全身の関節はにかわでも塗られたかのごとく完全に固定されており、ジョッキと瓶の角度に迷いというものが一切感じられないのだ。

同様の所作を何千何百と繰り返し、その動きを体に染みつかせていなければできない芸当である。

そうして注がれたエールはしずくの一つに至るまで青年の制御下にあり、熟練の『水』使いでもこうはいくまいと思わされた。

「お待たせいたしました。エールです」

青年の手によって一つの芸術が完成し、レオナルトの眼前で冷気の白煙を立てる。

生唾を飲み込むという騎士らしからぬおこないを、しかし禁じえない己がいた。

思えば、店主たる青年の魔術によって体は冷やされ汗も徐々に引きつつある。

だがそれは、あくまで肉体の外側に限っての話だ。

この喉が、流していった汗と同じだけの水分を欲しているのである。

そのような状態で、目の前に出されたのがこれだ。

ジョッキは人ならぬ身でありながらも先ほどまでレオナルトがかいていた量に倍する汗で全身を濡《ぬ》れさせており、寝台へ誘う貴婦人のごとき妖艶さを漂わせている。

その汗とジョッキに包まれながら朱色のきらめきを発しているのが注がれたエールであり、飲み口の部分では純白の泡が蓋となってこれを閉ざしていた。

（違う……これは違う！　俺が今まで飲んできたエールとは……絶対に……！）

これほどの身震いを覚えたのは騎士に叙任されて間もなき日、初の大規模魔物掃討へ駆り出された時以来であったか……。

震える手で取っ手を掴み上げ、

（ままよ……！）

それを一息に、喉奥へと注ぎ込んだ。

瞬間、レオナルトを襲ったのは喉元を刃物でえぐられたかのごとき衝撃であった。

（苦い……！　苦いがこれは……！　何という心地よさか……⁉）

この瞬間、レオナルトは悟った。

自分が今まで飲んできたのは、エールとは名ばかりな馬の小便にすぎなかったのだということを。

エールとは苦いものだ。こんなことは子供でも知っている道理である。

だが、たった今すぎさっていったこの苦味はきりりと研ぎ澄まされており、何ともいえぬ爽快感へと変じてレオナルトを魅了していたのだ。

その後に感じられるのは、甘みである。

これまで飲んできたそれと比べると、こちらのそれはやや控えめなものだ。

だが、ややもすれば舌を疲れさせるだけの色合いもあったあちらに比べ、この甘さの何と上品で心地よいことか。

何よりも、この身を内から冷やしていく圧倒的な涼感だ。

巡回任務で愛馬と共に駆け巡り、また牙馬との戦いも経たこの全身は鍛冶場の鉄と同様の状態であったはずである。

いかに店内へ冷気が充満していようとも人間とは巨大な水袋であり、一度沸騰したそれはそう簡単に冷え切るものではないのだ。

——それが今、冷えた。

たった今飲み込んだばかりのエールが全身を駆け巡り、これまで流れていたぬるま湯のごとき血潮へ代わって毛穴一つ一つに至るまで、完全に冷却せしめてみせたのである。

(これならばいくらでも飲める。つまみなどいらぬぞ……!)

たちまちのうちにジョッキを飲み干し、ぷはっと己の身分にあるまじき下品な吐息を立ててしまうレオナルトであった。

そのことに気づき、はっとした顔で青年を見るが彼は上品な笑顔を変えていない。

「これは……侮っていました。失礼ながら、相場も分かっておられぬのであろうと。しかし……これならば納得です。むしろこの値段でなければ、リッカルに存在する無数の酒場はたちまち潰れてしまうことでしょう——冷えたエールというのは、これほどまでにうまいものだったのですな」

「ええ、人間の味覚というのは温度によって同じものでもその感じ方を変えます。冷やしたならば苦味や甘みはよりやわらかなものへと変じ、かえって洗練されて感じられるのです。ましてこの暑い中、冷えた飲み物をうまいと感じるのは当然の理《ことわり》」

青年はそこで一度区切ると、己自身にも言い聞かせるように続く言葉を紡ぐ。

「――ルーンは神からの賜りもの。私が『冷気』のルーンを授かり市井の人となったのは、この味を知らしめよという神のご意思であらせられるのでしょう」

「いかさま」

青年のそれにも負けぬ穏やかな笑顔で、レオナルトはそう応じることができた。

これは――これは幸福の味だ。

日々の働きに疲れきった肉体を内より癒し、また新たな活力を与えるまさに神の水なのである。

「おかわり！」

偉大なる神々の采配に心より感謝を捧げながら、レオナルトはジョッキを突き出すのだった。


（神々というものがいるのだとしたら、まさにこれはその配慮なのだろう）

新たにエールの準備をしながら、そう青年は思いを馳せる。

（あれからもう、二十年も経ってしまったか……）

あの日――。

地球と呼ばれたあの世界で料理人として暮らしていた彼は突如、脳内をかきむしられるような痛みに襲われ意識を失うことになった。

そして気がつけば……この世界において赤子として第二の人生を歩み出すこととなっていたのである。

大貴族の嫡男という新たな身分の人生は、しかし決して平坦《へいたん》なものではなかった。

何しろ、その地位において必須であるはずの四属性ルーンをいずれも手に入れられなかったのである。

代わりに授かったのが、まったく戦闘には使えない『冷気』のルーン文字だ。

なまじ自らと同じ体格と魔力を有して生まれた息子だっただけに、第二の父は激しくこれを悲観した。

紆余《うよ》曲折の末、下された結論が放逐だ。

千枚ばかりの金貨と引き換えに、青年は第二の姓を捨てさせられたのである。

（だが――これも悪くない）

おかわりのエールを歓喜した顔で受け取る騎士を見ながら、青年はそう結論づけた。

結局のところ……世界が変わろうと、生まれが変わろうと、不可思議な力を授かろうとも。

——己が生くるのは、このような場こそが相応しいのだろう。

ふと入り口を見やれば、新たな客がそこへ立っていた。

やはり大汗をかいており、店内の冷気に驚いたかきょろきょろと周囲を見回している。

「いらっしゃいませ」

青年はそれを、心からの言葉で出迎えるのだった……。

2杯目

農民に供するつまみ

交易都市リッカルに存在する市場の賑わいを例えるならば、大河ドナーニの水流をそのまま人間に置き換えたかのごとしである。

とにもかくにも、人の流れというものが途絶えることはない。

太陽の運行を司るとされる主神アガーフィヤが日没というものを定めておらねば、この場所から人の流れが途絶える時間はなかったであろう。

このような場に人一人が紛れ込んだのならばそれは簡単に埋没してしまうはずであったが、しかし何事にも例外というのは存在するものだ。

そして『レイ』の店主たる青年こそは、まさしくその例外の一人だったのである。

何しろ、二メートルを超えるこの長身だ。

道行く人々より頭一つか二つは高いその姿は注目の的であり、平服を身にまとい背負いカゴを背負った姿に誰もが一度は目を留めるのである。

だが、人々の視線など気にかける店主ではない。

彼にとって重要なのは周囲の人間たちではなく、眼前の屋台に並べられた野菜類の方なのである。

その眼差しは魔物と対峙《たいじ》した騎士のものと同質かあるいはより苛烈なものであり、屋台の主などはやや萎縮して腰が引けてしまっている有様であった。

「ど、どうかな？　どれも新鮮！　近場の村で採れたのをすぐに運び込んできたものだよ……！」

それでも売り文句を告げてみせるのは、商売人の本能というものであろうか。

だが残念ながらこの時店主は己の意識へ埋没してしまっており、その言葉は耳に届いていなかったのである。

（レタス、きゅうり、トマト、ナス、パプリカ……いずれも瑞々しさを残している。特にトマトは当たりだ。熟したものをもいでるわけだから、青いまま出荷する地球のものより上等かもしれない。だが、肝心のレタスが……な）

このことだ。

他の野菜でもそれはいえるが、特にレタスは虫食いの痕跡が多く外葉のところどころに小指ほどの穴が開いてしまっている。

（別に虫食いがあるから危ない、というものでもないが……）

ここは現代の地球ではない。

中世程度の農耕技術しか持たぬ異世界なのだ。

（肥料も下肥《しもごえ》や家畜の糞《ふん》……農薬があるわけでもなし……）

この世界に転生して以来、店主が渇望してやまぬものがあった。

――葉野菜の生食。

食卓にサラダを供するのが当たり前の食文化に育った人間として、ささやかな……しかし強烈な欲求である。

（実野菜ならばともかく、やはり葉野菜の生食は危険か……）

結局は、いつもこの結論へとたどり着く。

目に見える虫の食害だけではない。

どのような寄生虫、菌が住み着いているかも分かったものではないのだ。

現に第二の生家においても、生の葉野菜などは一度も食卓へ並ばなかったのである。

この世界に生きる人々も経験によって、その危険性を見抜いているということであろう。

（野菜の味そのものは良いだけに、残念なことだ……）

日本の料理史において近代までサラダ料理が発展しなかった理由として、危険性の他にもう一つ問題があった。

……野菜の味が悪かったのである。

品種改良も進んでおらず、化学肥料も存在しなかったのだからこれは当然のことであった。

そもそも生食に向いた野菜が伝来していなかったというのもあるが、ちしゃ（サニーレタス）や大根などは存在していたのだから味さえよければもう少し事情が異なっていたのではないだろうか。

それを踏まえると、この世界における野菜の味は驚くべきものがある。

どれもがまるで神が最初からそのように形作ったかのごとく農法に適した生態をしており、味も地球で食したものに比べそう見劣りするものではないのだ。

……いや、まるでというより神殿においては「神々が食物をそのように形作った」と断言しているのだが。

ともかく、危険性の問題から生食できないのは非常に残念な味なのである。

(サラダは諦めるとして、やはりいつも通りあの調理法でいくか……)

頭を切り替え、少しでも己の求めるものへ近いレシピを思い浮かべていく。

何も生まれた姿のままドレスで着飾るのみが、野菜の味わい方というものでもないのだ……。

降り注ぐ日差しは情け容赦というものを知らず、道行く人々から汗と共に体力を削り取っていく。

このような熱射の中にあっては自然と首をうなだれさせてしまうのが人間という生き物であったが、そのようにする人々の中にあって意気揚々と顔を上げて歩く少年の姿があった。

暑さを感じないのではない。

全身から汗をじっとりとにじませ、あちらこちらにつぎはぎの跡がある服がぴったりと肌へ貼りついているのだ。

普段ならばその不快さで、不敬にも主神アガーフィヤへ呪いの言葉を呟《つぶや》いてしまうところである。

だが、今日ばかりはそのような気分にはならなかった。

むしろ、自身へ降りかかるこの日差しこそはアガーフィヤのもたらす祝福であると信じることができたのである。

何故か?

名をコルネスというこの少年こそは、ほんの半刻ほど前にリッカルが誇る大神殿で洗礼を受けし新たなる神のしもべだからであった。

男女を問わず全ての人間は、十五の齢《よわい》を重ねた年に神殿で洗礼を受けることになる。

この年齢まで生きられたことを神々に報告するためであり、自身を育んでくれた神々の恩寵へ感謝を捧げるためでもあった。

神官を通じて祈りを受け取った神々はこれをもってその人物を一人前の人間として認め、成人としてふるまうことを許すのである。

これを経ぬうちはどれだけ年輪を重ねようとも半端者にすぎず、逆に経たならば先達らに負けぬ神々の使徒として生きることを要求されるのであった。

それは喜びでこそあれ、断じて重荷ではない。

全ての人間は神々の落とし子であり、子が親へ孝行するために全力を尽くすのは当然の仕儀であるのだ。

誇らしさで胸を膨らませ、熱気をたたえた空気を吸い込む。

この全能感は、決して錯覚ではあるまい。

（今の俺にはきっと何だってできる！）

若者らしい酩酊《めいてい》にも似た感情を抱きながら、力強く石畳の街路を踏みしめていった。

いや、これは実際に酔っていたのかもしれない。

何も酒精の力のみが、人間を惑わせるわけではないのだ。

この機会に、普段自分たちの作った作物が出荷されているという町並みを見て回りたいという好奇心。

そして遮二無二体を動かさずにはいられない高揚感とが合わさった結果……コルネスは見事、道に迷ってしまったのである。

（あれ……ここはどこなんだ？）

ふと空を見上げれば、主神も今日の働きを終えるつもりになっているのか陽が傾きつつあった。

（そろそろ宿に戻らないといけないんだけど……）

コルネスは今日、街へ入ると同時に宿を取ってある。

彼の住む農村からリッカルまでは徒歩でおよそ半日ほどの距離にあり、洗礼が終わったその足で帰ると夜半に至ってしまうためであった。

きょろきょろと周囲を見回す。

どうやらこの辺りは飲み屋街となっているらしく、似たような石造りの店舗がずらりと並んでいた。

いずれも特色豊かで、羊の串焼きを客の前で焼いている店があり、新鮮な魚介を大鍋で煮込んでいる店がある。

純情な田舎少年であるコルネスが思わず目線を逸らすことになったのは、やたらと露出の多い衣装を着た女が客を呼び込んでいる店であった。

ぐう……と、腹が悲鳴を上げる。

（そういえば、道すがらパンを食ったきりだ……）

そのことへ思い至ると、空腹をさらに意識することになった。

希望や誇らしさだけでは、人間は動けぬ。

一刻も早く何かを口にしろと、己の胃袋が盛んに訴えかけてくる。

（食い終わった後で道を尋ねれば、一挙両得ってやつか）

そう考えたコルネスの腰には、小さな皮袋が吊り下げられていた。

この中には幾ばくかの金が収められている。

洗礼の際、神に捧げる供物として自分たちが収穫した作物と共に両親が渡してくれたものであった。

――せっかく街へ行くんだ。これで何かおいしいものを食べてきなさい。

その時にかけられた温かい言葉を思い出す。

神殿への寄進と宿代の分は減っているが、それでもコルネスにとっては大金と呼べる額が残っているはずであった。

道の端に寄り、皮袋の中身をあらためる。

大銅貨が二十五枚。

それが手持ちの全財産であった。

（えっと確か……宿で明日の朝五枚渡すと、パンとスープがもらえるんだよな）

今日成人するに至るまで、算術などとはおよそ無縁の生活を送ってきたコルネスだ。

脳の普段使っていない部分をきしませることになっ

たが、実物が目の前にあるのだから何とかなる。

……これで残りは二十枚。間違いはないはずだ。

（半分は、皆へのお土産に使うとして……）

残る大銅貨の枚数は、十枚ということになる。

たっぷり百は数えられる時間をかけて勘定を終えたコルネスは、十枚の大銅貨をズボンのポケットへつっ込んだ。

（これで払えるだけの、一番うまいものを食ってやる……！）

普段は農夫の子として畑仕事に従事するコルネスであったが、この時ばかりは狩人の気分である。

（肉がいいか……魚がいいか……）

己の胃袋に問いかけながら、飲み屋街の探索を開始した。

（やっぱり、魚がいいかな……）

リッカルからおよそ半日の距離に住んでいるとはいえ、海産物は足が早い。

この時期のそれとなると、行商人が運んでくる魚介類は塩漬けや干物などが主な品揃えとなる。

新鮮な夏の海産物というのは、今日この日に相応しい献立であると思えた。

（おや……？）

そのようなことを考えながら道を歩いていたが、ふとその足を止めることになる。

（涼しい……？）

冷やりとした、何とも心地よい風に頬を撫でられたからである。

気のせいかと思ったが、そうではない。

この夏場にあっては大河ドナーニの川べりにあってさえも味わえないような涼風が確かに、どこからか流れ出てきているのだ。

そうなると、これまで身を焼いていた暑さを意識せざるを得ない。

夏の虫が火に寄せられるものだとすれば、夏の人間は涼にこそ寄せられるものだ。

半ば無意識のうちにコルネスは冷気の源を探り出し、そこへ足を進めていたのである。

コルネスには店の看板に書かれた字を読むことはで

きなかったが、その力強い字体は非常に印象的であった。

「いらっしゃいませ」

自分を迎え入れた言葉の先へ自然と視線をやり、コルネスはぎょっと立ちすくむこととなった。

――まるで巨人のような。

カウンター越しにさえ、そう形容するに相応しい迫力を感じさせる青年がそこにはいた。

調理衣を身につけているところを見るに、この店の店主であるに違いない。

それが田舎者のコルネスをして洗練されていると感じさせる動作で、お辞儀をしてみせたのである。

それだけでコルネスは、ここが自分にとって場違いの店ではないかという懸念を抱くに至った。

何も、店主らしき青年の挨拶だけがそう感じさせたのではない。

吟遊詩人が語る高原を思わせる涼やかさで満ちた店内には、農村出身の少年には人種からして違うと感じられる人々が集っていたのである。

カウンターでエールを呷《あお》る精悍《せいかん》な青年は騎士剣を腰に携えており、騎士であるに間違いない。

テーブル席ではきらびやかな宝石や貴金属で着飾った小肥《こぶとり》の男がエールもそこそこに、何やら茶色いものの かかった白い穀物へ匙《さじ》を突き立てていた。

別のテーブル席には調理衣を着崩した男が座っており、こちらはエールの供にパスタ料理を選んだようである。

唯一、コルネスが親近感を抱けるのは騎士との間にひとつ席を挟んでカウンター席へ腰かける剃髪《ていはつ》の男で、見るからに肉体労働者らしい逞《たくま》しい体つきをしていた。

だが、この中で彼だけがエールを注文しておらず、ガラスを粉々に砕いたような奇妙な代物へ匙を突き立てている……頭頂部にはたれらしきものがかかっているとはいえ、これは果たして食べ物なのか？

いずれにしてもいえるのは、農村出身の新成人と比べて遥かに金回りが良さそうであるということだ。

（大銅貨十枚で支払えるところなのかな……？）

意気揚々と乗り込んではみたものの、そのことへ思い至って急に不安を覚えるコルネスである。

自分にとって、両の指全てを足したのと同じ数の大銅貨はこれまで手にしたこともないほどの大金だ。

だが、この街の人間にとってはどうなのか？

ひょっとしたら、大銅貨十枚ごとき子供の小遣いくらいにしか思っていないかもしれないのである。

（いや、お金の問題もあるけど……）

再び、客たちの姿を見回す。

誰もが貫禄のようなものを漂わせており、自分の職能に対し絶対の自信を持っていることがうかがえた。

それは自分にとって、金以上に馴染《なじ》みのない代物である。

（やっぱり、場違いだよな……）

きびすを返そうとする足は、しかし店主の言葉によって阻まれた。

「さ、お暑い中お疲れでしょう。よろしければどうか、こちらのカウンター席でおくつろぎください」

――体軀《たいく》に見合わぬほがらかなその笑顔の、何と人を安心させることか。

その言葉と表情に引っ張られたか、コルネスの足は先の決断とは真逆に指し示された席へ主を運んでいたのである。

そのまま思わず、腰を下ろしてしまう。

「さ、どのようなものをお出しいたしましょう？　うちは酒を扱っておりますが、ご希望がおありならできる限り沿わせていただこうと思っております」

カウンター席には小さな木札が立てかけられており、そこに記されているのが本日用意された品々なのであるとうかがうことができる。

が、コルネスにはそれを読むことができない。

それを察したかそうでないかは明らかでないが、店主の心遣いは非常にありがたかった。

「あ、あの……」

「はい」

「これで、エールと何か食べるものを……」

店主の言葉に甘え、おずおずとポケットの中身をカウンターの上へぶちまける。

(足りるのか……足りないのか……?)

何か悪いことをしたわけでもないのに、父から雷を落とされる時のような心境のコルネスであった。

「……はい。大銅貨十枚でお出しできるものですね。少々お待ちください」

どうやら、大丈夫だったようだ。

店主はカウンターの上に広がった貨幣を丁寧に摑み上げて木箱へ仕舞うと、そのまま準備へ取りかかる。

水瓶の水で手を洗い、向かったのは厨房の中に設置された鉄製の箱だ。

(あれは一体、何だ……?)

人一人は入りそうな大きさのそれを見て、少年らしい好奇心が刺激された。

同様の箱はいくつも厨房の中に置かれており、コルネスの生家に存在するかまどの間とは何か根本的なところから異なる雰囲気を感じさせる。

(というか、何でこんなに涼しいんだ……?)

今更ながら、そんなところへも気が回ってくる。

店内は冷気に満ち満ちており、地上にいながら水浴びでもしたかのような清涼な気分を味わうことができた。

果たしてどのような仕掛けがあれば、このように快適な空間を作り出すことができるのか……?

とりあえず支払いの問題が解決したと知るや否や、様々なことに頭が回ってくるのだから現金なものだ。

(とにかく不思議な店だよな……こんなに変わったお店なんだから、父ちゃんたちにも自慢できるようなものを出してくれるに違いない)

そのような思いを抱きながら厨房の店主を見て、ぎょっとすることになる。

店主が鉄箱から取り出したのは、厳重に蓋をされた二つの壺《つぼ》であった。

そして何やら細長い二つの棒を使って壺から取り出されたそれは……何もかもが不思議で埋め尽くされた店内にあって、ひどく馴染み深い品だったのである。

（ザワークラウトと……ピクルスじゃねえか⁉）

同時に、ひどく落胆した気持ちが押し寄せてきた。

（そんなの……もう食べ飽きてるよ）

そうなのである。

およそ全ての人々にとって、塩漬け酢漬けの野菜というものは身近で重要な食物であった。

収穫された作物は土を離れたその瞬間に死に、以降は腐りゆくのみである。

だからといって、収穫したものを食い尽くしてしまうわけにはいかない。

熊ならぬ人の身では冬眠などできず、冬場へ備えて食料を保存せねば待っているのは飢え死にする未来であるのだ。

そこで人々は、入手した野菜の長期保存へ着手することになる。

その方法こそが塩漬け酢漬けであり、ザワークラウトにしろピクルスにしろあらゆる家庭で作られるまさに人民の味であるのだ。

特に、コルネスのような農民にとってはより重要性が高い。

村へは定期的に行商人が訪れ作物と交換で食料や調味料、それに税金をまかなうための金子《きんす》を手に入れはする。

だが、行商人から得る食料などわずかなものだ。日々の食卓へ多少の彩を添えるための、嗜好品《しこうひん》程度でしかない。

では何を口にするかといえば、当然ながらそれは自分たち自身が育んだ作物であるのだ。

収穫してしばらくの間ならともかく、大部分は塩漬け酢漬けへと加工した状態で供することになる。

この味が……ひどく無残だ。

人民の味などといえば聞こえはいいが、その実態は生命活動を維持するための食料でしかない。

いや、餌であると言い換えることすら可能だろう。

とにかく保存性を重視しているため恐ろしくしょっ

ぱく、また酸っぱくもあった。

それは農作業で疲れた体に活力を与える味であったが、どちらかというと無理矢理に体を動かせる状態へ戻されているような感覚である。

好きになどなれようはずもなく、必要だから口にしているだけのことだ。

特に、この時期に食べるそれはひどい。

ただでさえまずいものが暑気によって生温さを得、長期にわたって漬けられてきたことで食感は元のものから大きく変じてしまっている。

それらがただでさえひどい味わいと重なり合い、食すと何かの試練を受けているような気分にさせられるのだ。

何が悲しくて、今日このめでたい日にそれを食わねばならんのか。

(でも、もうお金払っちゃったもんな)

後の祭りとはこのことで、すでになけなしの金は支払ってしまっている。

(こうなったら、土産と笑い話を持ち帰るしかないか……)

成人になりたての若造が街で慣れぬ店に入り、高い金でまずい飯を食う。

自分で体験することになるとは思わなかったが、いかにもありがちな話であり神殿で受けるのとは別種の洗礼であると思えた。

思えば、洗礼を終え神殿を出てからの自分は浮き足立っていたように思える。

ここへ来たのは、これをもってこの日の教訓にせよという神々の導きであるのかもしれない。

(おや……?)

と、そのようなことを考えていたコルネスが少しだけ身を乗り出した。

(ただのザワークラウトやピクルスとは少し違うようなな……)

店主が優雅な……しかし素早い手つきで切り分けているそれらは、コルネスが普段食するものに比べ随分と瑞々しい。

まるで収穫して間がないもののようにも見えるそれ

は、その身に酢を帯びて美しいきらめきを発している のである。

いや、実際に収穫して間がないのであろう。

店主が切り分けているそれらは、いずれもがこの時期に収穫される夏野菜であった。

やがて盛りつけを終えた店主は、今度は別の鉄箱からガラス製のジョッキと瓶を取り出す。

そこから先の行動が、美しい。

栓を抜いた瓶もそこから注がれるエールを受け止めるジョッキも、一切迷いの感じられぬ角度を維持されている。

しずく一つに至るまで完全に店主の制御下へ置かれたそれは、一種の芸術品とも呼べる姿を完成させていくのだ。

村育ちのコルネスにとってエールとは樽詰めにされているものであり、それを受けるジョッキも木製かもしくは陶製のものである。

樽から豪快に柄杓を用いて注ぐか、もしくはジョッキそのものを沈めて汲み出すのだ。

そんなコルネスにとってガラス製の品々を用いて供されようとしているそれは、同じエールという酒であってもまったく未知の代物であるかのように思えた。

「お待たせしました。エールです。つまみの方はレタスのザワークラウト風と、夏野菜の冷製スイートピクルスをご用意させていただきました」

そしてそれらが、ついに眼前へと運ばれる。

「――綺麗《きれい》、だ」

一見して抱いた感想を、ついそのまま口に出してしまった。

だがそれも仕方のないことであろう。

心からの言葉というものは、それを口にする本人でさえも抑制の効かぬものであるのだ。

まず素晴らしいのは、ガラスジョッキで供されたエールである。

何故か大汗に身を濡らすジョッキの中でエールが朱色のきらめきを放っており、飲み口で蓋を形作る純白の泡と対照的なコントラストを生み出していた。

そしてもう一つ素晴らしいのが、木皿に盛りつけられたつまみたちである。

レタスのザワークラウトはしゅんとしてはいるものの瑞々しさを失っておらず、まるで大地に根付いた状態であるかのような力強い生命力を感じさせた。

その隣に並べられているのが夏野菜のピクルスで、使われているのはきゅうり、トマト、ナス、パプリカというこの時期を代表する食材たちだ。

小口に切り分けられたそれらは断面に張りもあり、きっと宝石というのはこのように光り輝くものであるに違いないとコルネスへ信じさせたのである。

その盛りつけが、実に見事だ。

ザワークラウトにしろピクルスにしろ立体感を強く意識して盛り合わせられており、たかが食物の配膳に並々ならぬ美意識を感じさせてくれる。

それらはただ生きるために食する日々の糧とは明確に趣が異なっており、まさに今コルネスをもてなすために供されているのだと言葉ならぬ言葉で語りかけてくるかのようであった。


——夏場に食うザワークラウトもピクルスも、最悪の代物なはずだ。

その固定概念を覆すような一皿であった。

ごくりと、喉を鳴らす。

コルネスの手が皿の脇に添えられたフォークを掴み取り、きゅうりのピクルスに突き立てられる。

あれだけ暑い中を歩いて喉がカラカラなのだから、まずは飲み物へ手を伸ばしたくなるのが心情というものだ。

だが、コルネスはこのきゅうりでも同様に水気を得ることができると確信していたのである。

口の中に放り込んだそれは……思ったままの味わいであった。

そもそもきゅうりというのは水分を豊富に含んだ野菜であるが、それが実を噛《か》み締めるたびに口中へ溢れ出し、この喉をすら潤していく。

（全然塩っ辛くねえ！　酸っぱいけど……甘い！）

驚異的なのは、このことだ。

ピクルスというのは、保存食である。

それはすなわち、塩っ辛く酸っぱい品であることを意味するはずであった。

だが今食べているこれはそれらを感じさせはするものの控えめに抑えられており、野菜の瑞々しさとほのかに感じる甘みと合わさっていくらでも食べられそうである。

それに……それにこれは……。

(冷たい！)

どのようにしてか、これらはキリキリに冷やされているのだ。

その涼感こそがこの品を成立させる、最後にして最大の調味料であるに違いない。

(もしかして、このエールも⁉)

本能に従ってジョッキへ手を伸ばし、それを喉へと流し込む。

(——冷てえ！)

ほんの一口飲むに留めるつもりだったそれが、止まらない。

体は完全にコルネスの意思を離れ、冷やされることで恐ろしくキレが増したそれを貪るように飲み干した。

そう……飲み干してしまったのだ。

「あ……」

すぐに己の失態へ気づき、悲しい声を上げたコルネスである。

ジョッキの中には残留した泡が残されているくらいで、液体として飲めるエールは一滴たりとも残っていない。

そして目の前の木皿には、他にも素晴らしい味を誇るだろうつまみたちが残されてしまっているのだ。

もう金は残されていない。エールなしでこれらを味わう他に道は残されていないのである。

(仕方ないか……)

諦め、他の品々も味わっていく。

トマトにしろナスにしろパプリカにしろ、先のきゅうりに負けぬ甘酸っぱさと瑞々しさで疲れた体に染み入ってくるかのようだ。

レタスのザワークラウトもそれは同様で、シャキシャキとした食感が心地よい。

「これ、本当にザワークラウトとピクルスなんですか？」

他の客から注文を取っていた店主が戻ってきたので、そう声をかけてみた。

「ええ。一般的にこれらは保存を主目的として作られますが、当店では保存性よりも味わいを重視して浅く漬けるに留めてあります。それに砂糖と香草で味も調えてありますし、何より冷やしてあるので普段食べてるものとは随分と異なる味に仕上がっているはずです」

「随分どころじゃないですよ！　まるっきり別物だ！ザワークラウトもピクルスも、こんなにおいしいものだとは思わなかった！」

「ザワークラウトの方は塩漬けで作っていないので、ちょっと違うものなんですけどね」

そのように注釈をしながら、店主は新たに注いでいたエールのジョッキを——コルネスの前に置いた。

「……え？」

その意味が分からず、思わず店主を見上げてしまうコルネスである。

——もしや、払った金が二杯分に足りるものだったか？

いや、それならこの隙のない店主は一杯目を飲み干すと同時に給仕してくれていたと思える。

（ならこれは……？）

惑乱するコルネスに、店主は例のほっとするような笑顔を見せてこう言ったのだ。

「あちらのお客様からです」

指し示された方を見やれば、騎士らしき青年が自分のジョッキを掲げながらにやりと笑ってみせていた。

「さしずめ、近くの村から洗礼を受けに来たというところだろう？　——新たな我らの仲間に！」

驚くべきはそれだけではない。

店内にいた他の客たちもそれぞれが自分の飲み物を掲げながら、温かな眼差しをコルネスに向けていたのである。

何だか、コルネスは無性に泣きたくなってきた。

だがそれをぐっとこらえ、偉大なる先達の施しを掲げ……今度は飲み干してしまわぬようそれを口に含める。

一杯目に比べさらに味を増していたことは、言うまでもあるまい。

3 杯目

豪商に供する料理

――この世には、同量の金貨よりも価値のある料理というものが存在する。

交易都市リッカルに住まう豪商ヨーゼフ・ヘルマーの眼前へ供された料理がまさに、そういった代物であった。

「お待たせいたしました。鶏肉と夏野菜の冷製カレーです」

元が大身貴族の御曹司なだけはあり、実に洗練された動作でおこなわれる配膳が心憎い。

食事とは、客人へ供されるその段階からがすでに始まりであるといえる。

店主たるこの青年は十分にそれを心得ており、巨体をそうと感じさせぬ軽やかな動きでこちらの期待度を高めてくれるのだ。

（おっと、配膳にばかり気を取られてはいけないいな……）

気を取り直し、眼前の料理に集中する。

――カレー。

ヨーゼフが仕入れた香辛料を用いて作り出すこの料理を、店主はそう名つけていた。

見た目はどう贔屓《ひいき》目に見ても、

――汚らしい。

そう形容せざるを得ない料理である。

何よりもまず、色合いが悪い。

茶色いのだ。

ただ茶色いだけならばともかく、それがとろみのついた汁となっているのである。

正常な人間であれば、食事の場にあって汚物を連想してしまうはしたなさを見せることになってしまうだろう。

それに添えられているのは、ルオポロ地方で生産されている米を贅沢《ぜいたく》に精米して炊き上げた白米だ。

それは一粒一粒がきらめきの光を発しており店主の腕前をうかがわせるが、この茶色い汁に添えられていては何もかもが台無しであるといえる。

もし何も知らない人間がこれを供されたのならば、激怒するかあるいは困惑するに違いない。

事実、この料理の原形とも呼べる品に出合った時ヨーゼフはひどく困惑した。

今より遥かに若き日、遠く海の果てにおける出来事である。

正直、口にしたくはなかったのだが自身が背負った使命を考えればそういうわけにもいかない。

だから当時のヨーゼフはおそるおそる……一匙目を食したのである。

以来、ヨーゼフはその料理のとりことなった。

その後、彼の人生における最大の目的は故郷の地でも同じ味を再現することとなったのである。

道のりは果てしなく遠いものだった。

まず自分自身の研究だが、真っ先に頓挫したのがこれだ。

現地の人間から聞いたレシピを確かに再現しているはずなのだが、どうしてもかつて体験した味に遠く及ばなかったのである。

順調に出世を重ねこの地から船舶を統括する身となってからは、腕に覚えのある料理人を片端から集め再現を命じた。

その噂を聞きつけ、ふらりと姿を現したのが今は『レイ』の店主となっているこの青年だったのである。

――まったく同じ味は再現できません。

――ですので、それ以上にあなた様がおいしく召し上がれるものをお作りいたしましょう。

そうして供されたのが、まさにこのカレーという料理であった。

そしてヨーゼフにとって人生最大の美味たる料理は、これを書き換えられた。

現在は店主の快諾を受け、この料理の作り方を伝授してもらう人材の選別をおこなっているところである。

もしもヨーゼフに娘がいたのならば、この店主を婿として迎え入れるのに何ら躊躇《ちゅうちょ》はしなかったことであろう。

心意気に打たれ店舗と土地を提供はしたが、ただの料理人として終わらせるにはあまりにも惜しい男なのであった。

元が大貴族家の嫡男とはいえたかが料理人に対し、随分と入れ込んだものである。

……だがそれだけの価値が、この一皿には存在した。

白米と汁が混ざり合う境界線……そこを狙って、そっと匙を突き立てる。

たっぷりと汁に浸らせた白米の味も素晴らしいが、ヨーゼフはこのかかり具合を最も気に入っていた。

無論、この汁こそがカレーの肝であるのは間違いないがそれを受け止める米もまた、店主の見事な腕前によってそのものが一つの料理として完成しているからだ。

カレーをすくい取った匙を目前へと運び、まずはその香りを楽しむ。

他のどんな調味料でもなしえない蠱惑《こわく》的でわずかに刺激的な芳香が鼻をくすぐり、口中に溢れる唾液の量を倍増させた。

そしてそれを……唇の中へと滑り込ませる。

（うむ……！　うむ……！）

瞬間、口の中へ広がっていくのは季節の野菜と鶏から引き出された出汁《だし》の旨味《うまみ》であった。

そしてそれらは汁の中へ溶け込まされた多種多様な香辛料による複雑な辛味と芳香とによって、数倍にもその味わいを増しているのだ。

刺激……という点においては、かつて味わったあの料理に比べ数段劣るだろう。

だが、隠し味として牛の乳等を混ぜることによりやわらかな味わいを持たされるに至ったそれは、現地の料理と比べ遥かに舌との馴染みが良い。

ふつふつと体が燃えたぎるような感覚こそないが、より体に染み入りやすい形で香辛料の風味を楽しませてくれているのだ。

まさしく、ヨーゼフにとってよりおいしく味わえる品物であった。

しかもこのカレーは、汁を冷やされている。

それが熱々の白米と混じり合い、温度の変化すらも調味料として楽しめるようになっているのだ。

この白米もまた、素晴らしい。

一粒一粒がふっくらしながらもしっかりと形を保っており、それが汁によって冷まされてくることで上質な穀類特有の甘みをより鮮明に感じることができるのである。

(ああ……温かいカレーも素晴らしいが、冷たいカレーというのもまた素晴らしい……！　この暑さと取引で疲れきった体に、すうっと入ってくるのだな……)

一口一口、じっくりと味わい咀嚼《そしゃく》していく。

ただ美味だから、というだけではない。

リッカルに名を馳せた大商人であるヨーゼフをして、容易には注文できない高価な品であるからだった。

何しろ、希少な香辛料を惜しみなく使用した料理であるのだ。

しかもそれに、モンレーア王国では一般的ではない米を添えているのだから尚のこと値が張る。

まさしくこの一匙一匙に、万金の価値が存在するのであった。

そのため、開店して間がないというのに早くもこの店を贔屓にし始めている常連たちの中にも、他にカレーを注文する人間はいない。

そもそも、品書きの中にも名が存在せず最低でも二日は前から注文をしておかなければならないのだから、当然といえば当然であるのだが。

そこにちょっとだけ、優越感を覚えてしまうヨーゼフなのであった。

「いや……今日も堪能したよ。素晴らしい味だった」

「お褒めいただき光栄です」

まだ本日の営業が始まったばかりの店内であり、他に客はいない。

そのため、いつもは仕事の邪魔をしないよう気を遣うヨーゼフも遠慮なく店主に声をかけられるというものだった。

「それで今日の対価だが……少しおまけがあってな」

「おまけ……ですか？」

対価――香辛料の収められた皮袋を渡された店主が、怪訝《けげん》そうな顔で首をかしげる。

「うむ、これなんだが……実は新たに販路を設けようとしている品でな」

「ははあ……これはまた、随分と面白い品を見つけられましたね」

そして机に置かれた小袋の中身をあらためた店主が、少しだけ高揚した表情を浮かべてみせたのである。

普段は完璧な礼法に則って振る舞う店主であるが、このように珍しい食材を目にした時だけは生の感情を見せることがあるのだ。

（ふうむ、これはまた面白いことになりそうな……）

そしてそれは、ヨーゼフ・ヘルマーにとって新たな商売の吉兆として感じられたのである。


――その日の営業を終えた『レイ』。

油皿によって薄明るく照らされた厨房内で、店主は自身の後援者からもたらされた新たな食材を吟味していた。

（乾燥には薪《まき》を使っているな……船旅で香りが飛んでいるが、少しスモーキーな匂いがする）

まずは手に取り、香りを確かめる。

この世界で初めて香辛料を手にした時、ひどく気落ちさせられたのが香りの飛びようであった。

現代の地球ではない。

中世レベルの技術力しか持たぬ異世界であることを考えれば自明の理であり、これは明らかに店主の考え足らずであったといえる。

（地球においては宗教上の理由で困難だった貿易が、この世界では魔物の生息圏の問題で困難なのか……）

もしも陸路で貿易が可能であったならば、現状よりも遥かに安価で入手が可能であったろうし香りの問題も幾分か改善されていたはずだ。

それを阻むのが生産国との間に存在する魔物の生息

圏であり、この世界において人類という種はまだまだ地上の覇者にはなりきれていないのである。

しかしそのことを嘆いても仕方があるまい。

出来の悪い作り話のごとく二生を得た自分ではあるが、その先で見出したのは勇者として活躍する未来ではなく転生前と変わらぬ料理人としての道なのである。

（さて……機材も不十分かつ原始的。おまけにこの調理法は転生前、研究をかねて一度やったきりときている……）

瞑目《めいもく》し、かつての記憶から必要な手順を呼び覚ます。

（まず完全な再現には至るまいが……やはりこの食材を手にしたからには、あれを作らぬわけにもいかないだろう）

取り出すのは調理器具ではなく、羊皮紙と羽ペンだ。

長時間の作業になる。今夜のところは手順書《ルセット》を書きしたためるに留め、実際の作業は明日の朝早くから取りかかるのがよいだろう……。

4杯目
姫騎士に供する美酒

その者たちの両目は、日の光降り注ぐ真昼の中であってもそれと分かるほどに赤々と輝いており、およそ生物としての正道を歩む存在ではないと断定することができる。

異常なのはそれだけではない。

この真夏の太陽に照らされてなお、青色の地肌をさらすその矮軀《わいく》には汗の一滴も流れていないのだ。

それはまた、この者らの生物的特徴でもある。

生存に際し必要とする食料と水分の量はごくごくわずかなものであり、その割に繁殖力の強さたるや凄まじいものがあった。

通年で繁殖可能であり成長も早く、一組のつがいからものの一年で二〜三十匹の群れを形成するに至るのだ。

その代わり魔物としては戦闘力が非常に低く、探検家たちの調べによると魔物の生息圏においては他種の重要な食料となっているらしい。

――小鬼。

この世において最も頻繁に人類領域への侵入を企てる、魔物の名がそれだ。

姿形は人間のそれと似ているが、言語を介す知性はなく両の眼は常に赤々と輝いている。

体格は人間の子供ほどであり、その力の強さもおよそ同等程度というところだ。

だが、先にも述べた通りおそるべきはその繁殖力である。

いくら戦闘力が低いとはいっても、それが徒党を組むならば農村などにとっては十分な脅威となるのだ。

ならば、これを排除せねばならない。

それこそが人民の盾となるべく神々からルーンの恩恵を授かりし、貴族《メイガス》としての使命なのである。

少女騎士エーディリト・リンデンベルクは出陣に際して、そのように闘志を燃やしたものであった。

此度《こたび》の任務には、リッカルの風騎士団から五名ばかりが選出されている。

目的は、バルクア草原の片隅に百五十匹程度の群れを形成し始めた小鬼たちの発見と殲滅《せんめつ》であった。

おそらく数を増しすぎ、魔物の生息圏から押し出されるような形で進出してきたのだろうその群れはまだ悪事を働いたわけではない。

だが、草原に生息する豊富な昆虫類などを糧にその数を増やしていけば、いずれは街道方面にも姿を現すようになるのは確定的だ。

そうなる前に、これを叩《たた》くべし……というのが群れを発見した巡回中の騎士が下した結論だったのである。

かくしてエーディリトらは馬を駆り、現場へ急行することとなった。

騎士が五人も出撃するわけだから、戦闘面での問題は存在しない。

騎士たちが『風』のルーンを刻まれた剣を振るい真空の刃を打ち放てば、その度に数匹の小鬼が血煙を上げ倒れ伏すこととなる。

後は取りこぼしがないよう注意しながら同様の作業を続けていくだけなのだから、これはもはや雑草を刈るのと同じことだ。

だが、この真夏日に雑草を刈るというのは存外に骨の折れる作業である。

いくら楽な相手とはいえ不覚を取るわけにはいかないのだから、略式のものとはいえ鎧に身を固めての出撃だ。

金属製の鎧は主神アガーフィヤのもたらす陽光を受け、卵を落としたならばそのまま焼けてしまえそうなほどに熱されている。

その中にいる騎士にとっては、これは蒸し焼きにされているにも等しい苦行なのであった。

（ち……一匹打ちもらしたか！）

暑さと乾きによる集中力の乱れからエーディリトは手元を狂わせ、一匹の小鬼を真空の刃から逃してしまった。

付近で倒れ伏す仲間たちを見て恐慌をきたしたか、その小鬼は一目散に逃げ出そうとしている。

繁殖力こそが脅威な魔物であり、その討伐に際しては根切りこそが基本だ。

すぐさまそやつを打ち滅ぼすべく、エーディリトは再び魔力を練った。

――だが、

「レオナルト殿、横槍か⁉」

エーディリトが自身の剣を振るうまでもなく、その小鬼はなますに切り刻まれ骸《むくろ》を晒《さら》すこととなったのである。

「かっかとなされるな。助け合いというものだ」

エーディリトに代わって小鬼を打ち倒した青年騎士は、何でもないことのようにそう言い放つと別の小鬼たちへ向けて自らの剣を振るう。

続けざまの連射から見ても明らかなようにその魔術は鮮やかなものであり、エーディリトを含む他の四騎士と比べて倍は仕事をこなしているのではないかと思えた。

（この暑さで、よくもこう元気なものだ……）

その様に頼もしさよりも呆《あき》れを感じながら、エーディリトも真空の刃を打ち放つ。

元より騎士レオナルト・エーベルスの精強さは、リッカルの騎士団で知らぬ者がいないほどのものである。

下級貴族出身であり、魔力量も一般的な騎士と比べて特に秀でているわけでもない。

だが、卓越したその技巧によって数々の手柄を打ち立てており、いずれは領地持ちへと出世を果たすのではないかというのがもっぱらの噂であった。

で、あるからこの場においても活躍を見せるのは当然のこと……当然のことであるのだが……。

（それにしても、少し元気すぎないか……？）

エーディリトには、そのように感じられてしまったのである。

まず、全身からみなぎる覇気というものが違う。

この時期、いかに人民の模範たるべく振る舞うのが騎士の務めだとしてもその多くは連日の暑さとそれによってもたらされる疲労から、どこか気迫というものに欠いてしまうのが実情であった。

これは精神力の類でどうこうできる問題ではない。

夏というのは人類に恵みをもたらす季節でもあるが、

その暑さによって幼児や老人など生命力で劣る者たちを時に死へ追いやる魔の季節でもあるのだ。

似たようなことは冬場であってもいえるが、火によって暖を取ることが可能なかの季節と違い暑気から逃げる方法など限られている。

せいぜいが日陰へ入るか水浴びでもするかといった程度であり、逃れきる術《すべ》などありはしないのであった。

それに対して、このレオナルトの元気さである。

正確無比に風の連撃を打ち放つ今のみならずこの場へ向かう際の行軍中であっても、日に向けて伸びるそら豆のごとく馬上で背筋を伸ばしていたものだ。

それは意識してなお背を曲げてしまっていたエーディリトらとはあまりに対照的な姿であり、自身の体力不足をふがいなく思ったものであった。

(何が違うのだ……この御仁とわたしとで、何が……?)

常より重く感じられる剣を気合で振り抜きながら、そう考えずにいられないエーディリトである。

魔力量では遥かに勝るものの技術的体力的な面では語るまでもなく、年齢差から経験量では絶対的な差の存在する彼女とレオナルトだ。

そう簡単にその背へ追いつけるなどとは思っていないが、だからといってそれを良しと受け入れることなど彼女の感情が許さない。

大体、この暑さでこれだけはつらつとしているのは明らかに異常である。

エーディリトが体力で劣っているからそう感じるのではなく、この場で同じく剣を振るう風騎士団の屈強な騎士でさえも動きの端々から疲れを感じさせるのだから、やはりこれはレオナルトがおかしいのだ。

(つい先日までは、いかにレオナルト殿でもここまで疲れ知らずではなかった……)

これほどまでに気力溢れる姿を見せるようになったのは、つい最近のことであると記憶している。

それまではいかに風騎士団の誇る精鋭騎士であろうとも、やはり夏の暑さにうだった姿を見せることもあった。

その日の任務を終えた帰還後などは他の男性騎士らと同じく半裸で兵舎の井戸に集合し、頭から井戸水を浴びる姿を何度も目撃している。

それがここ最近は、どうだ？

思えばここしばらくのレオナルトは、そういった姿を見せたことがない。

どころか帰還後はろくに水も飲まず、そそくさと平服に着替えてはどこかへ出かけていくのだ。

──大量に汗をかいているのに水も飲まないのでは、体調を悪くするのではないか？

そのように忠告する同僚たちの心配は、杞憂《きゆう》であった。

どころかレオナルトは、それまでに倍するほどの熱意でもって精力的に任務を果たすようになったのである。

──騎士レオナルトに、恋人ができたのではないか？

最近、エーディリトら少女騎士の間でもっぱら噂となっているのがこのことである。

帰還するや否やどこかへ出かけているのだから、いずれどこぞの令嬢と密会しているに違いないというのが年頃の少女たちによる推測なのだ。

レオナルトの年齢的にも適齢期どころか妻帯が遅いくらいであり、子孫を残すのが貴族《メイガス》の責務であることを考えると噴出して当然の噂話でもあった。

だがそれはあるまい、というのがエーディリトの下した結論だ。

女性に会っていると考えるならば、むしろ身だしなみに気を遣わないのは不自然だからである。

特にレオナルトのように人情の機微へも長けた男であるならば、女性に会うなら水浴びの一つでもしてからにするはずだ。

（だから、女性に会っているわけではない──はずだ！）

先ほどまでよりも威力を増した真空刃が放たれ、哀れな小鬼たちの首を泣き別れにする。

（ならば……そうか！）

そこでエーディリトの脳裏に、天啓とも呼べるひらめきが走った。

（任務帰還後に向かう場所……そこに疲労回復の秘密があるのだ！）

……いささかズレたところからの発想ではあったが、それが正鵠《せいこく》を射ているのだから女性の勘働きというものは侮れない。

そのようなわけで此度の任務を終えた帰還後、エーディリト・リンデンベルクは騎士レオナルトの背後をそっと尾行していたのである。


（ううむ……）

騎士レオナルト・エーベルスは傾きつつある状態でなお身を焦がす陽の光に汗を拭いながら、しきりに首を傾げていた。

（俺は何か、エーディリト殿から不興を買うような真似でもしただろうか……？）

彼を悩ませているのは他でもなく、このことである。

何故そのような発想に至ったか……その答えはひどく明瞭なもので、兵舎を出てからずっと背後を尾《つ》けてきているのだ——同僚の少女騎士エーディリト・リンデンベルクが。

尾けてきている……のだと思う……多分。

いまいち断言できないのは、種々雑多な人々の行き交うリッカルの街路において一際目立つ存在感がこの少女にはあるからであった。

男装風の平服は平時の女性騎士にとって当然の身だしなみであったが、自己主張の強い胸と尻を抑えきれていない。

まるで服が悲鳴ならぬ悲鳴を上げているかのような着こなしであり、これから向かう場所でかの日に居合わせた純朴そうな新成人が見たなら赤面しそうな姿である。

その顔立ちが年齢特有のやわらかさを残した可愛らしい代物であるのだから、体つきとの不均衡さでかなえって男を惹《ひ》きつけるというものだ。

……もっとも今はいくらか離れた距離から鋭い眼差しをレオナルトの背に送っており、幾分かやわらかさを失っているようであったが。

ともかくそんな美少女が肩まで伸ばした艶やかな金髪を風になびかせ、堂々たる足取りで道を歩んでいるのだからこれは目立って当然だ。

自然、道行く人々の視線を集める形になる。

視線の群れに晒されながらも臆さず歩むその姿には彼女の出自を意識せざるを得ないが、少なくとも誰かをこっそりと尾け回している人間のありようではあるまい。

（まあ、それはいい。他ならぬエーディリト殿が尾行の作法など心得ているはずもないし、心得ていたらそれはそれで問題だからな）

尾行らしからぬ尾行をしている件については、とりあえず納得するレオナルトである。

騎士とはいっても叙勲後の彼女は出撃時を除き、騎士団の関連施設からろくに足を踏み出したこともあるまい。あらゆる意味で箱入りのお嬢様なのだ。

（問題は何故エーディリト殿が俺を尾けているか。そしてこれをまくべきか、まかざるべきか、だ）

頭がくらりとするのは、暑さと水分不足が原因ではあるまい。

（俺を尾行する心当たりといえば、昼間敵を横取りする形となった一件だが……）

すぐに、いやそれではあるまいと考え直す。

あのような時、手助けできる者がすぐにそれをなすのは当然のことである。

そもそもが騎士の使命は人民を守ることであり、それを完璧に遂行するためならば個人の武勲など二の次三の次となるのだ。

騎士の精神を知らぬエーディリトではなく、むしろこの点においては自分より遥かに清廉であると確信できる少女である。

（だからそれはないのだが……そうなるとお手上げだな）

騎士として並以上の経験を積み、人の心の動きというものも多少は摑めるようになってきたレオナルトだがまだまだ分からぬことは多い。

今回の一件もそうした分からぬことの一つであり、そうであるからには思い悩んでも仕方がなかった。

少なくとも、騎士たる者が邪悪な目的で仲間を尾け回すなどということがあるはずはないのだ。

（それはもう置いておくとして、あとは尾行をまくかだが……）

これに対してレオナルトの下した結論は、まかないというものである。

魔力量だけならこれから向かう場所の主と同等かそれ以上のものがある少女であり、騎士たる者に狼藉《ろうぜき》を働くような輩などこの国には存在しない。

……が、この見事な尾行ぶりからも明らかなようにいかんせん世間知らずがすぎ、一人きりで街中へ置き去るのはどうにも不安なのであった。

（ま、別に何かやましいことがあるわけでもなし……）

考えを決め、自らの足取りも堂々たるものへ切り替える。


男らしい決断といえば聞こえはいいが、ただ単に喉が渇いてたまらないからというのが実態であった。

これから向かう場所へ万全の状態で挑むため、昼間あれだけ精力的に動き回り水分も必要最低限の量を取るに留めたのである。

騎士剣を携えた者がそんなことをすれば騒ぎになるのでやらないが、本音を言えば走って向かいたいくらいの心境だ。

（問題があるとすれば、エーディリト殿にはちと早いのではないかということか……）

というよりも、生涯縁がないくらいでも問題はないような場所であるのだが……。

（これも何かの勉強だ。それにあの店主なら、いいようにしてくれるだろう……）

大した付き合いがあるわけでもないが、すでに全幅の信頼を置きつつある人物の顔を思い描き自分を納得させる。

問題はエーディリトがあの店主を見てどう判断するかであったが、それすらもうまく収めてくれるだろうし自分も手を貸す所存だ。

そのようなわけで、騎士レオナルトは早くも馴染みとなりつつある酒場『レイ』への道筋を急いだのである。

果たして本日引き連れた厄介にして可憐なコブは、酒の味に対しどのような変化をもたらすだろうか……。


（ふふ……さしものレオナルト殿といえど、街中では気が抜けるものらしいな）

まったく気づく様子を見せずに歩いていく騎士レオナルトに気を良くしながら尾行を続ける少女騎士エーディリト・リンデンベルクであったが、歩くにつれて移り変わっていく町並みの様子と人々の様相へ徐々に不安を覚え始めていた。

この界隈一体にひしめくのはどうやら飲食物を提供するらしい店舗群であったが、どうにもこうにも雰囲気というものがよろしくない。

威勢よく声を張り上げながら売っているのは肉の串焼きや魚介類のごった煮といった代物で、通りからうかがう限りではナイフやフォークを駆使して優雅に食する客の姿など一人たりとも存在しなかった。

中には、

（は、破廉恥な……）

と、同性たるエーディリトをして赤面し顔を背けざるを得ないような姿をした女たちが客引きをしているような店まであるのである。

いずれの店にも共通しているのはエールを始めとした酒類を取り扱っているらしいということで、通りにはどこから持ち出したものか中身の満たされたマグを手にふらついているような男の姿まであった。

（何なのだここは……飲食物を扱っているようだが、とても食事をしている雰囲気ではないぞ）

およそエーディリトの常識からはかけ離れた食事風景というものが、この界隈では繰り広げられているのだ。

無論、生まれは自他共に認める高貴なものなれどそれを鼻にかけたりはしないエーディリトである。

特に騎士となってからは、食事というものに対する認識を改めることとなった。

食事の場というのは使用人たちがうやうやしく立ち働き、部屋の片隅では音楽家が曲を奏でるような場のみを指すものではないのである。

兵舎に存在する食堂はもちろん演習時や行軍時には野外での食事も経験し、時には同年代の少女騎士らと共同で麦粥《むぎがゆ》さえも作り上げたエーディリトなのだ。

そしてどのような場においても周囲の騎士たちは食物とこれをもたらした神々の恩恵に感謝し、黙々とこれを食してきたものである。

そう、食事とは神々がもたらした恵みを己が内に取り入れ血肉と変える神聖な行為であり、そこにはこの場のような喧騒《けんそう》が紛れ込む余地などないのだ。

ないはず、なのだが……。

（しかし、皆が皆楽しそうにしているな……）

このことである。

いずれも日中は己の仕事にいそしみ、この暑さと労働からくる疲れで目が回るくらいのはずであるが、この場においてはそれを吹き飛ばすほどの活力を見せ大いに酒を飲み料理をかっくらっているのだ。

思えば生家においては生家の、騎士団に入ってからは騎士としての食事風景というものが存在した。

ならばこれこそが、自らが生まれ育ったリッカルという街における市井の食事風景であるのかもしれない……。

（む……足を止めたか）

そのようなことを考えながらも尾行を続けるうち、騎士レオナルトがある店の前で立ち止まった。

（『レイ』……？　聞きなれぬ響きの屋号であるが……）

時に矢弾すら届かぬほどの距離から魔術を放つ騎士にとって、目の良さというのは必須条件だ。

日頃から培われたそれを遺憾なく発揮し、エーディリトは店名を読み取ったのである。

（む……入っていくな……）

どのような意図か常時開け放っているらしい扉の前でレオナルトは二言、三言何かを告げていたようであったが、ややあって店内へと踏み入っていく。

（となると、ここにレオナルト殿が見せている強さの秘密があるわけか……）

すでに尾行の道すがら市井の食事風景という新たな知見を得ており、ちょっとした冒険気分のエーディリトである。

（しかし、それが食事というのは意外であったな……）

地方によって多少の差異はあるが、騎士たる者の食事というのは領主によって保障されているものである。

それは給金とは別に用立てられ、兵舎の食堂にて供されるのだ。

希望するのであればそれを断り他の場所で自由に食事できるらしいが、女性騎士でそうしている者はいないためエーディリトは詳しくない。

（ともかく、常識に囚われぬ発想をしているからこそ他者より抜きん出られるということだな）

そのように己を納得させ、やや高揚した気分でエーディリトは自らもその店を訪れる。

（ふふ……だが私は何があっても驚かないぞ。神々から授かったルーンにかけてな！）

そう思いながら少女が触れた愛剣の柄頭には、『風』『水』『土』と実に三つものルーン文字が彫り込まれていたのである。


「いらっしゃいませ」

『レイ』にとって初の客であり、今でも頻繁に訪れる常連となってくれているレオナルトが来店時に告げていた通り、その少女騎士は姿を現した。

確かに現した、が……。

店内をきょろきょろと見回して店主の姿を見つけ、ぎょっとした顔で抜剣するや否や切っ先を向けてきたのはやや予想の範疇《はんちゅう》外であった。

「き、貴様！　こんなところで何をやっている⁉」

（やはり一般的な貴族が私のありようを見れば、このような反応を見せるか……）

そう、レオナルトのような男こそが例外であったのだ。

　このような時がくることは、店を構えた時から覚悟していた。

　白刃まで晒すのは予想を超えていたが、しかしその程度では慌てぬのがこの店主である。

　ちらりと店内を見回せば、いつもかき氷を注文する鍛冶職人が器片手に素早く店の隅へ避難し、すでに席へついていたレオナルトが右手で顔を覆っているところだった。

（お客様の中でも豪胆な方しかいない時でよかった）

　その様子を見て、顔には出さないがほっと安堵《あんど》する。

　もう少しすれば常連のパン職人なども訪れる時間帯となるが、さすがにこの状況となれば腰を抜かしていたことだろう。

「答えろ！　何をしているのだと聞いているのだ⁉」

　転生前の記憶と合わせてもこれほどの美少女は見たことがないが、それが騎士剣を抜き放ち自身にも匹敵する大魔力を解放しつつあるとなれば話は別だ。

　店内に満ちていた涼やかな空気が流れを変え、風となって少女の切っ先へ収束しつつあるのを見てさすがにレオナルトも腰を浮かしているのが分かった。

　――だがそれには及ばない。

　――この店こそ己が居城であり、そこでの揉め事を収めるのが店主たる者に課された責務なのである。

　向けられた切っ先に眉一つ動かさず、カウンターを出て少女の眼前に立つ。

「う……」

　二人の体格差は明らかであり、少女は首が痛くなりそうなくらいに店主を見上げ、店主はこれを見下ろす格好となった。

「お客様……」

　さすがに普段の微笑みは見せず、やや硬質な声音で店主が口を開く。

「どうか剣をお収めください……他のお客様方のご迷惑になります」

「う……ぐ……」

店主から放たれる圧力を、どのように形容したものか……。

一つ明らかなのは、人を気圧すのは武威ばかりではない。

矜持《きょうじ》によっても、人間というのは萎縮するものなのだ。

「お収めください」

「くっ……」

もう一度強く言われ、とうとう少女は剣を鞘《さや》に収める。

それを見届けて、店主はいつもの……他者を心底からほっとさせる笑顔を浮かべた。

「少し誤解がおありになるようですが、ようこそおいでくださいました。本日はどうか、心ゆくまでおくつろぎください」

「誤解？　誤解だと⁉」

威勢までは衰えていないか、少女が顔を紅潮させながら店主を睨《にら》む。

「その魔力！　どこぞの大身貴族の者であろう⁉　そんな者がこのようなところで、何故魔術を使っているのだ⁉」

「店主殿は貴族ではないよ、エーディリト殿」

——いつの間に移動していたものか。

エーディリトと呼ばれた少女騎士の肩に手を置きながら、そう告げたのはレオナルトであった。

「すでに店主殿は除籍され、市井の人間となっている——我ら貴族の考え方を、無闇に押しつけるものではない」

「ですが！　見たこともない魔術だが、この冷気は店主によって生み出されたものだ。貴族が戦いではなく、このようなことへルーンを用いるのを神々はお許しにならぬ！」

（やはりそのことだったか……）

その言葉に、店主はこの世界における貴族という存在のありようへ思いを馳せざるを得なかった。

「我ら貴族は人民の盾となり、その暮らしを守るためにこそ神々からルーン文字を賜った。こんなことは、子供でも知っていることだ！」

やや直情的なところの見られるエーディリトであったが、言い放つ言葉そのものはこの世界において極めて一般的な考え方である。

地球と呼ばれた世界からの転生者である店主からすれば、恐ろしく強大で……そして便利な力である魔術であるが、それを行使する貴族たちはこれを生活に活用することを極度に嫌っていた。

極端なところでは『火』のルーン文字を授かった騎士でさえも野戦時の煮炊きにおいて魔術を用いず、火口箱を持ち歩いているほどである。

（おそらく、この世界における貴族という存在の成り立ちが関係しているのだ……）

これが二生を経てから現在まで、この世界というものを可能な範囲で調べ観察してきた店主の下した結論であった。

――香辛料貿易の一件からも明らかなように、この世界に生きる人々は常に魔物という存在に脅かされている。

地球には存在しなかったこれらの生物は恐ろしくどう猛かつ強大な存在であり、それに対抗しうるのはルーン文字の力を引き出せる者たちだけだったのだ。

自然、歴史の中でルーンを使える者たちは特別視され指導者としての立ち位置を得ていくことになる。

その際、問題となったのが権威というものをどのように演出するかという事柄であったはずだ。

彼らはそれを、神々から下された使命という形で演出した。

――我ら貴族は、人民を守るためにこそ神々からルーンを授かった。

この世界における神話で語られし一節がそれである。

実際に神々というものが存在するか、存在するとしてそういった意図なのかは分からない。

特殊な溶液に浸した石版さえあれば、神殿以外の場所でも貴族は己のルーン文字を知ることができるのだ。

――そして守られる存在たる人民は、貴族を助けるためこれに仕えなければならない。


いわばこれは、一種の契約である。

地球の歴史においても戦士階級は民草を守るため力を振るい、だからこそ税というものを徴収できた。

それをこの世界の人々は、より分かりやすい形で強調し歴史を形作ってきたのである。

そのための武器であり、道具であったのが魔術だ。

貴族は基本的に戦闘行為以外で魔術を用いず、神々からの使命という点を強調するかのように振る舞う。

そうすることで権威を強化し、統治の地盤を磐石《ばんじゃく》なものとしてきたのであろう。

今生における生家は四大貴族の一つたるヴィンガッセン家であり、ろくに催し物にも参加させられない扱いとはいえそこのところは重々教育されてきた店主だ。

十分にそこのところはわきまえているし、だからこそ突破口も見出していた。

「人民の暮らしを守るため……そうあなた様はおっしゃいましたね？」

「あ、ああ……」

何やらレオナルトと議論を交わしていたエーディリトは、店主に口を挟まれて思わず口をつぐむ。

「では、いわゆる奉仕任務や海軍の方々などについてはどう思われてますか？」

「それは……」

問われ、エーディリトは言い淀んだ。

基本的に戦闘以外へ魔術を用いぬ貴族であるが、それも時と場合による。

例えば日照りの起こった時がそれだ。

そのような時には『水』のルーンを扱える者が村々へ急行し、自らの魔術を用いて人々の生活を助けるのである。

それは他の災害時においても同様であり、そういった場において魔術を振るうことへ躊躇する騎士は存在しない。

これらを総じて奉仕任務と呼び、騎士たる者へ課せられた重大な使命なのだ。

また、海軍に所属する貴族たちも同様に例外を当てはめられている。

これはこの世界における航海技術が帆船を用いたものであることを考えれば自明であり、まったくの無から水や風を生じさせられる者が海上においてどれだけ貴重であるかという話だ。

ただし、建前として貴族は魔術を使うことによる直接利益を得てはならないため、船主となるのは民間から選びぬかれた御用商ということになる。

店主の後援者たるヨーゼフ・ヘルマーはそういった御用商の一人であり、いわば準貴族ともいえる立ち位置にあるのだ。

店主にこのことを問われたエーディリトは、しばし悩んだ後にきっと睨みつけてきた。

「奉仕任務や海軍としての活動は、貴族としての正当な任務であると神殿も語っている！」

「何故ならば、それが人民の暮らしを豊かにすることへ繋《つな》がるから……ですね？」

「う、うむ！　――その通りだ！」

（……そこまで考えていなかったな）

レオナルトを見れば、これはエーディリトから見えないように苦笑してみせている。

「ならば……私もこの店とここで供する酒と料理が、人民の暮らしを豊かにするものであることを証明いたしましょう」

「――何？」

「見れば、あなた様は任務でだいぶお疲れの様子。騎士であるあなた様の疲れを取るような品をお出しできれば、それがひいてはあなた様に守られる人々の暮らしを豊かにすることへ繋がる……そうお考えいただけないでしょうか？」

「む……それは……なるほど、理屈だな」

エーディリトは再び何かを言いかけたようであるが、どうやら店主の言葉に納得したのか大いに頷いてみせ

（直情的ではあるが、根は素直な方であるらしい）

元々が可憐な少女ということもあり、思わず表情をほころばせてしまいそうになる店主である。

それは異性に向ける感情というより親が子供を見るようなそれではあったが、これはこれで一種の人徳であるに違いなかった。

「では、どうか席にお着きください――丁度良い品があるのです。すぐにご用意いたしますよ」

そしていつものうやうやしい仕草で二人の騎士をカウンター席へいざない……。

店主は本日の早朝から仕込んでおいた、とっておきの一品を出す準備に取りかかったのである。

いざなわれるままにカウンターの席へ二人して座ったところで、同じようにして離れた席に腰かける者の姿があった。

エーディリトがそちらを見やるとたくましい体つきをした剃髪の男が、匙を片手に黙々と眼前に置かれた器の中身を食しているではないか。

「む……」

その瞬間、エーディリトははたと気がついた。

――この店へ踏み入った時。

エーディリトは店内に充満する冷気と店主たる大男の放つ膨大な魔力に驚き、圧倒されることとなった。

だが次の瞬間にはこの大男が出自は知らぬが貴族であるに違いないこと、見たことも聞いたこともない魔術だが市井の商売などにそれを使用していることへ気づき、直情的に剣を抜き放ったのだ。

その際、店内の様子も視界に入るだけは入っていた。

騎士レオナルトの他に全身を赤く焼けさせたこの男も、確かに食事を楽しんでいたのである。

そこまで思い至り、エーディリトは自らの失態を悟ることとなった。

すぐさま席を立ち、剃髪の男へ向き直る。

「済まぬ！　我ら貴族の事情で、守るべき存在である貴方の平穏な時間を脅かしてしまった！」

そして一息にそう言い切ると、深々と頭を下げてみせたのであった。

しん……と、店内に沈黙が漂う。

（やはりわたしは……許されざることをしてしまったのだろうか？）

そのことを思い、涼やかな店内で冷や汗を流してしまうエーディリトである。

ここまでの道すがら、彼女は民草にとっての食事というものが自分たちのそれとは違う楽しみに満ちたものであることを知った。

で、あるならば深く考えずにその時間を邪魔してしまった自分は、人民を守るべき存在である騎士として最低のおこないをしてしまったことになる。

それゆえ心からの謝罪を口にしこのように頭を下げてみせたのだが、それで許すか許さないかはこの男に委ねられているのだ。


「あー……騎士様よう」

少ししわがれた声に頭を上げると剃髪の男が匙を置き、困ったような顔で頬をかいて見せた。

「その……なんだ。あんたたちみたいに貴い立場にある人間が、俺みたいな人間へほいほい頭を下げちゃいけねえよ。俺ぁよ、気にしちゃいねえから。ほら、騎士の旦那も困ってるぜ？」

その言葉に背後を振り向けば、レオナルトが頭痛を押さえ込むかのようにこめかみへ手をやっていたのである。

「まあなあ……そこの旦那を除けば貴族のお客はあんたが初めてだけど、やっぱり俺たちみたいな庶民でも似たような反応をするやつはいるんだよ。ま、元とはいえ貴族《メイガス》の兄ちゃんに正面切って文句言えるわけもねえから、察するなり店を出て行くんだけどな――ここで食事をすんのは、俺を含めて皆変わり者ばかりさ」

そこまで言い、剃髪の男はからからと笑い声を上げてみせた。

やはりしわがれた響きのあるその笑い声には、どこか温かなものも含まれてエーディリトには感じられたのである。

「ま……俺みたいな鉄叩きに言わせるとな。人間も鉄も、固いだけじゃなくて粘りがねえとだめなのさ。どうかな？　どうだ……？」

「粘り……？」

言葉は分かるが、その真意までは理解できぬエーディリトだ。

助けを求めるようにレオナルトを見たが偉大なる先達騎士はあえて何も語らず、じっとエーディリトを見守っててているばかりである。

「ま……すぐに分かる必要はねえさな。ほら、兄ちゃんも準備ができたみたいだぜ」

「あ……」

そう言われ自分が何を待っていたかを思い出し、慌ててカウンターの方へ向き直る。

そこでは店主がグラスと皿を並べ、微笑みながらエーディリトを見やっていたのであった。

（何なのだ……もう！）

それがトドメとなったか羞恥心を刺激され、赤面しながら座りなおすエーディリトである。

（先ほどからよってたかって、騎士たる者を子供扱いしているようではないか……！）

事実、明らかに子供扱いされているのだがそれを素直に受け止められないのが、この年頃の複雑なところだ。

これこそがまさに粘りの足りない部分であり、この少女がそれを手にするまでにはまだまだ時が必要となるであろう。

「お待たせいたしました」

着席するのを見計らい、店主が用意した皿を二人の騎士に配膳する。

「これは……？」

「色合いは、かの商人殿が食している品に似ているが……？」

その皿に置かれたものを見て、二人の騎士が抱いた感情は困惑であった。

皿の中央部へ立体感を意識して配されたそれは、およそ食物として認識できる代物ではなかったのである。

色合いは茶色く、新品の革製品にも似た光沢を宿していた。

それはいい。まだ理解の範疇だ。

だが、板状に成型されたものを砕いて供したのだろうそれは、見た目では鉄板のごとき硬度を備えているのである。

「店主、これはその……食べ物なのか？ わたしには、何かの板のようにしか見えないのだが？」

店主が疲労を取る品を出すと言った時、エーディリトは少しばかり舞い上がったものであった。

何といってもレオナルトが見せる力強さの秘密を知るのが本来の目的であり、それはまさに渡りに船の提案だったからである。

だが、眼前に供されたそれはまず歯が通るのかも怪しい代物であったし、何より当のレオナルトが困惑顔ではないか⁉

問いかけられた店主は店内の空気以上に涼やかな顔を見せており、この品へかなりの自身を持っていることが感じられた。

「はい……これはまさに、チョコレートという菓子を砕いたものです」

「チョコ……？」

「レート……？」

店主が言い放った聞きなれぬ言葉へ、揃って首をかしげる騎士たちだ。

「材料はカカオという豆でして、レオナルト様はご存じのあの商人様から譲られた品です。本来は温かい飲み物にして供するものなのですが、今回はこのように冷やし固めました。王国民の舌に合うよう、たっぷりの砂糖とクリームを混ぜ合わせてあります」

「あの御仁が……？ 何やら面白いものを扱うのだなあ」

店主の言葉へ訳知り顔で頷くレオナルトである。

それに仲間外れの疎外感を覚え、エーディリトは皿へ手を伸ばした。

が、それは他ならぬ店主の手で遮られる。

「お待ちください。この品に合わせた、お飲み物もご用意してあります」

「む……すまん、続けてくれ」

先の抜剣騒ぎに続き、またもや感情に身を任せての失態である。

まだ説明も終わらぬうちに手をつけようとするのは、騎士がどうの貴族がどうのという以前に年頃の淑女としてあまりにはしたない行為であった。

(ええい、どうも今日はうまくゆかぬ！)

何故、これほどまでに涼やかな店内で顔を茹《ゆ》だらせねばならないのか。

誰に向けることもできない怒りを溜め込んでいたエーディリトであったが、眼前へ置かれたグラスを見ると一瞬でそれが吹き飛んだのである。

「丸い……氷!?」

極めて透明度の高いそれを一見して氷と断ずるのは、そこらの民草ではまず不可能なことであろう。

生家で暮らしていた折、氷室で作り出された氷による菓子を食した経験もあるエーディリトであるからこそ断じられたのだ。

無論、リッカルにも冬は訪れるし川べりに氷が張ったりもするが、そういったものは泥などの不純物が混じるためこのようにガラスを想起させる透明度はまず得られないものである。

だが、この店主が用いている魔術を考えれば氷を作り出すくらいは驚くに値しない。

しかしそれを、球形で作り出した感性には脱帽せざるを得ないだろう。

エーディリトの知る氷といえば四角く切り出されたものであり、建材にも似た無骨な代物であった。

それを球形にして供することで、何ともいえぬ遊び心と優雅さを感じさせることへ成功しているのである。

つまみとして皿に配されたチョコレートとの対比もまた、心憎いものがある。

先にも述べた通り単体では決して美を感じなかったそれが、かように美しい代物を隣に添えることでそれがかえって魅力的に思えてしまうのだ。

わずかな凹凸さえもなく完全な球形を保っている氷と、それそのものが鋭角の塊であるチョコレート……

極めて対照的な両者であり、互いが互いの特徴を浮き彫りにしているといえる。

美しいものをただ美しいものと並べるのは簡単だ。

だが、このように対極へ位置するものを配することでさらに美しさを増し、そうでないものさえもそうと感じさせる理がこの世には存在したのである。

「お飲み物の方はチョコの風味に合わせ、ロージ産のウィスキーをご用意いたしました」

華やかなコントラストに見入っていたところへ、店主が取り出して見せたのはウィスキーボトルであった。

そしてそれを……丸氷の入ったグラスの中へと注ぎ込んでいく。

その量はグラスの半分より少し少ない程度であり、そうすることで生み出される美は……これまで鑑賞していたそれを吹き飛ばすほどのものであった。

「満月を浮かべたウィスキーです――どうかご賞味ください」

――満月！


それはなるほど言い得て妙であり、この一杯を呼び表すのに相応しい名であるといえよう。

――月が光り輝くのは月の運行を司る女神にして主神アガーフィヤの妻たるミトロヒナが、姿を見せぬ夫の神力によって太陽の光を受けているからだと神話では伝えられている。

だがこのグラスに浮いたミトロヒナに光を与えているのは、自らの下部にたゆたいし琥珀《こはく》色の酒が放つ輝きであった。

ガラスの酒杯に注がれた酒が美しいなどということは、この王国に生きる者ならば誰もが心得ている事実である。

しかし、その中に氷を浮かべることでそれが倍することを知っている者など、どれだけいるのだろうか。

しかもこの氷は球形であるが故に全方位から満遍なく酒の光を取り込み、それを己が内できらめかせて見せているのだ。

まるで神話の一篇《ぺん》を再現したかのような情景が、このグラスの中で生み出されている。

ほう……と、これを言い表す言葉もなくうっとりとした顔を見せていたエーディリトであったが、これは酒であり飲み物だ。

ただ鑑賞するに留めず、その舌で喉で味わってこそというものであろう。

ウィスキーを飲むのはこれが初の体験であったが、エールならば多少は覚えのあるエーディリトだ。

グラスをそっと摑み上げ、臆することなくその中身を口中へ流し込む。

瞬間、かっと全身の血が沸騰するかのような感覚と共に強烈な酒精の香りが鼻奥まで突き抜けてくる。

だが、それが不快かといえばそうではない。

まるで喉奥まで焼けていくかのような感覚は一瞬ですぎ去り、その次にはよく熟れた果実へかぶりついた時のように甘く芳醇《ほうじゅん》な香りが口内へ広がっていくのである。


（父上がお好きであられるわけだ……）

王国男としては例外的にエールよりもウィスキーの風味を好み、ほぼ毎晩かかさずたしなんでいる父の顔が脳裏に思い浮かぶ。

そしてこうしてみるに、その血は自分へも存分に受け継がれているといえよう。

また、これほど強烈な酒精を初体験で受け入れることができたのは、この酒の温度にもあるといえた。

どうやら常温で保存されていたらしいそれは、自らの内に浮かべた女神の恩恵を受けて急激に冷やされ喉の通りをよくしているのだ。

別にそのままの温度でもおいしく味わえたとは思うが、やはりどこか喉へつっかかるような感覚を覚えることになったのではないか。

そのようなことを考えながら、次に皿の上に配されたチョコレートとやらをひとかけら摘《つま》み上げる。

「む……？」

そうすることで驚いたのだが、見た目では硬質なそれがまるで手指へ吸いついてくるかのようなしっとり

とした触感ではないか。

「溶けやすくなっておりますので、お気をつけくださ い」

「そうか、では……」

店主の言葉にまじまじと観察するのをやめ、それを口の中へと放り込んだ。

「ん……！」

そして舌先にまず感じたのは、店主の宣言通り贅沢に混ぜ込まれたのだろう砂糖の甘みと乳の風味である。四大貴族の一つラトギプ家が二代前にテンサイ糖を実用化して以来、甘味は庶民にも手の出しうる嗜好品となった。

その供し方でよく用いられるのが牛の乳を加工した品々と組み合わせての調理であり、これはまさにエーディリトが子供の頃から慣れ親しんできた味であるといえる。

だが、ざらざらとした食感を潜り抜けて露になってくるのはこれまで体験したこともない奇異なる味であった。

これを端的に言い表すのならば、それは苦味ということになろう。

だがそれは噛み締めるごとにふつふつと全身の血管を脈動させ、早朝から小鬼退治へ駆けずり回った体へ活を与えてくるのだ。

そしてこの苦味は砂糖と乳がもたらす風味に敵対することなく、むしろこれを盛り立ててすらいるのである。

口内で引っかかるような食感の悪さを除けば、実に見事で……まさしく疲れを取る一品だ。

「少し喉に引っかかるが、うまいなこれは……」

感想を述べ、口内を洗い流すべく再びウィスキーを口に含む。

（こ……これは……！）

その瞬間、エーディリトは悟ることとなる。

口内に残されていたチョコレートが洗い流されると共に、ウィスキーの持つ芳醇な香りと溶け合い絶妙なマリアージュを生み出しているのだ。

（そうかこれは……酒と組み合わせることで真に完成

する一品であったのだ！）

しかも、先にも感じられた全身の血管を脈動させるような感覚も酒精の力と合わさり、倍にも増しているのが分かる。

「チョコレートか……これならば、毎日でも食べたくなるな。なるほど、これは確かに疲れを取ってくれる」

ひとしきり味わった後、エーディリトは居住まいを正しじっと店主の瞳を見つめた。

「非礼をわびよう。確かにこれはわたしに活力を与えてくれたし、それによってわたしはこれまで以上に騎士として多くの人々を守ることができるだろう」

そして先ほどのように感情へ任せるのではなく、貴族としての礼法に則ってそっと頭を下げたのである。

その後、エーディリトは剃髪の男をちらりと見つめた。

「また、先ほどの言葉の真意はまだまだ分からぬが……きっとこの酒とチョコのように、互いを認め合うような姿勢こそわたしに欠けていたものなのであろうな」

それがこの場において、未熟な少女騎士の導き出せた精一杯の解答であった。

自らの考えのみを押し通すのではなく、他者のそれを寛容に受け止め押し立ててすらやる。

そのようなありようこそが騎士の理想形であり、この酒とチョコはそれを無言で表さんとした店主の言葉ならぬ言葉であったのだ。

「あなた様のお言葉、ありがたく思います」

店主はそっと目礼し、エーディリトが絞り出した心からの言葉に応えてみせる。

「ただひとつだけ申し訳ないのが……このチョコレートというのは非常に作るのが大変な品ですし、原料もそう簡単に手に入るものではないので今後はお出しできないかと」

「何……そうなのか⁉　そうか、そうならば今日は心ゆくまで味わわなければならないな」

一人の少女騎士が生み出してしまった確執は、まるでウィスキーで洗い流されるかのように消えてなくなり……。

その後はただただ、おだやかな時間のみが流れることとなった。

そしてエーディリト・リンデンベルクは己の未熟さが人に対してのみではなく、酒量というものに対してもそうだったのだと知ることになる。

(スキムミルクやココアバターがあればもっとうまくなるが、さすがにそれはないものねだりか……)

気持ちよく酒を舐《な》め続ける少女騎士と、それをそろそろたしなめる態勢に入った青年騎士をちらりと眺めやりながら店主は今日の首尾について考えていた。

(酒で洗い流すことによってある程度のカバーはしたが、やはり食感の悪さはいかんともしがたい……)

チョコレートとは半ば工業製品じみた菓子であり、これを完全に再現するのはおそらくこの二生をもってしても不可能なことであろう。

(果たしてこの限られた環境で、私はどこまでやれるのだろうな)

それを思うと陰鬱とするような、あるいは闘志を燃やすかのような複雑な気分になってしまう店主である。

(贅沢なものだ。この命は、おまけのような代物であるというのに……)

「すまぬな店主殿。連れがそろそろいかんので、今日はこれで帰らせてもらおう」

「あ、はい」

そのような思考は、レオナルトの言葉によって打ち切られることとなった。

見ればエーディリトは最初の凜《りん》とした様子も消え失せ、完全に出来上がった様子でレオナルトによっかかっているところである。

「ううむ……こんなになるまで飲むような性分だとは思わなかったのだが」

今日一日、心痛で疲れ果てることとなった青年騎士がもらす溜め息に思わず苦笑をもらしそうになってしまう店主だ。

この男勝りな少女騎士が想い人を前についつい杯を重ねてしまった事実に、果たしてこの青年騎士が気づく日はくるのだろうか？

だが、察しの悪さという点においてはこの店主も人のことを言えない。

何故ならば、

「ふあ……勘定を……」

くにゃくにゃとした仕草でエーディリトが懐から取り出した皮袋に描かれた家紋を見て、驚愕《きょうがく》に顔を歪《ゆが》ませることとなったからである。

それに気づいたレオナルトが苦笑しながら、そっと人差し指を自らの唇へ押しつけてみせた。

それにこくりと頷きながら、店主はこの国において知らぬ者のないその家紋を持つ一族の名を思い浮かべる。

――リンデンベルク王家。

この国において全ての人民を統べる、最も高貴なる一族の名がそれだ。

王家の直轄領であるこのリッカルを統べるのが現王の弟であり、そういえばかの王弟には男児がいなかったはずであるという事実を思い出す。

この世界における騎士は性差以上に魔力の多寡が重要であり、特に男児へ恵まれなかった家が代わりに女児を跡継ぎとして叙任させるのはままあることである。

無論、それは婿を取って家を継がせることで解任されるわけであるが、ともかくこの世界における貴族階級の成り立ちが成り立ちだ。

とにもかくにも騎士として人民を守る姿勢を見せることで、その家が貴族としての立場に相応しい存在であることを内外に知らしめなければならないのである。

それは王家一族においても例外ではなく、極めて簡単な任務に選び抜かれた精強な騎士たちと共に同行させ実績とするのが通例であるという。

（やれやれ……これは）

どうやら自分が想像以上の大物を相手にしていたと知り、店主は久しぶりに寒気というのが自分の魔術によってのみ生み出されるものではないことを思い出したのであった。

（しかしそうなると……いよいよもってレオナルト様も大変だ）

憐憫の情を表に出さないよう注意しながら、勘定を受け取る店主である。

これからこの青年騎士は高貴なる少女を送り届けねばならぬのだが、そもそもこのような身分の少女が一人で出てこられるわけもない。

となるとほぼ同時に兵舎を出てきたであろうこの青年騎士が護衛役であると勘違いされてる可能性が高く、その護衛対象をここまで酔わせてしまった件について釈明が必要になってくるのである。

レオナルトのことだからうまくかわすだろうが、それはこの精強な騎士をして一つの試練となることであろう……。

5杯目 詩人に供するつまみ

交易都市リッカルの飲み屋街において日が昇ってから中天へ至るまでの時間は、せわしなく荷車が行き交う時間帯でもある。

これら荷車には酒や食品が満載されており、出入りの酒場へとこれを届けるのだ。

都市内においては衛生問題や交通問題の関係から馬の使用が制限されているため、荷車を引く動力は人力ということになる。

これは大変な重労働であり、どの荷車にあっても見習いと思わしき若者が汗だくになってこれを引いていた。

商人という職業が知恵を使うものであるのは間違いないが、それでも最初は他と同様にまず己の肉体を酷使することから始まるのだ。

「いつもお疲れ様です。これで喉を潤していってください」

荷車を引く見習いたちにとって出入りの酒場には当たり外れがあるが、『レイ』という聞きなれぬ響きの屋号を冠した店は間違いなく当たりの店であるといえる。

「ああ、いつもすいません」

見習い酒商人アヒムは、にこにこ顔で取引相手の店主からジョッキを受け取った。

たっぷりと汗をかいたジョッキに満たされているのは泡こそないもののエールによく似た色合いを持つ液体であり、何も知らぬ者が見れば昼間から酒を飲んでいると勘違いしてしまいそうな代物である。

だが、実態はそうではない。

これは酒によく似た色合いを持つ……茶なのだ。

水分を欲する本能的欲求のままにジョッキを飲み干せば、香ばしさと清涼感が一気に喉を通り抜けていく。

「――くあっ、うめえ！」

唇からこぼれた茶を手の甲でぬぐい、思わずそう叫んでしまうアヒムだ。

店主が麦茶と名づけているそれは、まだ数年はつらい下働きを続けねばならないアヒムにとって数少ない日々の楽しみであった。

「そう言っていただけると、作った甲斐《かい》がありますよ」

そう言いながら空になったジョッキを受け取り、にこりと微笑んでみせる店主である。

何しろこの巨体だし、元々は大身貴族の嫡男であったという出自持ちだ。

当初アヒムは、この青年店主を恐ろしく思ってしまったものである。

だが、今はそういう印象をまったく抱いていない。

むしろこれほど人を安心させ信頼を抱かせる人物は他におらず、自分が商売人として目指すべきはこのような男であると見定めていた。

「それじゃあ、今日の分を置いてかせていただきますね」

麦茶のおかげで元気いっぱいになった体を動かし、注文されていたエール瓶を店の入り口に運び込む。

それと交換するような形で空の瓶を荷車に積み込めばここでの仕事は終了となるが、今日は他にも用事があった。

「そうそう、今日は他に預かってるものがあるんですよ」

「お、あれが届きましたか」

アヒムの言葉に、店主は顔を輝かせてみせる。

普段は穏やかな微笑みを絶やさぬ店主であり、これはアヒムにとって意外な発見であった。

（この人でも、生の感情を見せることがあるんだな……）

そんなことを考えながらアヒムが荷車から取り出したのは、近くの村で数年前から栽培され始めているある農作物である。

「うん、いい出来だ。コルネスさんもがんばっているようですね」

その出来を確かめながら店主が思い浮かべているのは、以前に店を訪れたという農村の若者であろうか。

店主がその若者に頼み、彼の村へ出入りしているという行商人経由でアヒムに託されたのがこの農作物なのである。

「それ、食べられるんですか？」

まだまだ金も持たぬ見習いであり、店主の腕前は出入り時に振る舞われる麦茶を通してしか知らないアヒムだ。

それを見て思わず疑わしげな顔をしてしまうのも、致し方ないことであったろう。

何しろこの農作物は十数年前リッカル経由で海外からヴィンガッセン領へ渡来し、以降はかの地で大いに栽培されるようになった品なのである。

――他でもなく、家畜の餌としてだ。

だからそんなものを人間が食べて平気なのかどうか、疑わしく思ってしまうのは当然であった。

「もちろんです。こんなものを家畜にだけ食べさせていては、神々から罰を与えられてしまいますよ」

そのヴィンガッセン領を場合によっては継いでいたかもしれぬ青年が、嬉《うれ》しげな顔でそう答える。

「半ば諦めていたんですが、ヴィンガッセンから逆流する形で栽培が広まっていたのは幸いだった。やはり夏場のつまみといえば、これですからね」

店主はそのように言いながら、まるで宝物をそうするかのようにその農作物を抱えこんだものであった。

（さて、噂の酒場はここら辺にあるはずだが……）

街から街へ旅して生きる吟遊詩人ヘンドリックは、リッカルに到着するなり同行させてもらった行商人や傭兵《ようへい》に別れを告げて『レイ』という屋号の店を探し歩いていた。

彼ら吟遊詩人と酒場を表すならば、切っても切れない関係ということになる。

何故ならば、彼らが楽曲を奏で金を稼ぐ場の一つとして極めて重要なのが酒場であるからだ。

基本的に、酒精の力へ惑わされた者は判断力も鈍くなり財布の紐《ひも》もゆるみがちになるものだ。

そこを狙って楽曲を奏で、おひねりとその日の糧を恵んでもらう吟遊詩人というのはどこの街でも見られる光景である。

自然、どこの街にどのような店があるかについて詳しくなるものだ。

中でもリッカルほどの大きな街となれば、ヘンドリックにも稼ぎの場としての心当たりが十も二十も浮かび上がってくるものである。

そして昨晩宿を借りた農村にて、耳へ挟んだのが今現在探している店であった。


――ヴィンガッセンのドン亀。


耳ざとい吟遊詩人ならば知らぬ者のいない大身貴族の恥晒しが、つい最近かの交易都市で開いたのがその店であるという。

（それはいい。実に面白そうだ）

その話を聞いた瞬間、ヘンドリックの脳裏に思い浮かんだのがこの思いである。

話に聞く限り、稼ぎの場として期待できるほどの客足はない。

だが、そこに行けば得がたき体験ができるであろうし、それはヘンドリックのような吟遊詩人にとっては何よりの宝である。

歌というのは生ものであり、一度は多量の稼ぎを得られたものでも広まり真似されていくうちに陳腐化してしまうのが常だ。

そうなると、いかに酒精の援護があっても財布の紐をゆるめることは難しい。

故に、常に新しき体験をしてそこから新作の着想を得るのが重要となってくるのである。

（それにしても、この暑さはな……）

空気はまるでぬるま湯のごときであり、実体なきそれが重さを持ったかのように感じられた。

ただでさえ暑いというのに、重くかさばる背嚢《はいのう》も背負っているのがそれをさらに倍加させているのだ。

（先に宿を取って荷を置くべきだったか、いや……）

話を聞く限りでは、この問題はかの店へ到着すれば解決するはずだった。

であるならば、現在己に課している苦行はその時の感動をより鮮明に味わうための香辛料として機能するはずなのである。

果たして……、

（お、この冷たい空気は……！）

ほどなくヘンドリックはどのような売り文句よりも饒舌《じょうぜつ》にその店の魅力を語る冷気を感じ取り、件《くだん》の酒場へ到着したことを知ったのであった。

「いらっしゃいませ」

カウンター越しに店主が出迎えの言葉を放つと共に全身を涼やかな空気が包み込み、ヘンドリックは己の推測が正しいものであったことを悟った。

屋外ではあれほど暑く、重さすら感じられた空気がここではどうか。

それはどこまでも冷涼で火照《ほて》っていた体を優しくいたわり、呼気すらもおだやかなものへ変えてくれるのだ。

先までは重く忌々しいものにすぎなかった背嚢も、今は軽々と扱うことができる。

（これは話に聞いていた通りの……いやそれ以上のものだ）

まずはその体験への驚きと感動を、忘れぬうちに心の控帳へと書きしたためておく。

一歩。

たった一歩足を踏み入れただけで、これである。

話に聞いていた限りでは安くない金を取られるようであったが、それに値するだけの価値がこの場所には存在した。

見れば店の中にたむろする客たちもまた、面白い。

テーブル席でエール片手に素揚げのピーマンとパプリカを食している小肥の男は、もしや御用衆の一人でもあるヨーゼフ・ヘルマーではないか。

彼の財力を喧伝するのは身につけた貴金属でも宝石類でもなく、皿の片隅に盛られた香辛料入りの塩であろう。

ほんのわずかな量であるがそれが新鮮な夏野菜の風味をさらに引き立てるのは間違いなく、そして見た目以上の値段がこの一皿につけられているのを感じさせるのだ。

　カウンター席に座っているのは、騎士と思わしき三人の男女である。

　男装風の平服を着た同年代の少女騎士二人のうち、一人は何やらガラス球らしき品が浮かんだウィスキーグラスを片手にだらしなく片方の少女へもたれかかっていた。

　その胸も尻もまことに豊満なものであり、かようにふにゃふにゃとしていては目の毒になりそうなものだが、そうならないよううまく支えているのがもう片方の少女である。

　こちらは黒髪を短めに揃えた表情に乏しい少女騎士で、優れた観察眼を備えたヘンドリックでなければ一見して少年と見間違えそうな容貌だ。

　男装してなお問答無用で女を感じさせる金髪の少女とはなかなかに対照的な存在であり、二人の様子を眺めるだけでも一曲作り上げることができそうであった。

　金髪の少女が何やらうわごとめいたことを呟き、それを黒髪の少女が適当に受け流す。

　そんな様子を少し離れたところから見守っているのが、精悍な青年騎士である。

　二人の少女と比べればその武威は圧倒的なものであり、こうしてくつろぎながら飲んでいるというのに微塵の隙も感じさせない。

　魔力の多寡は感じられぬヘンドリックであったが、おそらく剣の腕はこれまで見てきた武芸者の中でも一、二を争うことであろう。

　炒《い》り豆を肴《さかな》にウィスキーを舐める少女たちとは違い、この男が手に持っているのはエール入りのジョッキでその供に選んだのは燻製《くんせい》アジのようであった。

（燻製アジか……いいな）

　この時期、脂の乗ったアジを塩焼きにするとうまいのは当然の理である。

　だが、これを燻製にすると味に凄みが増し、多様な酒との相性を獲得することになるのだ。

　特に、そのままでは決して相性が良くない白ワインとも意外なマリアージュとなり、それはヘンドリックが好む組み合わせでもあった。

（この騎士殿……良い趣味をされている）

名も知らぬ騎士に対し、形容しがたい共感を覚えてしまうヘンドリックだ。

もしも彼を自分の歌に登場させることになったら、せいぜいその活躍を盛ってやろうと考えつつカウンター席に腰かけた。

「お暑い中お越しいただき、ありがとうございます」

優雅な手つきでウィスキーグラスに、それぞれ別の瓶からおかわりをそそいでいた店主がにこりと微笑んでみせた。

（これが噂の……ドン亀にはまったく見えんな）

その通り名から想起されるどんくささをまったく感じさせぬ隙のない所作に感心しつつ、さてどうしたものかと考え込む。

（心は燻製アジを求めているが……）

しかし、これは半ば仕事で来ているのだ。

このような珍しき店に来て、ただ酒を飲み肴を食らうだけでは吟遊詩人としてバランスを欠くといえるだろう。

払う金に値するだけの材料を持ち帰るためにこそ、この店を訪れたのである。

（……そうだ！）

脳裏によぎった天啓のごときひらめきへ、ヘンドリックはこの日の糧をゆだねることに決めた。

「店主殿、ひとつ頼みがあるのだが？」

「頼み……ですか？」

「ああ、私は旅の吟遊詩人をしているのだがね――どうかこの私に、相応しいと思える品を用意してくれないだろうか？」

ある種の挑戦ともいえるヘンドリックの問いかけに、

「はい、かしこまりました。茹で上げるまで、少しお時間をいただきますがよろしいですか？」

店主はこの店に満ちた空気よりも涼やかな顔で応じてみせたのである。

「かまわんよ」

間髪を入れず答えたことへ好感を覚えながら、ヘンドリックは頷いてみせた。

これはどうやら、その特殊な魔術以上のものを秘めた男であるのやもしれない。

「おい、てんしゅぅ……これ、変わった味だが酒なのかぁ?」

「ええ、お酒ですよ。何杯でもお出ししましょうとも」

「……店主、感謝する」

「いえいえ」

……少なくとも、少女騎士たちへの受け答えを見るに酔客のあしらいは心得ているらしかった。

さておき、今宵《こよい》の題目は吟遊詩人たる自分に相応しき一品である。

この注文に店主がどう応えてみせるかへ胸を弾ませながら、ヘンドリックは厨房の様子をうかがっていた。

(茹でると言っていたな……)

茹でて調理するつまみといえば、やはり一番に想起されるのはソーセージである。

かつてヘンドリックが渡り歩いてきた国の中には、パン屑《くず》を詰め込んで焼き上げたようなひどいものも存在した。

だが大概の場合において調理したてのそれは歯を立てるや否や肉汁が口内に弾け跳び、ぷりっぷりの食感と合わせてそのままの肉では決して出せない味わいでもって魅了してくるのである。

しかも、中に詰める肉の量や脂の比率を変えたり、燻製や発酵などの過程を経ることでその味は無限大の広がりを見せていくのだ。

(まさか私の風体を見て、身代に見合わぬ香辛料を混ぜ込んだりはしないだろうが……)

ソーセージの中でも香辛料を用いたそれはとりわけ味わいがよく、他のそれとは一線を画するといわれている。

だが、それだけに恐ろしく高価でもあり当然ヘンドリックは食したことがない。

興味がないわけではないのだ。

未知の味への探求もまた、新たな楽曲への探究心に通じるものがあるからである。

しかし、いくら勉強を兼ねているとはいえたかが一回の食事に金貨を用いるつもりは毛頭ないヘンドリックだ。

何といっても自分は旅の吟遊詩人であり、その収入は常に流動的である。

食いたいからといって高価なものを頼んでいては、たちまち立ち行かなくなってしまうのだ。

香辛料入りの料理を気楽に楽しめるのは、背後の席で静かに酒を飲んでいるヨーゼフ・ヘルマーのような人間なのである。

（さて、どうなるか……）

だが、そのようなヘンドリックの心配はまったくの杞憂であったといえる。

店主が人ほどの大きさもある鉄箱から取り出したそれは、ソーセージではなかったからだ。

見た目はさやえんどうにも似ているが、皮も中身も明らかに厚みが違う。

もしもこれをさやえんどうと同様に食したら、口の中でつかえ最悪喉を詰まらせることになるのは見ただけでも明らかだ。

（はて、これは……？）

食した経験のないそれに、ヘンドリックは見覚えがある。

（どこかで見た覚えがある……どこかで……）

控帳に手と足を生やし、服を着せたのならばそれが旅の吟遊詩人というものだ。

あらゆる物事を貪欲に吸収し、歌へと昇華させることで金を得る商売なのだからそれは当然の理であるといえた。

見聞深き吟遊詩人は時に旅先で賢者のごとく扱われ、その知恵を請われるものなのである。

だが、吟遊詩人として決して少なくはない場数を踏み、履き潰してきた靴の数は十や二十できかぬヘンドリックをしてもなおこの品の名を思い出すことができない。

（一体、ヴィンガッセンのドン亀は何を――）

そこまで考え、ついに連想的に答えが導き出された。

かつてヴィンガッセン領を流し歩いた若き日……。

今と同様に蒸し暑かったあの時分、畑で青々とした葉を茂らせていたのがこの作物ではなかったか。

（確か大豆、といったか）

好奇心の赴くままに土地の者へと尋ねて得た答えが、今脳裏に蘇る。

十数年前、領主たるヴィンガッセン侯が鶴の一声で導入を決定し、それが成果を見せるや否や爆発的な勢いで領土中に波及した作物の名がそれであった。

（だが、その用途は確か――）

しかしながら、それは人間が食すために育てられていたのではない。

昔からヴィンガッセン領の経済を支えてきた牧畜において、家畜の飼料とするために育まれていたのが大豆なのだ。

これを餌として与えることで各製品の品質は格段に向上し、かの地は大いに潤うこととなったという。

（冗談ではない……誰が家畜の餌などを！）

だが、それを食わせようなどとはたまったものではない。

それによって生み出されたヴィンガッセン産のチーズなどならばともかく、家畜の餌そのものを客に食わせようなどとは言語道断である。

ボウルの中で塩もみにし、やはり同様に塩を振った鍋の中へとそれを投入した店主を見ながら、ヘンドリックは一言文句を言おうと決意した。

決意した、が、実行に移すことができない。

何故ならば、次に店主の見せた所作があまりに流麗で無駄のないものであったからだ。

まずは先ほどと同じ鉄箱から別のボウルを取り出し、やはりその中へと収められていた大豆を二本の細い棒で素早く……しかし丁寧に木皿へ盛りつけていく。

それなりの値を取っているらしいとはいえ庶民が通う枠外といえる店ではないのだからざっと盛りつければいいものだが、一切の妥協を許さず立体的に盛りつけられたそれには店主の強い美意識が感じられた。

そうして完成されてみると……おお！　たかが家畜の餌にすぎなかったはずのそれが、何ともいえぬ素朴な美しさを形作っているではないか。

続いて店主は、大豆が収められていたのとはそれぞれ別の鉄箱からジョッキとエール瓶を取り出した。

そして、まったく迷いの感じられない角度でもって両者が向かい合わされる。

宙空において見えざる管でも繋がれているかのように完璧な流れで注ぎ込まれるエールは、たちまちジョッキの中で純白の泡と黄金比を形作っていく。

それがどのように細やかなものであっても達人の芸には美しさが宿るものであるが、これはまさしくその好例であるといえた。

店主は今、大海を形作った海神マトヴェイのごとく小さな世界をその手に生み出しているのである。

その光景を言葉ではなく、一枚の絵画として脳裏に刻み込んでいるうち……。

「お待たせいたしました。まずはエールと、冷えている枝豆です」

店主はエール入りのジョッキと大豆が盛り合わせられた皿、そして何故か空の皿をヘンドリックの前に置く。

「ほう……」

聞いていた通り大汗をかいているエールジョッキの美しさは語るまでもない。

ヘンドリックの目を奪ったのは、やはり店主が枝豆と呼称した大豆の盛り合わせであった。

(こうして近くで見てみると、店主の配慮が伝わってくるな)

眼前に置かれたことで分かったのだが、この大豆はただ美しく盛りつけられているわけではない。

その両端を見事に切り落とされ、見た目への彩が加えられているのだ。

実に小さな差異ではあるが、豆類の房は何の処理もしないままでは突端が口内でつかえてしまうものである。

誠に、心憎い配慮であった。

(しかし、この皿は何に使うのだ……？)

次にヘンドリックの興味を引いたのは、傍らに置かれた空の皿である。

調味料でも入れるのかと思ったがそうではなく、正真正銘何も乗せられていない。

果たして、これをどうせよというのか？

「お客様、その房を手に取って口に中身を押し出して食べてください。その後、空になった房はそちらの皿へ」

「ん、なるほどな」

一見した際の口内でつかえそうだという直感は間違いでなかったらしく、どうやらこれはその中身のみを食する品であったらしい。

まずはちびりとエールを口に含みながら、そのようなことを考えたのだが……。

（おお……！　これは……！）

口へ含めるに留まらず、そのまま喉を鳴らして半分ほどを飲み切ってしまう。

（これが冷やしたエールのうまさか！　聞きしに勝る……！）

ヴァインツアインエールの特性である喉を切りつけるかのような鋭いキレと苦味がさらに際立ち、火照った体へと自らの意思で流れ込んでくるかのようだ。

同じ四大貴族であるラトギプ家のテンサイ糖開発に対抗心を燃やしたヴァインツアイン家が長年の研究により改良したという逸話を持つこの酒だが、それが真に完成したのは今この瞬間であったといえよう。

モンレーア王国での滞在中何度も飲んできたはずの酒が、温度を変じただけで何という味の変わりようであろうか。

（見事……いや見事だ……）

この感動を心の控帳へしかと書き記しながら、ヘンドリックは一人かぶりを振った。

（果たして、この枝豆とやらはこれに負けぬ感動をくれるかな……）

この高揚感は、酒精の力によって引き出されたものではあるまい。

この味を生み出した店主が、自信を持って自分に供してきた品である。

一体どれほどのものであるかを考えると、少年時代に帰ったかのような心持ちとなってしまうのだ。

（いざ……！）

枝豆を一房つまみ、先ほどの言葉を思い出しながら中の豆を口に向けて押し出す。

押し出すつもりでいたそれは、発射された。

「むう……！」

矢弾を口内で受け止めたと考えれば、思わず呻《うめ》いたヘンドリックをはしたないとそしる者もいないであろう。

それほどまでに予想外の勢いであり、むせ返らなかっただけでも大したものだと自分を褒めたくなる。

（房を切断していたのは、ただ見目を気にしてのことではなかったか……！）

あれはまさしくこの射出を滑らかなものにせしめるための、店主が凝らした工夫であったのだ。

（まったく……！）

ひとしきり心中で毒づけば意識も他に向こうというもので、ヘンドリックは口内に広がるほどよい塩味を感じ取り始めていた。

（ほう……これは……）

この塩加減が実に絶妙であり、決して塩辛くなく長旅で疲れ切っていた体に染み入るような配分なのである。

（この塩気ならば、いくらでもエールを飲めそうなものだが……）

次にそれを噛み締めてみると、塩味だけではないこの品の複雑な味わいが明らかになってきた。

井戸水へ浸したかのごとく冷やされたそれはよく身が引き締められており、他のいかなる野菜類でもあたわぬ食感でもって歯を楽しませてくれる。

噛んだ先に頭角を現してくるのは甘さか……否。

これは青々とした生命力の発露であり、大豆という作物の持つ滋養全てがこの小さな豆へ濃縮されているのだと確信できる味であった。

（不思議な食べ応えだ……作物というより、肉を食べているような感覚さえ覚える）

食感といい味わいといい、何とも不可思議で……そして疲れた肉体に力を与えてくれる作物である。

よく味わったところへエールを流し込んでみると……これは……。

(何という相性の良さか！　エールとは枝豆のために！　枝豆とはエールのために神が生み出した食物であったのだ！)

それは決して、マリアージュなどという上品な代物ではない。

もっと原始的で牧歌的な、人間の本能そのものへ呼びかけてくるような強烈な一体感だ。

エールが枝豆を食わせ！　枝豆がエールを飲ませる！

もはやヘンドリックの体はヘンドリックのものではなく、食に支配された一つのからくり仕掛けであるのだ。

しかも……しかもこれは……！

(──楽しい！)

この世にある全ての食材は、人間が食すよう神々が作り出したものであるという。

まして生きている時分ならばともかく、調理され皿に乗せられたならば後はナイフとフォークを黙って受け入れるのが理というものであった。

だが、この枝豆という食材の何と反抗的で自由奔放なことか。

勢いよく弾け飛んでは口内に踊り出し、食す側であるはずのこの身を散々に弄んでいくのだ。

この感覚を形容するならば、やはり楽しいという言葉以外にないであろう。

(食の楽しさというのは、語らいや団らんの楽しさであると思っていた……)

それはあくまでも人間同士で繰り広げる営みであり、その場においては酒も料理も潤滑剤であるにすぎないはずであった。

だが今、自分は一人きりでの食事を思う存分に楽しんでいる。

ただうまいだけではない。

見た目が美しいというだけでもない。

動的に振る舞い心躍らせてくれる食材というものが、この世には存在したのだ！

途中でエールのおかわりを挟みながら、たちまちのうちに枝豆を食していき空となった房を積み上げてしまう。

するとそれを見計らったかのように、店主が新たな一皿を目の前に置くのだった。

「どうぞ、今度は茹でたてのものです。お熱いですので、お気をつけてお食べください」

「おお、いただこう！」

言われた通り熱さに気をつけながら食す今度のそれは、冷やしたものとは随分と趣の異なる味わいであった。

かつてルオポロ地方を旅した際に味わった、炊きたての米を想起させるようなほくほくとした食感。

青々とした生命の味わいはよくできた情婦のようにこちらを優しくいたわり抱きしめるものへと変じており、鮮烈に活力を与えるのではなくゆっくりと……そして着実に自分の血肉となっていくのが実感できる。

同じ食材でありながら、冷やしたそれと茹でたてのそれとはまるで男と女のようにまったく別種の存在であった。

「うまい……これも実に、うまい！」

ジョッキを掲げ、何杯目かのおかわりを要求しながらヘンドリックは当初の目的を思い出す。

「しかしながら店主殿……これがどうして、吟遊詩人たる私に相応しい一品であるのだ？」

このことである。

当初の予想をくつがえす見事な味わいであるが、それが自分とどう結びつくというのか。

酔いが回り切る前に、ぜひとも問わねばならない問題であった。

「お答えしましょう……」

新たな枝豆に塩をすり込んでいた店主は、一旦その手を止めて向き直る。

「この枝豆……いえ、大豆という農作物は非常に根付く力が強く、様々な土地で栽培することが可能です」

「うむ……そのような話を聞いたことがある」

かつての記憶を呼び起こしながら、ヘンドリックは答えた。

「それだけではなく、栽培された土に……力を与えるのです」

「力を？」

「ええ。他の農作物を育てるための力です。そのため、収穫せずにすき込めば土地の力を取り戻すこともできます」

「ほう……」

なかなか興味深く、そしてためになる雑学である。

だが、それが己に何の関係があるというのか？

普段ならばともかく、やや酔いが回って勘働きの鈍ったヘンドリックには答えが導き出せなかった。

「様々な場所へ赴き、土地の人々へ活力を与える……まるであなた様のようではありませんか」

「……いかさま」

（――そういうことであったか）

ならばなるほど、確かにこれは吟遊詩人へ供するに相応しい一品である。

ヘンドリックは納得しながら、またも一房を摘み上げる。

「それに枝豆はまるで獣肉のように血肉となる働きがあり、疲労の回復にも効果があります」

「――何⁉」

「しかも酒精の分解を助ける働きがあるので、長旅で疲れ酒を消化し難くなっている臓腑を休める一品となっております」

「そのような……」

言われてしかし、納得できる自分がいた。

ここまでの旅路は徒歩であり、しかも炎天下だったこともあって決して楽な道のりではなかった。

それがこのようにぐいぐいとエールをやれているのは、果たしてうまさと楽しさによる作用のみであったか……。

「見れば、まだ街に到着なされたばかりのご様子。あらためて申し上げます――お暑い中お越しいただき、ありがとうございます」

その言葉に、ヘンドリックは吟遊詩人でありながら返す言葉を持てない。

（何という……何という行き届いた配慮であるのだ……）

目の前にいる男は自分のとんち問答へ答えるのみならず、この体を最大限にいたわりもてなしてみせていたのだ。

それに気づかないでいた己の、何と未熟なことか！

一人恥じらっているところへ、何やら香ばしい匂いが漂ってくる。

ふと顔を上げてみれば、今度は店主が枝豆を……フライパンで焼き上げていた！

「冷やしたものも茹でたてもうまいですが、これはまた両者の特性を併せ持って別物のうまさですよ」

「……いただこう」

恥じらいは未知の味への好奇心によって吹き飛ばされ、再びヘンドリックは枝豆の虜囚へと変わり果てる。

そしてほくほくとしながらも身が締まり、のみならず焼き上げることで香ばしさまでも加わったそれを堪能しながらこう決意することになるのだ。

（この街で一稼ぎした後は、ヴィンガッセンの地へと渡ろう）

そして盛んに大豆が栽培されているかの地で、この感動と枝豆の味を人々に伝えるのだ……。

それはある種の使命感にも似た感情であり、その行動が後に一波乱を起こすことになる。

6杯目

妙技が生む氷菓

夏場において最も過酷な仕事は何かと問われれば、マルグレートはこう答えるであろう。

——それは鍛冶屋だよ。

……と。

マルグレートの父は鍛冶屋である。

彼女の祖父もまた鍛冶屋であり、工房は父に譲ったが今でも隅で鉄を叩いていた。

祖父の祖父もまた、鍛冶屋であったらしい。

まだ九歳のマルグレートにはよく分からないが、将来彼女が迎える夫も鍛冶屋になるだろうと皆が言っている。

今でも幼いマルグレートだが、もっともっと幼い頃から住居を兼ねた工房で祖父を、父を、そしてその弟子たちの立ち働く様子を見てきた。

だから世間知らずな少女にも、断ずることができる。

——夏場で最も過酷な仕事は、鍛冶屋なのだ。

この世で一番偉い神様だというアガーフィヤ様のいじわるによって、この時期はただ外を歩くだけでもじっとりと衣服が汗でへばりつくくらいに暑い。

それなのに彼女の父たちはただでさえ暑い工房の中で炉に火を入れ、鉄を叩き続けているのである。

一度、尋ねたことがある。

——お父さんたちは、自分を蒸し焼きにして神様にお渡しするの？

……と。

夏の終わり、主神アガーフィヤを讃える祭りにおいて欠かせないのは肥え太らせた牛の丸焼きである。

幼い彼女には、リッカルの各所で串刺しにされ逞しい男たちの手で回転させられながら焼かれる牛の姿と父たちの姿とが重なって見えてしまったのだ。

それを聞いて、普段は寡黙な父が大笑いした。

祖父もまた、少ししわがれた声で笑いに笑う。

周りを見れば、弟子たちや母までが笑っていた。

皆に笑われてしまったのは大いに不満であったが、マルグレートは少しだけほっとしたものである。

半裸となった体を日ではなく火によって焼かれ、時に水を飲み塩を舐めながら赤熱化した鉄を叩き続ける父たちの姿は何やら自分自身をいじめ抜いているようにも見えていたからだ。

そうではないと知れた幼き少女の心情について、多くを語る必要はあるまい。

そのようなわけで、暑い最中であっても心の平穏を保つことができるようになったマルグレートであったが、最近その心が再び揺さぶられることとなっていた。

他でもない。

祖父の行動が不審なのだ。

鍋職人ディトマといえばリッカルにおいても腕利きとして知られており、同じように鉄を叩いていてどうしてこうも品質の差が出るのかと、不思議がられるほどの腕っこきであるらしい。

手がけてきた鍋の数たるや知れず、工房を父に譲って隠居した今でも祖父の作る鍋を欲しがる料理人は多いのだとか。

だから、工房の片隅で祖父が鍛冶作業をしているのは不自然なことではない。

隠居を決めた者があまり現場へ出てくるのはよくないことらしいが、かといって半生をかけて己に刻み込んだ生き様をそうそう忘れられるものではないのだ。

祖父ディトマだけではなく、同じように引退後も半ば趣味的に作業をする職人というのは多いらしいと友達間の情報網でマルグレートは知っていた。

だからそのこと自体は構わない。

……が、そうやって祖父が作り出している品々に問題があった。

鍋職人として名を馳せた人物であるのだから、当然作り出す品は鍋であるはずである。

そんなものは当然の理であり、幼いマルグレートにもそうであろうと見当をつけることができた。

だが、実際はそうではなかった。

最近になって祖父が作り出した品の中で、最も大きなものはマルグレートがすっぽりと入り込めそうなくらい巨大な鉄箱であろう。

誰がどう見たって鍋職人の範疇を超えた品であり、何に使うのかまったく見当もつかないようなものであるがこれを祖父は見事に作り上げた。

何の工夫もなく作れば持ち運びさえ困難になるであろう代物だが、どうも内部の構造や鉄板の厚さを工夫したらしく荷車を用いれば一人でも運搬可能な重量に収まっている。

多少大きさにバラつきはあったが、これを祖父はいくつも作り出した。

そうなると、慌てるのは周りの人間である。


——もしや、高齢でボケが出始めたのではないか？


マルグレートを含む家族らがそう考え、戦慄に身を震わせたのは致し方のないことであったといえよう。

祖父ディトマも今年で五十を数えようとしている。

若き頃から鍛冶作業で鍛え上げ、いまだかくしゃくとしているとはいえもう十分に老齢だ。

少しばかりボケが回ってしまったとしても、誰にもそれを責めることはできなかった。

しかし、祖父は別にボケてこのような珍奇な代物を作ったわけではなかったらしい。

何故ならば、これを受け取りに現れた青年がいたからである。

そんじょそこらの騎士に負けない鍛え方をしているはずの父が小兵に見えるほど大柄で精悍な青年であり、祖父が作り出した鉄箱を軽々と荷車で運んでいくのだ。


——果たして、あの鉄箱は何に使うのか？　一体、あの青年は何者か？


家族らがこれを問うても、祖父はのらりくらりとかわすばかりである。

だが金はしっかりと受け取っているらしく材料費は渡してくれているし、そもそも引退した者が趣味で何を作ろうとも勝手なので父は深く追及するのをやめた。

他に祖父が作り出したのは、銅製の細々とした品々である。

あるものは四角い穴がいくつもこさえられたトレーであり、またあるものは蓋と組み合わせることで中央部に丸い形が生み出されるトレーであった。

しかも、丸形となる方は蓋の頂点にごく小さな穴が空けられており、ますます用途の推測を困難なものとしているのだ。

マルグレートが知る限り祖父に次いで最高の鍋職人である父はもちろん、友達に聞いてもそのような品には心当たりがないという。

職人街の子供らが知らないということは、それは少なくともリッカルにおいて誰も見たことも聞いたこともない品々であることを意味する。

あまりにも、不穏であった。

極めつきは、祖父が最近になって作り始めたある品である。

これを製作するにあたって、何と祖父は図面を用意したのだ。

鍋職人ディトマといえば自らの勘働きに従って品物をこしらえる男であり、それがたとえリッカル領主の住まう城で使われる大鍋であったとしても同じことであった。

それが精緻とはいえないものの羊皮紙に図面を引き、しかも同じく現役を引退した歯車職人やネジ職人にまで声をかけているようなのだからこれは明らかに一大事だ。


——もしや親父は、最後に何かとてつもない品を作ろうとしているのかもしれないな。


そんな様子を見ながら、ある日父がぽつりともらしたのがこの言葉である。

それならばいいのだが、マルグレートが恐れているのはリッカルの職人街に伝わるある噂話だ。

何でも数十年は昔、王国に反逆を誓ったある没落貴族が大量の人間を殺せるからくり仕掛けを考案した。

そしてそれを実際に作り出すべく部品を発注したわけだが、そのやり方が巧妙である。

件の没落貴族はそれと分からぬよう様々な職人らに分散して部品製作を依頼し、手元に部品を揃えてからこれを組み上げようとしたのだ。

幸いにも計画は騎士たちに知られるところとなり、からくり仕掛けが実際に組み上げられることはなかったという。

――もしかしたら……もしかしたら……お爺ちゃんは、知らずに悪事の片棒を担がされているのかもしれない。

実際のところ、件の逸話は「素性のよく分からぬ者の依頼を受けるべからず」という訓戒を込めて創作された代物であるのだが、純真なマルグレートがそのようなことを察せられるはずもなかった。

――きっと鉄箱を受け取りに来てた大男が悪い没落貴族なんだ！　お爺ちゃんは、あいつに騙されてるんだ！

……もっとも、部分的に当たっている部分もあるのが幼いとはいえ女性に備わった直感の恐ろしさというものであろう。

マルグレートの直感を補強する要素はまだある。

この頃、祖父ディトマが欠かさずおこなうようになった夕方の散策だ。

行き先は誰にも告げず、ふらっと出かけては日が落ちる頃に帰ってくる。

ならばついていこうとしたこともあるのだが、

――いや、まだ早い。いま少しすれば、連れて行ってやろう。

可愛い孫娘を相手に祖父はこのように言うばかりで、とりつくしまもないのである。

手がかりがあるとすれば、ある日帰ってくるなりマ

ルグレートにもらした、

——お前はあまりじゃじゃ馬に育ってくれるなよ。

という言葉のみであった。

こうなると、真相を探らずにはいられないのが子供心というものだ。

——いいもん、お爺ちゃんがその気ならあたしだって考えがあるもん！

九歳といえばいまだ男女の区分が曖昧な時期であり、この時マルグレートを突き動かしたのは少年のごとき冒険心である。

ある日、いつものごとく夕刻の散策へ出かける祖父を見ながらさりげなくマルグレートは家を出た。

目的はただ一つ。このところ祖父が見せていた奇妙な行動の真相を暴くことである。


果たして、祖父ディトマを尾けることは容易な作業であった。

いまだ肉体は衰えを見せぬとはいえ、それでも全盛期に比べれば勝手が違うのであろう。

その歩みはごくゆっくりとしたものであるし、何より剃髪にした頭が人の流れにあっても非常に目立つのである。

鍋を司る神プリヘーリヤに倣《なら》ってのことらしいが、かの神は女神であり男である祖父が真似したところでどれほどの意味があるのかは疑問なところだ。

祖父は家を出てから職人街をぶらつき、二人ほど連れを増やした。

（ネジ工房と歯車工房の大親方たちだ）

いずれも職人街ではそれなりに顔の利く人物であり、マルグレートにとっても知った顔である。

今は思慮深い三人の大親方たちが、昔は職人街きっての悪童として知られていたらしいのだから面白いものだ。

そしてかつての悪童たちが向かったのは……若き日の悪名に相応しき場所だったのである。

（ここ、飲み屋街だ……）

マルグレートにとっては、家族らから決して近寄らぬようにと言われている区画がそこであった。

父も祖父も酒を飲まぬマルグレートであったが、友達から酔漢というのがどれほど面倒なものであるかはよくよく聞かされている。

それを思えば近寄りたい場所ではなく、赤ら顔でふらつきながら歩く中年男などを見れば自然と足がすくんだ。

（ううん、駄目よマルグレート！　勇気を出すの！　他の大親方たちならともかく、お酒を飲まないお爺ちゃんがこんな場所へくるなんて絶対に変なんだから！）

だが、使命感が恐怖心に勝った。

祖父らの姿を追いかけながら、酔っ払って歩く男や「お金忘れた……」「あたしは貸しませんよ」などと言い合う二人組の少女騎士らをかわしてひたすらに歩く。

でも黒髪の人は男の子に見えたな、と思いつつ追跡を続けていくうち祖父らは一軒の酒場に足を踏み入れた。

「……レイ？」

そこらの農村に暮らす子供ならばいざしらず、将来は工房を裏から支える身分になるマルグレートである。簡単な計算や読み書きはすでに母から教わっており、何とかその不可思議な響きを持つ屋号も読むことができた。

「……あれ？」

同時に、おかしな現象にも気づく。

開け放たれた入り口から流れ出す風が首筋をよぎったのだが、それはこの季節のものとは思えないくらいに涼しいものであったのだ。

「お嬢さん、こんなところで何をしているのかな？」

「ひゃっ⁉」

だが、それ以上に少女を驚かせたのは突然背後からかけられたその声である。

——いつの間に背後へ立っていたのか。

何の前触れもなく突如として出現したかのように一人の男が背後に立ち、マルグレートを覗《のぞ》き込んでいたのだ。

「ああ、すまんすまん。驚かせたな」

思わず後ずさったマルグレートを見て、その男は頭をくしゃりとかいてみせた。

「あ……騎士様だったんですね。すいません」

そして同時に、マルグレートは己の無作法を悟ることになる。

目の前に立つ精悍な青年は腰に騎士剣を携えており、物腰といい着ている衣服といい間違いなく貴族であったのだ。

「いや、俺が迂闊《うかつ》であった……それより君、こんなところで何をしているんだ？　親は？　まさか連れ立ってこんなところへ来たのか？」

「えっと……あの……」

少女をここまで突き動かしたのが使命感であるのなら、この青年騎士を突き動かすのもまた使命感である。

おそらくは余暇として過ごしているだろう時間にもかかわらず、目の前にいる幼き少女に見て見ぬふりをしないのはまさしく騎士の鑑といえる振る舞いであった。

問題があるとすれば、今日ばかりはそれがマルグレートにとってすこぶる都合が悪いということであろう。

「むう……よし！　そこの店で何か冷たい飲み物でも……いや、かの御仁がいつも食しているあれがいいだろうな。それを奢《おご》ってあげるから、食べながら事情を話してくれればいい」

「え？　いやあの……」

なかなか口を開かずにいるマルグレートを見て妙案を思いついたようにそうまくしたてる騎士を前に、冷や汗を浮かべてしまう。

（い、今はまずいんだけど……）

何しろ尾行している対象が入っているのがその店なのだ。

見つかったが最後、いつも穏やかな祖父もこの時ばかりは工房を継ぐ前の父へ接するがごとく雷を落とすに違いない。

「遠慮をするな、さあ」

だが、貴族たる青年にこう言われては容易に逆らえないのが平民身分の悲しさである。

それでなくともマルグレートは右も左も分からぬ小娘であり、うながされるままにかの酒場へと足を踏み入れることになったのだった。

そして青年騎士に連れられて『レイ』なる屋号を掲げた店に入ったマルグレートがまず驚いたのは、その身を包み込んだ冷気にではない。

カウンターを挟んだ調理場で見覚えのある青年が振るう、その鍋にであった。

別段、変哲がある品ではない。

ずっしりと厚みのある鉄で作り上げられたそれは鉤《かぎ》に引っかけるためのつるが取りつけられており、日常の煮炊きにおいて大いに活用されるごく庶民的な代物だ。

ただし、その扱い方が尋常ではなかった。

青年は厚手の布で鍋の片側を掴み、それを文字通りの意味で振るっていたのである。

つるが取りつけられていることからも分かる通り本来の用途は固定しての煮炊きであり、断じてこのように振り動かす品ではなかった。

それを片手で軽々とおこなっているのだから、この巨漢が見た目通りの怪力を有していることは疑う余地もない。

その鍋へ熱を与えるための炎もまた、常識の埒外《らちがい》にあるものであった。

調理場に存在するかまどの中では、まるで神前の催し物で灯されるかのように轟々《ごうごう》と音を立てて火が踊っているのだ。

(――違う！　お母さんから教わったやり方とは、全然！)

まだ九歳のマルグレートとて立派な王国女であり、

常日頃から母を手伝い調理場に立っている。

その際、母から教わった調理法というものはもっと静々とした火でじっくりと焼き上げるものであった。

まかり間違っても、このように鍋と中の食材を常に振り動かすようなものではない。

青年のこれは食材を焼くというよりも、もはや躍らせているのだ。

しかも少女の経験上、これは明らかに度を越した火力である。

このような炎の上でものを焼いたならばたちまち食材が焦げてしまうだろうし、そもそもフライパンが焼きついて駄目になってしまう。

だが、青年のようにこれを激しく揺り動かし、さらに玉杓子でもって内部の食材をかき乱したならばどうか？

じゅうじゅうと音を立てていることからも多量の油を用いていることは明らかであり、鍋の内部はおそるべき高温を保ちながらも食材へ満遍なく火を通すことができる。

そもそもが一定の箇所へ火を集中し続けるから焦げるのであり、このように常に揺り動かしていればその危険性からは解放されるのだ。

フライパンではなくわざわざ重たい鍋を用いているのも得心がいくところで、このような調理法をおこなうには丸い形状の方が適しているのである。

マルグレートが未知の調理法を見て一瞬でそれらの術理を悟れたのは、ひとえに青年の動きが完成されつくした無駄のない代物であったからだろう。

完成した技法には、合理が宿る。

そして完璧に演じ切られた合理は、見る者へ問答無用でその真髄を教え伝えるものなのだ。

無論、幼き少女がそのような小難しい論法を脳裏で展開するはずもなく、小さな頭の中へ浮かんだのは一つの言葉であった。

（――お鍋に、命が宿っている）

このことである。

かつて、祖父ディトマが完成させた鍋を見ながらこのようなことを口にした。

――うわあ、命が宿ったみたい。

それを聞いた祖父は、苦笑いを浮かべながらこう言ったものである。

――馬鹿を言っちゃいけねえ。俺たち鉄叩きにできるのは、どこまでいってもガワを仕上げることだけよ……こいつに命を宿らせることができるとしたら、それは扱う料理人だけだな。

調理に使うのはもったいないくらいぴかぴかに輝いたそれを見ながら自嘲気味にもらす言葉の意味が、当時は理解できなかったものだ。

だが、今なら分かる。

悪い没落貴族ではないかと疑ったあの青年はまぎれもなく手にした鍋へ命を宿らせており、命の宿りしその鍋が人々の血肉を育む料理を作り上げるのだ。

やがて調理は終了したらしく、青年は玉杓子を用いて豪快に中身を皿へ盛りつける。

どうやらそれは細切りにした肉や野菜をたっぷりの油で踊り焼いたものらしく、遠目に見ても実にうまそうで……滋養を与えそうな代物であった。

「見事なもんだな……完璧に鍋を使いこなしてるじゃねえか」

「ああ、うちのかかあにも見習わせてえくらいだ」

「馬鹿言うんじゃねえ――これは鍋を使いこなしてるんじゃなくて、鍋が使いこなされてるだけだ。兄ちゃんよ。あれが仕上がったら、もっと使いやすいのをこさえてやるよ」

カウンターで好き勝手なことを言い合っているのは、かつての悪童三人組である。

マルグレートには気づいていないようだが、その姿を見て先までの興奮も忘れ思わず身を固くしてしまった。

「ん……？」

その様子に不審を感じたか、背後の青年騎士が小首をかしげたのが気配で伝わってくる。

「いらっしゃいませ……おや、そちらのお嬢さんは確か……？」

　どうにか逃げ出せないものかと思うが、そのような隙が騎士たる者にあるはずもない。

　テーブル席で今か今かと待ち望んでいる着崩した調理衣の男へ料理を運ぶべく、カウンターから出てきた巨漢の料理人と目が合ってしまった。

「ん……？」

「おい……？」

「む……？」

　その言葉に触発されたか、三人の大親方がこちらを振り向いてしまう。

「うん……今日の肉料理は何やら随分と威勢がいいな」

「豚肉と夏野菜のチンジャオロース風といいます――レオナルト様、そちらのお嬢さんは？」

「それなんだが……」

　ちらりとこちらに目をやる青年騎士。

　いや、彼だけではない。

　店内にいる全ての者が、マルグレートへと視線を向けていたのである。

「俺の……孫娘だ」

　いたたまれない沈黙の後、とうとう祖父ディトマがそう口を開くのだった。


「何だそういうことであったか。ならば良かった。今日は飲めないものと覚悟したが、俺も安心して晩酌にいそしめるというものよ」

　レオナルトと呼ばれていた騎士は朗《ほが》らかな笑みを浮かべながら、店主が見事な手際で用意したエールジョッキを傾けていた。

「騎士様よう……そうは言うが、子供がこんなところを一人でうろつくもんじゃねえや」

　レオナルトの言葉と、麦茶……というらしい香ばしい風味を持つ冷茶の味わいで幾分か落ち着きを取り戻しつつあったマルグレートは、祖父の言葉で再び冷や汗をかく。

「ディトマよう……そうは言うが、可愛い孫に黙って一人でうまいもん食ってたお前さんが言うことじゃねえわな」

「そうさ、そうさ」

「んぐ……」

そんなマルグレートを救ったのは、ネジ工房と歯車工房の大親方たちである。

エールジョッキを豪快に呷りながらそう言い合う悪友たちに、さしもの祖父も返す言葉を持てず麦茶をするばかりだ。

「マルグレートや……俺はな。別に意地悪でお前に隠し立てしていたわけじゃねえ。ただ、俺たちの仕事が終わらなきゃ完璧なかき氷が食えねえっていうから黙ってたんだ。お前には、一番いいものを食わせてやりたかったからな」

「かき……氷……?」

祖父から飛び出した聞きなれぬ単語に、小首をかしげる余裕が出てきたマルグレートであった。

どうやら雷を落とされる心配は回避できたらしく、そうなると現金なもので子供らしい旺盛な食欲が顔を出してくる。

あのちんじゃおろーすという料理が見事に作り上げられる様を見てしまったのも、よくない。

くう……と可愛らしい音がお腹《なか》からもれ、幼い淑女は赤面することとなった。

「はっは、やっぱ孫娘はいいなあ。うちは息子も孫も男だからこんなかわいげはねえよ」

「なあ、ディトマよ。嫁の飯を食うまでのつなぎに、かき氷を食わせてやったらどうだ？　見つかっちまったもんは仕方がねえ。明日にはあれも仕上がるんだから、お前の孫にも食べ比べてもらおうや」

「……仕方がねえか」

観念したのか、祖父は見事に剃り上げられた頭を撫でてみせる。

「おい、兄ちゃん！　かき氷を人数分くれ！」

「ああ、その後は俺にもちんじゃおろーすというのを頼む」

「はい、かしこまりました」

祖父と騎士から出された注文に店主は微笑みながら頷くと、厨房内にいくつも設置されている鉄箱の一つへと歩みを向けた。

「あれ、お爺ちゃんが作ってたやつだ！」

「おうよ。ルーンは兄ちゃんが自分で彫ったもんだけどな――こいつを兄ちゃんが使うと、ちょっとすごいぞ？」

そのように笑いかける祖父の顔はまるで少年時代に戻ったかのようなもので、マルグレートの記憶には存在しないものだ。

思えば家族に秘密の場所を作りそそくさと出入りするなどまさしく悪童の所業であり、今まさに祖父はかつての年代へと回帰しているのである。

そして店主が鉄箱から取り出したのは……、

「木箱？」

果たして、小鍋ほどの大きさがある四角い木箱であった。

だがよく見れば底部だけは銅板が用いられているらしく、金属質の鈍い輝きが発されている。

「中身が、面白いぞ」

「箱の細工も中々だがな」

「ああ、木工屋をせっついた甲斐があるってもんさ」

店主はそれをカウンター越しにまな板の上へ置くと、何やらいじくりだす。

すると木箱を構成する五枚の板が外れ、その中身を露にしたのである。

「ガラス……？」

それを見て、最初にマルグレートが抱いた感想がそれであった。

「いや、氷だ。見事なもんだろう？　俺も最初に見た時は、驚いた」

まるで自分の手柄がごとく笑う祖父の言葉を裏づけるかのように、四角い氷塊から放たれた冷気が頬を撫でる。

だがそれで冷やされるかといえばそうではなく、祖父譲りの好奇心を持つ少女の頬は興奮から赤く染め上げられていたのであった。

「氷って、こんなに綺麗にできるものなんだ……！」

マルグレートの記憶にある氷といえば、冬場水たまりなどにできているそれだ。

面白がって剝がしたりもするのだが、元が泥水なだけありそれが大変に汚らしい。

氷室で作られたならばガラスのごとき透明さを得られるらしいが、鍋工房の孫娘に縁のある品ではなかった。

「一度沸騰させた水をこの特別な容器に入れ、丸二日かけてじっくりと凍らせたものです。

これを……切ります」

続いて店主が取り出したのは、やや使い古された感のある包丁である。

傍目にはよく使い込まれているとも思えるが、先ほどの鍋さばきを見ていたマルグレートはそれで少しがっかりとしてしまう。

(多分、命が宿ってない……)

このことである。

よく手入れはされているようだが、産湯に浸かった時から鉄というものへ触れて育ってきたマルグレートなのだ。

その目を誤魔化せるはずもなく、先ほどの鍋に比べるならば明らかに一段も二段も劣る品物であった。

「その包丁とも、今日でお別れか？」

「ええ、所詮は氷を切るためだけの中古品ですから。最後にひと働きしてもらいましょう」

しかし、文字を司りルーンを考案したともいわれる老神クルグロフはいかなる筆でも自在に操り、ただの文字を芸術にまで昇華させたと伝えられている。

店主は命なき刃を氷塊に押し当て、かっと目を見開く。

そして展開された光景は、まさしく筆を振るう老神のごとき代物であった。

店主が恐るべき速度と精緻さで包丁を振るったならば、その先から氷塊は削り落とされみるみるうちにその大きさを減じさせていく。

そうやって生み出されていくのは……、

「雪……？」

そう、それは雪であった。

ふわりふわりと空気をまとった氷の削りかすが、純白の雪へと変じてまな板の上へ降り積もっていくのだ。

たちまち店主が作業を終えると、まな板の上には小さな雪山が出来上がっていた。

「いつ見ても見事なもんだねえ」

「今日で見納めになるのが、残念だが」

「申し訳ありません。やはり包丁の寿命を減らしてしまうもので、いかに使い捨てとはいえ料理人としては……」

「いや、兄ちゃんの言うことは道理だよ。それがどんなものであっても、使うからには最大限大事にしてやらにゃかわいそうだ……それで、今日は何をかけるんだい？」

「今が旬、木苺《いちご》のシロップです。今日はいいのが手に入りましてね。そのまま潰したものでもおいしいくらいですよ」

質問に応じながらも店主は手早く作業を進めていき、四人分の小ぶりなガラス容器へ雪を盛り合わせていく。

そして次に取り出したのは、小さな壺であった。

店主がその蓋を取ると、中からふわりと甘酸っぱい芳香が漂い出す。

そして小匙で中身をすくい出すと、ガラス容器の中に作り出された小さな雪山の上へ……それをかけた！

「うわあ……」

少女の語彙では、感嘆の溜め息をもらすことしかできない。

それほどまでに美しく、つい先ほどまで身を蝕《むしば》んでいた暑気を吹き飛ばすかのような品がそこに完成していた。

わずかに雪山を溶かしながらそれと一体となった汁の、何とあでやかなことであろうか。

しかも氷と一体となったことで汁の色合いに変化が生まれており、自然な流れで形作られたグラデーションがこの目を飽きさせない。

心憎いのは潰しほぐされた木苺の実が散りばめられていることで、それが更なる見た目の変化を生み出していた。

「お待たせしました。……木苺シロップのかき氷です」

それに匙を添えて眼前に供すると、店主は例のちんじゃおろーすを作るための準備を始めた。

「えっと……」

どうしたものかと思いながら、祖父と二人の大親方の顔を見やる。

食べ物であるらしいことは疑いようもないのだが、あまりの美しさに萎縮してしまったのだ。

「さ、お食べ」

だが、祖父の言葉にうながされて決然と匙を手に取った。

そして、さくりという触感を楽しみながらそれを雪の中に突き入れる。

（すごい……本物の雪みたいだ！）

その感触からおよそ半年ほど前に友達らとした雪遊びのことを思い出しながら、口の中へそっと匙を滑り込ませた。

「ん……う……」

だが、雪みたいだという感想はそれを裏切られることになる。

これは雪などではない。

本物の雪を遥かに超えた、恐るべききめ細かさなのである。

かつてふざけながら口に含んだ雪よりも遥かに舌当たりがよく、ふわりと空気を含んだそれはたちまちのうちに溶け消えてしまうのだ。

そしてそれが溶けるということは、かけられていた木苺の汁も同時に口内へ解き放たれることを意味する。

酸い味の強いそれは野山の恵みがそのまま溶け込んだかのようで、夏の暑さに加え工房中にこもっていた熱でだるさを覚えていた体に活が入るかのようだ。

そしてその後には、優しい甘みがじゅわりと口いっぱいに広がっていくのである。

そしてそれが溶け消えた氷と合わさり、最後にはさっぱりと口内から消え去っていくのだ。

潰しほぐされた木苺の実もまた、素晴らしい。

こちらはより濃厚に果実本来の甘酸っぱさが凝縮されているのだが、それが単調になってしまいそうな食感と味わいに変化をもたらしてくれている。

「おいしい……！」

　こうなると、もう止められない。

　今ばかりは少年のごとき果敢さで、マルグレートは次から次へとかき氷を口の中へと放り込んでいく。

「あ、そんなに急いで食べると……」

　ちんじゃおろーすを作っていた店主がそれを見て、少し慌てた声を発したがもう遅い。

　次の瞬間には、きいん……と耳朶《じだ》を打ち鳴らすかのような感覚と共にマルグレートは激しい頭痛を覚えていた。

「い、痛……っ」

　突然の感覚に思わず頭を抱えるマルグレートを、かつての悪童がにまにまとした顔で見下ろす。

「ま……教えずに見ていたのは、一人でこんなとこまで入り込んだ罰よ」

　そして少ししわがれた声で、しれっとそう言い放ったのだった。


——翌日の『レイ』。

　普段は各々で酒に興じるという常連たちが、この日ばかりはテーブル席に置かれたそれを中心にして輪を形作っていた。

「……これが、かき氷機というやつか？」

　一同を代表してそう尋ねたのは騎士レオナルトであり、自信ありげに頷いてみせたのはディトマを中心とした大親方たち三人組である。

「いや、大親方たちの腕を甘く見ていたわけではないのですが……正直、驚きました。私の断片的な情報から、ここまで見事なものを作り出すとは……」

「一番驚いたのは俺だろうさ……親父、何を作ってるのかと思えばこんなものを」

　感嘆の溜め息をもらす店主に答えたのは、これが初の来店となる父ライナルトだ。

少しばかり個性豊かな面々に物怖じする娘の頭に手を置きながら、父は感嘆とは別の意味を持つ溜め息をついた。

「こんなもん……鍋職人の作るもんじゃないだろうに」

父がそのように言い放つのも仕方のないことであったろう。

それほどまでにテーブルへ置かれたからくり仕掛けは異様で……異形の存在であったからだ。

見た目を一言で例えるならば、それは椅子のようである。

だが、人が座るようにはできていない。

肘掛《ひじか》けにあたる部分にはこの道具の核心ともいえる装置が取りつけられており、何より座面にあたる部分は非常に鋭利な刃が取りつけられているのだ。

この刃はかんなよろしく刃の長さを調整可能となっており、大親方たちの専門分野に留まらない技術力を感じさせる。

いや、技術力を云々するならば注目すべきはそこだけではないだろう。

肘掛け部へ取りつけられた装置そのものを貫くかのような巨大なネジといい、その横に備えられた水車のごとき握りつきの輪といい、それらを機能させるための歯車機構といい……いずれもがこの世界でも最高峰の技術を組み合わせて作り上げられたのだと確信できる仕上がりであった。

「技術の無駄使いだぜ、まったく……」

「そうでもないさ。こういう試行錯誤から新しいやり方が生まれるんだ」

父ライナルトの物言いに反発を覚えたマルグレートに代わって口を開いたのは、先日ちんじゃおろーすを食していた調理衣男である。

「俺の親父もそうだった。最初は馬鹿なことをやってると思ったもんだがな——親父亡き後でも、親父の考案したクロワッサンはうちの看板商品だ」

「む……そういやあんたは、『貝殻屋』の……」

——この人はパン職人さんだったんだ！

しかもクロワッサンを扱っている『貝殻屋』といえば、マルグレートでも知っている有名店舗である。

その店は市場の片隅に存在し、何度か母に連れられて訪れたことがあった。

先代が考案したというクロワッサンは空気を含んだ独特の食感が特徴で、マルグレートもパンの中では一番好きな種類だ。

さすがに職人の顔までは覚えていなかったのだが、父はきっちりと記憶していたらしい。

そして憎まれ口を叩いていたライナルトだが、祖父ディトマを尊敬しているという点ではマルグレートに勝るとも劣らぬものがある。

それだけにこのような奇抜な品を作り上げたことに関して一言あったのだろうが、同じく偉大な先代を持つという『貝殻屋』の店主にこうたしなめられては返す言葉もない。

「まあ、一理ある……な」

結局このように言い捨てて、押し黙る他になかった。

大体、祖父ディトマが何か革新的なものを作っていると予想していたのは他でもないライナルトなのだ。

それがあまりに常識を超えていたのであんなことを言ったのだが、本心は別にあったということだろう。

「さあさあ、それより早速実演してみせてはくれんか？」

場の空気をやわらげるようにそう言ったのは、宝石や貴金属で飾った小肥の男だ。

どことなく商人の風格を感じさせるのは、このようにきめ細かく周囲の雰囲気を読み取っているからだろう。

「そうですね。では早速……」

そう言った店主が調理場から取り出してきたのは、昨日も見た水晶のように美しい氷塊とかき氷を盛りつけるためのガラス杯である。

「兄ちゃんよ、今日は何をかけるんだ？」

「今日はですね。ちょっと和風でいってみようかと思います」

「わふう？」

聞きなれぬ響きの言葉へ首をかしげるマルグレートをよそに、店主が調理場から持ってきたのは二つのボウルであった。

片方に収まっているのはマルグレートでも作り方を知っている練乳であったが、もう片方に収められているのはこれが見たこともない一品である。

（緑色の……ペースト？）

果たして原料は何であろうか……。

色合いはあざやかな緑色であるが、いかにも食感が悪そうなごわごわとしたペーストである。

昨日の木苺汁が見事なものであっただけに、同じような果物汁を期待していたマルグレートは少し肩透かしを食らったといえた。

「それでは、かき氷機の初運転を開始しようと思います」

おごそかに言い放ちながら、店主はまるで以前にも似たような経験をしたかのような迷いなき動きで氷塊を設置していく。

座面に思えた部分へ氷塊を置き、装置を貫通するネジでそれを固定していくのだ。

ネジの底部にはいくつものスパイクが取りつけられた円盤が存在し、それががっちりと氷塊に食い込み滑り動くことを阻止するのである。

「これで準備完了ですが……そうですね、せっかくですから――」

その言葉へ輝かしい美貌の少女騎士が童女のごとき期待に満ちた笑顔を浮かべるのだが、これは隣にいる少年のような容貌をした少女騎士に軽く頭を叩かれた。

その様子に苦笑を浮かべながら、店主がマルグレートを見やる。

「お爺さんたちの力作です。ぜひ、最初はお嬢さんにお願いしたい」

「え？　あたしが？」

驚いて周囲を見やるマルグレートだが、ちょっとすねた顔をしている金髪の少女騎士を除いて全員が温かな眼差しを向けていた。

こうなると、断っては女がすたるというものだろう。

「うん！　あたし、やります！」

勇気を振り絞ってそう答え、かき氷機に歩み寄った。

「何も難しいことはありませんよ。このハンドルを、こっちの方向へ回してください」

ガラス杯を座面部の下へ設置しながら告げる店主にこくりと頷けば、全ての準備は完了だ。

「――いきます！」

客たちの視線に晒されながらひるまず宣言し、ハンドルというらしい回転装置を思い切り回した。

「うわ……」

――これだけごついからくり仕掛けなのだから、さぞかし力がいることだろう。

少女の予想はしかし裏切られ、思った以上に抵抗なくハンドルが回り出す。

すると固定されていたネジがくるくると回転を始め、当然の理としてそれに押さえつけられていた氷塊も座面で回り始めたのだ。

するする……するする……と氷塊が回れば、それを座面に設置された刃が削り取ることとなる。

削り取られた氷塊は先日のそれに勝るとも劣らないきめ細かな雪へと変じ、最下部へ設置されたガラス杯へと降り注いでいく。

（すごい……！　お爺ちゃんが作った道具で、あたしがかき氷を作ってるんだ！）

ふと父を見れば、感嘆した様子で娘と娘の動かす道具とを眺めている。

それに少しだけいい気分になり、マルグレートはせっせとハンドルを回し続けた。

「はい、まずはそのくらいで。これにずんだ餡《あん》と練乳をかければ……」

店主に制されてハンドルを止め、手早く仕上げに入るその手際を眺めやる。

店主は最初たっぷりのペーストをかき氷に乗せ、続いて練乳をその上から垂らした。

「綺麗……」

うっとりとそう呟くマルグレートに反対の意見を送る者は、この場にいようはずもない。

新雪のごときかき氷に乗せられたペーストは色鮮やかに萌えいづいた新緑の色合いであり、さらにその上から真っ白な練乳がかけられているのだ。

（まるで、冬のお山と夏のお山が一つになったみたい……）

少女の抱いた感想は、おそらくこの場にいる全員が共有しているもののはずであった。

「お待たせしました――ずんだ餡と練乳の金時風です」

匙と共にガラス杯を渡されたマルグレートは、しかしこれを固辞する。

そして祖父を見つめて、祖父と自分と……最後に店主の手で作り上げられたかき氷を差し出したのだ。

「俺は、お前の後で構わないのだが……」

「ううん、最初はお爺ちゃんに食べてほしいの……」

そのように孫から言われ、上目遣いに見つめられては断れる者などいようはずもない。

周囲の視線に晒されながらも老練の鍋職人は、顔色一つ変えずにそれを受け取ってみせた。

だが、綺麗に剃り上げられたその頭が上気しているのには、気づいているのかどうか……。

ともかく祖父ディトマは、差し出されたそれを一口食べてみせたのである。

「ねっとりとして甘い……今までのかき氷とは、食いでがまったく違うな。練乳との相性も良い」

じっくりと味わいながらそう呟き、最後に昨日も見た童子のごとき笑顔を浮かべてマルグレートを見やった。

「だが、お前が俺のために作ってくれた。そのことが、俺には何よりも嬉しい――うまい。実にうまいぞ」

そして次に、店主を見やる。

「甘みは砂糖として……兄ちゃん、この緑のは何で作ってるんだ？」

「はい、それは枝豆を丹念に摩《す》り潰したものです」

「あの豆でか？　砂糖と豆が、こんなにも相性の良いものだとはな……」

その言葉に、居ても立ってもいられなくなったのは周りの客たちである。

「店主殿、そろそろ俺たちの分も作ってはくれないか？」

「そうですな。こうなると今日は、酒よりも甘味だ」

騎士が商人が口々に言い放ち、他の客たちも騒然とし出す。

「ようし！　それならあたしが皆の分も――」

小さな淑女はそこで言葉を途切れさせ、自分をじ……と見つめる眼差しへ気づくこととなった。

それは決して攻撃的な代物ではなかったが、確かな羨望と言の葉へ変えようにもそれをできない尊厳との葛藤が感じられるものだったのである。

「えっと……お姉ちゃん、やってみますか？」

その言葉に大きな淑女は自身の金髪が放つそれにも勝る、輝かしい笑顔を浮かべたのであった。


（やはりかき氷は、このようにして食するものだな……）

何故かエーディリトが自分の分まで作ってしまったため、自らもかき氷を食しながら店主はしみじみと感慨にふけっていた。

その脳裏に浮かんだのは、一度目の少年時代に町内会の催しで見た光景であったか……。

自分自身の手で調理し、それを味わってもらうのは最上の喜びである。

だが、このようにして皆でわいわいと騒ぎながらの食事というものも、何物にも代え難い喜びであるのだ。

（枝豆のずんだ餡も、同じ豆同士だけあって小豆《あずき》の代用としては十分な品だ）

しかし味に関してのみは冷静に考察しながら、三人の大親方による妙技で生み出されし氷菓を食す客たちを眺めやる。

（折を見て、またこのような席を設けるのもいいな）

最後に自分自身の分を作り、それを大急ぎで食したため頭痛に苦しむエーディリトの姿を眺めながら……。

――店主は静かに、そう決心したのである。

7
杯目
パン職人に供するまかない

夏場において最も過酷な仕事は何かと問われれば、交易都市リッカルにおいてその名を知られし『貝殻屋』の主人ダーヴィトはこう答えるだろう。

――そんなものは、パン職人に決まっている。

……と。

一人二人のパンを焼こうというのではない。

売れ行きが芳しくない時でさえ一日百人からの客をさばき、彼らの空腹を満たすだけのパンを焼き上げなければならないのだ。

必然、パン職人は一日の大半を焼き窯の前で過ごすこととなる。

ただでさえ蒸し暑い夏の時分を、大量の薪をくべた焼き窯の前でだ。

――パンを焼くというより、己を焼いてるみたいだ。

かつての日、初めて窯の間へ入ることを許されたダーヴィトはこう言ったものである。

――馬鹿なことを言ってないで俺の手つきをちゃんと見ていろ！

……無論、その後には見習い職人として初のげんこつを食らわされることとなったのだが。

しかしながら、あの日抱いた思いは父が病没し自分が店を継いだ今となっても変わることはない。

窯とその外との違いはあれど、パン職人とはパンと共に己の身を焼き上げる職業なのだ。

また、そのようにして自らをいじめ抜くからこそ、主神アガーフィヤの肉にも例えられるこの食物を扱う資格が得られるのである。

その辺りの理はダーヴィトどころか、その父の代からもそのまた父の代からも変わらぬ不変の真理であった。

だが、変わったものもある。

ダーヴィトの手によって焼き上げられたクロワッサンこそが、その最たるものだ。

ダーヴィトも知らぬかつての時代、パンとは王国の政策によりその形と種類を大きく制限された食品であった。

それは何故かと問われれば、パンこそが王国にとって重大な税収源であり極めて重要な政策食品であったからである。

かの時代、パン職人といえば蠟《ろう》職人などと並ぶ職人の花形であり、その手に職能を身につけたならば生涯飢えることはないと断じられた職業であった。

パン工房の数と場所は国によって細かく定められており、職人以外の人間は決してパンを焼くことが許されない。

そして、この法を破ったならば重い罰が科せられたのである。

王国は人民の食事たるパンの提供場所を自らの統制下に置くことで入手手段を限定し、そこから上がる税収を様々な政事《まつりごと》に利用してきたのだ。

そうなると、税収の安定化を図るためにパンの種類は画一的であった方が好ましい。

そこを厳しく取り締まることによって、パン工房ごとの収支を均一なものにできるからである。

販売というよりは配給といった商売形態であったが、より多くの人民が飢えずにパンを食せる社会政策として一定の効果を上げてもいたのだ。

それが変わったのは、ダーヴィトの父が『貝殻屋』を受け継ごうかという時分であったという。

理由はいくつかあるが、それを一言で表すならば政策が時代に見合わなくなったからということになる。

その時代の王ヘルムート・リンデンベルクが即位した当時は徐々に増えていく人口に対し領地の広さが足りておらず、王国の発展が頭打ちを迎えようとしていた時期であった。

後に『竜心王』と呼ばれることになる若き王は、それを自らと自らの軍団が誇る武威によって解決することとなる。

ヘルムート王は自らも馬を駆っていくつもの戦場を

駆け抜け、同じだけの数魔物の支配領域を解放せしめたのだ。

そうして解放された土地には開拓者たちが集い、多くは農耕地として使われることになったのである。

大河ドナーニの恵みはかつて魔物の支配領域だった土地にも等しくもたらされており、モンレーア王国の領土はどこまでも肥沃なものであるのだ。

そのこと自体は喜ばしいことであり、人々はヘルムート王の威光を大いに讃えた。

が、王国にとっては一つ問題が浮上したのである。

……食料の過剰供給だ。


――種を蒔け、さすれば大いなる恵みもたらされん。


神話に存在する有名な一節であるが、この言葉はまさしく真実であった。

人々は新たな王国領で土を耕し、水を引き、盛んに種を蒔く。

結果としてそれは大いなる恵みとしてかえってきて……食料の市場価値が大幅に下落したのである。

特に、主要生産物である小麦の下落ぶりは凄まじいものがあった。

確かに飢えはなくなった……が、小麦は服にも毛布にもならぬ。

それらを得るために小麦を売ろうとも、在庫がだぶついている影響で得られるのは雀の涙の銅貨ばかり。

平民ならば、それでもいい。

明日にも飢え死にしかねぬ生活よりは、食う物多くて着る物少なしという生活の方が遥かにマシであるからだ。

しかし、これが国となるとそうはいかぬ。

国家という巨体を誇る生物は、ただ存在するだけでも人が汗をかくがごとく金子を流し落としてしまうものだからだ。

その主要財源たる小麦とその加工過程から得られる税収が激減したのでは、とてもではないが立ちゆかない。

この場合、市場動向を無視して従来通りの値でパンを販売させるというわけにはゆかぬ。

市場を通さねば収穫物を金に変えられぬのは個人が国に変わったところで同じであり、その加工物であるパンにしても小麦の値変わりを反映せねば国民にそっぽを向かれるからだ。


——パンが買えぬのならば、麦粥を食えばよろしい。


これは当時の流行《はや》り言葉である。

何といっても王政というものを成り立たせているのは人民であり、民あっての貴族、民あっての王であるのだ。

これにより、モンレーア王国の税政策は転換を迎えることとなる。


——太陽神《アガーフィヤ》から商業神《オレーク》へ。


これもまた当時の有名な流行り言葉であり、穀物を中心とした世から現在の金が物を言う世へ変貌していく過程を端的に表しているといえた。

ともあれ改革の刃が最も深く突き立てられたのは都市経済であり、かつてのように必需品や都市間の通行のみに税が課せられるのではなく、もっと広く様々な形でそれが徴収される形となる。

結果としてそれまで王国により半ば保護される形となっていたパン工房も自由競争の荒波へ晒される形となり、同時にそれまでパン職人らを縛り上げていた枷《かせ》も取り払われたのであった。

そしてダーヴィトが知る限り彼の父……すなわち先代『貝殻屋』の主は、時代の変化へ最も上手く乗った職人だ。

その証左といえるのがダーヴィトが父から技術を受け継ぎ、たった今焼き上げたクロワッサンである。

（いつ見ても、見事なものだ）

窯から引き上げられたそれを見てダーヴィトが感嘆するのは自らの腕ではなく、このパンを考案した父の手腕であった。

薄手の生地を折り畳み三角形に切り分け丸めること

で製作されるこのパンは、作るのに手間がかかるバターを大量に使用するのが難点であるがそれだけの価値がある味だ。

何より特徴的なのは、さくさくとしたその食感である。

ヘルムート王の活躍により食卓へ白パンがのぼるのは当たり前となり、もっちりとしたやわらかいパンがもてはやされる風潮となった時代に父はこれを生み出した。

がちがちとした黒パンとも、もっちりとした白パンとも異なるこの味わいは『貝殻屋』の名声を不動のものとすることになる。

しかし、これを生み出そうと四苦八苦していた父を当時の自分がこころよく思っていたかといえばそうではない。

むしろ、神々の恵みである小麦を無駄に使い失敗作を量産する父の姿は冒瀆《ぼうとく》的ですらあると感じられ、一時は家を出ようかと真剣に検討したほどだ。

だが、間違っていたのは自分であった。

規制緩和により自由競争の気風が高まり、高騰する市場の地価に耐えかねていた『貝殻屋』を父は救ってみせたのである。

(いつか……俺もこのようなパンを……)

それは店を譲られ、父が亡くなった今でも変わらぬ思いだ。

何といってもダーヴィトは二十五歳の男盛りであり、そのような年齢にある男がいまだ妻を持たぬのがその熱意を端的に表しているといえる。

これは決して意固地なのではない。

男がこうと決め、一念をもってそれに取り組んだのならば必ずやそれは成果となって表れるのである。

そういった理由からダーヴィトはいまだ自身を半人前のパン職人であると定義しており、自信を持って一人前を名乗れるのは結果を出したその時であった。

だからこうして、父から受け継いだ技を振るいつつも新たなパンの構想を練っているのだが……。

(暑い……)

この熱気である。

さすがに見習い小僧だったかつてとは違い音を上げるようなだらしない真似はしないが、そうかといってこのような中で頭が明瞭に冴え渡る道理もない。

何かが芽生えそうな瞬間にもそれは汗へと変じタオルで拭い去られる羽目になり、とてもではないが父を超えるような構想など練られるはずもなかった。

しかも、これだけ過酷な仕事でありながら夏のパン工房というのは儲けが少ない。

パンというのは総じて口中の水分を吸い取ってしまう食物であり、このような暑い盛りにはするりと食せるパスタの方をこそ王国民は好むのだ。

何しろダーヴィト自身がパン職人でありながらそのような嗜好であるのだから、これは断言できる事実である。

（今日もまた、あそこへ行くか……）

ついつい、この頃通い詰めている『レイ』なる酒場のことを頭の中に思い浮かべてしまう。

焼き上げられたパンからほのかに立ち上る酒精の香りが、窯の間へ満ちているのもよくない。

あの涼やかな店内できりきりに冷やされたエールを呷る……。

それに勝る喜びが、果たしてこの世に存在するだろうか。

それもさることながら、あそこでしか食せない冷製パスタなる品はまさしくこの夏の暑さを忘れられる一品であり、ダーヴィトにとっては新たに増えた目標ともいえる品であるのだ。

『冷気』のルーンを扱えるのはあの巨体の店主のみなれど、だからといって同じ料理人である自分がおめおめと負けを認めていいはずがない。

――自分の手で、父にもあの店主にも胸を張ることのできるパンを作り上げる。

それこそが、現在のダーヴィトを突き動かす原動力なのだ。

そのためにはまず敵のことを知らねばならぬし、何より英気を養う必要がある。

（……よし！）

店の中で従業員たちに交ざって立ち働く母の許可を得るべく、ダーヴィトは焼きたてのクロワッサンが乗った鉄板を持ち上げた。

何も言わずに黙って自分の素行を見守ってくれている母へついつい甘えてしまう辺りは、文字通りの意味でダーヴィトの未熟な部分であるといえるだろう。

リッカルが誇る飲み屋街において最近その名を知られつつある『レイ』においては、エールを始めとする各種の酒やかき氷に加えて乾物の類が固定の品書きとなっている。

では、その他の料理がどうなのかといえばこれは肉料理・魚料理・野菜料理・パスタの四種類が日替わりの品となっているのだ。

これは店主に直接聞いたのだが、日頃市場を回りその日その日に巡り合える食材で様々な料理を出していきたいから……ということらしい。

ごく簡単に言ってのけていたが、業種の違うダーヴィトであっても口で言うほど楽なことではないと分かる。

自身が継いだ『貝殻屋』におけるクロワッサンが顕著な例であるが、商売というものは主力商品を作りそれを柱として展開していくのが基本だ。

この店で言うならば冷えたるエールこそがその主力商品であり、極端な話をしてしまえばそれと簡単につまめるものだけでも十分に商売が成り立つはずなのである。

経営規模にも見合わない。

カウンター席が八席、テーブル席が三つというこの店の規模では仮に営業時間中全ての席が埋まり続けていたとしてもさばける客の数はたかが知れている。

もっと大規模に経営している店ならばともかく、『レイ』の規模で毎日それだけの品を日替わりにするというのは労力に対してあまりにも見返りが少ないというものではないか。

このように経営者として合理的に考えるならばあまりにも無駄が多い『レイ』の品書きであったが、これに好感を持てぬかといえば決してそのようなことはない。

確かにこれは店の経営において贅肉とも呼べる部分であったが、贅肉大いに結構ではないか。

主神アガーフィヤとて、夏の終わりに催される自身を讃えた祭りにおいてはたっぷりと肥え太らせた牛を欲するものだ。

そして丸焼きにされた牛の肉はその信徒たちにも供されるものであり、全ての労役から解放されたただただ肉質のみを追求された牛の味というものは他の何物にも代え難い美味なのである。

あくまでも合理的に労役を課し、その果てに潰した牛の肉ではあの味は決して出せぬ。

肉にしても店にしても、時に贅肉を乗せた方が上等なものとなり得るのだ。

さて、窯の間で散々に焼かれ抜いた肌を心地よく冷ましてくれる冷気に身を委ねながらダーヴィトが注文したのは、本日の魚料理『油漬け《ツナ》と白いんげん豆の和え物』である。

（素朴だが、どこか華のある一品だ……）

先日食した肉料理『豚肉と夏野菜のちんじゃおろーす風』もまことに豪快であり美味な品であったが、それとはまた異なる魅力がこの一皿には存在した。

そもそも、ツナを用いるという選択がリッカルにおいてはあまりにも冒険的だ。

この交易都市は脇に大河ドナーニを、正面にはカルネヴァ海をいただいており、言うまでもなく海産物に関しては非常に豊富な品々が出回っている。

その質も量もまさしく王国で随一と呼べる規模であり、市場に足を延ばせば旬の鮮魚が極めて安値で手に入るのだ。

で、あるから生粋のリッカル育ちはツナをあまり好まない。

というより、食す必要がないのだ。

そもそも、油漬けという加工方法は鮮魚を手に入れられぬ内地へ向けて出荷するために考案されたものであり、時化《しけ》でも起きぬ限りは新鮮な魚を食べられるリッカルの人間には縁が薄い。

加工した分手間賃が上乗せされるわけで、鮮魚に比べると割高ですらあるのだからこれは当然のことである。

（しかし、その認識は誤りであったな……）

フォークで一口それをつまみ、よく冷えたエールとの調和を楽しみながらダーヴィトは己の認識不足を悟ることになった。

保存するために油漬けとするのではない。

より味を高めるためにこそ、油漬けとするのだ。

油にひたされたマグロ肉の、何と力強く濃厚な味わいか。

しかもこれは一度油を切った後、他の素材と和える段階においてさらにオリーブオイルをからませられているのだが、まったくしつこく感じられない。

これはオリーブオイルそのものの品質が良いこともさることながら、共に和えられた白いんげん豆と玉ねぎ、そして彩の乾燥パセリによるところも大きいだろう。

素朴でくせのない豆がツナの力強い味わいを受け止め、玉ねぎのしゃきしゃきとした食感と香味が味にアクセントをもたらしている。

パセリもただ見た目を美しくしているというだけではなく、その青々とした味わいが料理全体を引き締める役割をもたらしていた。

（一つ一つは決して珍しい食材ではないが、それを組み合わせることでこうも見事に昇華されるのか……）

しかも、この料理が狙っているのはそれだけではあるまい。

他の素材は元より、先にも述べた通り油漬けは内陸部で魚を味わうために考案された加工法である。

つまり店主は、陸で手に入る品々を使って港町に住む人間を唸《うな》らせるだけの魚料理をこしらえてみせたのだ。

普段のものやわらかな振る舞いからは考えられぬ、何という挑発的な試みであろうか。

この辺りは、ドン亀などと揶揄されながらも『モンレーアの雷光』と謳《うた》われし武人の血をしっかりと受け継いでいるということだろう。

（うまい……実にうまい）

和え物を口に運び、よく味わった後にエールを流し込む。

キレ味鋭いヴァインツアインエールとの相性も素晴らしいが、これならば白ワインなどともよく調和するかもしれない。

しかし、あまり色々な種類の酒を飲んで頭の働きを鈍らせるというわけにもいかないだろう。

何となれば、

（美味き料理と酒で英気を養い、今宵こそは新たなパンの着想を得てみせる……！）

この一念あってこそ、自分はこの店にやって来ているのだから。

「いやはや、それも実にうまそうですな」

いざ、思索の海へ旅立たんとしていたダーヴィトであったが、その航海はのっけのところで座礁させせられる羽目になった。

何故ならば、隣のテーブル席で本日の肉料理『牛ロースと夏野菜のグリル』を肴に、たらふくワインを飲んでいた小肥の男がにこやかに話しかけてきたからである。

その顔色は明らかに出来上がっている風であり、そうでなければ知り合いでもない自分に声をかけてくるなどあるはずもなかった。

いや、知らぬと言い切ってしまっては語弊があろう。にこやかにワインを舐めるこの男は自分と同じく『レイ』の常連であり、そういう意味で知らぬ仲ではなかった。

何よりも、このリッカルで商売を営む者ならば宝石や貴金属で着飾ったこの男を知らぬ道理がないのだ。

――ヨーゼフ・ヘルマー。

今は少したるんだ体をしているがれっきとした船乗り上がりの英傑であり、新航路開拓の功績からその販路を任されるに至り、御用衆の一人にも数えられる大商人である。

（これはまた、面倒な御仁に話しかけられてしまった……）

酒の席であり、さすがに少しばかり気を悪くさせてしまったからといってただちに『貝殻屋』を潰すような短慮な人物ではないはずだ。

だが、現実にそれだけの権力と財力を有している人物であることを考えると下手な対応ができるはずもなく、やや返答に窮してしまったのは確かなことである。

「ヨーゼフ様、ダーヴィト様を困らせてしまってはいけませんよ」

だが、救いの手はすかさず差し伸べられた。

この大商人が何よりも好むカレーなる料理を手にした巨漢の店主が、やんわりと忠告してくれたのである。

そのタイミングも呼吸も絶妙なものであり、同じ客商売であれど形態の違うダーヴィトには真似のできないものであると感じさせるものであった。

「おお、これはこれは……いかんな。酒を過ごしてしまったらしい。『貝殻屋』の店主殿も、どうか気を悪くせんでくれ」

「いえ……」

と、そこでダーヴィトが一歩踏み込んでみようと思ったのには、ヨーゼフが申し訳なさそうにしていたのが関係しているのは間違いない。

いわば今現在のダーヴィトは精神的上位に立っている状態であり、これならば多少は口が回ろうというものだからだ。

だが、それ以上にダーヴィトは自分を包み込む閉塞感の打破を願っており、この珍しい料理と海外で様々な体験をしてきたかつての船乗りに、その突破口を見出そうとしたというのが真相であろう。

「その料理……」

「ん？　これがどうかされましたかな？」

「いえ、以前から物珍しいと感じてまして……」

「うむ！　これは珍しさもさることながら、その美味において右に出る品はないと私は確信しておりますよ！」

「ほ、ほう……」

ちょっと聞いてみただけなのだが、思っていた以上の熱意で返されて少し引いてしまうダーヴィトである。

だが、この偉大なる商人がこれほどまでに熱を込めて話す品であるならば、そのいわくについて知っておくのは確実に自らの糧となるはずであった。

「前から不思議に思っていたのですが、品書きにもないその品をどうして……？」

「ああ、これはだね。そもそも店主と私が知り合ったきっかけが、この料理を彼が再現……いやさ昇華してくれたからなのですよ」

「再現……？」

「ええ、元々これは海の果てイルコヴァにおいて私が供された品でしてね。ご存じかもしれませんが、かの国では香辛料が盛んに流通しておりそれを用いた料理も豊富です。私はこの地においてその再現を試みたのですが、このモンレーアには詳しい者がおらず途方にくれていたのですね……そこで彼と出会ったわけです」

「ほう……？」


すでに料理を供し終え、カウンターにて騎士たちの相手をしてやっている店主をちらりと横目にする。

（海の果ての料理を、どうしてヴィンガッセン領の元跡取りが知っているのだ……？）

そのことに疑問も覚えるが、続く言葉ですぐさま忘れ果てることとなった。

「かの国ではパンのようなものもありましたが、やはり米を使ったこの種の料理が最もおいしかったですなあ……」

「パンのような⁉　というと……？」

今度は、ダーヴィトの方がずずいと身を乗り出す番である。


——異国のパン！


自らの貧弱な発想を吹き払うかのような新風を求めているダーヴィトにとって、願ったりの情報であるといえた。

だが……。

「はは、やはりパン職人としては気になりますか？　ですが、残念ながら期待に沿えるような話ではありませんよ？　あちらのパンは生地を寝かせずそのまま鉄板で焼くというもので……少なくともパンの味わいにおいては、王国に分があると私などは思いましたからね」

「そうですか……」

思わず肩を落としてしまう。

「まあ、その分あちらでは米を食するのが主流となっておりましたな……私の扱っている航路ではありませんが、オウカやヒイヅルなど、米を主に食す国というのは中々に多い。彼らにとっては、米こそが我々にとっての麦と同じ存在なのでしょう」

「ははあ、なるほど……」

ややぞんざいに相槌《あいづち》を打ち、内心を悟られないようにするのが精一杯であった。

（やはり、俺の考えが甘かったということか……）

このような酒の席でかねてよりの大目標へ光明を見出そうなどとは、それこそ亡き父が知ったならば片腹痛いと笑うかもしれぬ話である。

（親父を超えるなどと、一朝一夕で叶う話ではないということだな……）

ところで、かちゃり、かちゃりと匙を運ぶ音が響く中、黙してしまったダーヴィトに代わってこの話題へ興味を示した者があった。

「米、か……わたしはあまり食したことがないのだが、そのような話を聞くと食べたくなってしまうな！　店主！　わたしにもあの御仁と同じものをくれ！」

カウンターでよくウィスキーを舐めている少女騎士二人のうち、残念な方の少女である。

普段はへべれけになることも多い彼女であるが、今日はいかなる理由によってか酒量を抑制しているらしく比較的しゃんとした様子であった。

「エーディ様……例のチョコレートとかいうのにお金を使っているので、今月はもう厳しい。我慢してほしい」

「うう……そうだった……」

……どうやら酒量を抑えている理由は金欠だったら

しく、一見すると少年にも思える黒髪の少女騎士から
それを聞いた金髪の少女騎士はしゅんとうなだれてしまう。

「……今からでも、俺自身の分は払おうか？」

「い、いや、あれはそもそもわたしが言い出したことへ付き合ってもらったのだ！　レオナルト殿が遠慮する必要はないとも！　うむ！」

「そ、そうか……」

青年騎士が浮かべた苦笑いは、果たして少女の剣幕に押されたものかその裏にある真意に気づいてのものか……。

己自身の大目標にまい進しているダーヴィトにとっては関わりなきことと、少しだけにやついているヨーゼフと共にその様子を眺めやったものである。

「それなら、まかないでよろしければ米料理をお出ししましょうか？」

「おお！　いいのか⁉　週末にならないと金はあまりないぞ！」

「大丈夫。まかないですから、お安くいたしますよ」

「では頼む！」

どうやら、カレーとは異なるようだが少女騎士は米料理を食べられることになったらしい。

（私もそろそろ、締めにパスタでも頼むか……）

ちらりとテーブル上の木札を見れば、今日のパスタ料理は『トマトの冷製カッペリーニ』となっていた。

ただでさえ蒸し暑い夏の時分、氷水で締めたパスタにこれも冷たいソースをかけた料理がまずかろうはずもないが、それが数あるパスタの中でも極細であるカッペリーニならばより食が進むというものであろう。

（うむ、今日のも実にうまそうだな……）

先ほどはやや気を落としてしまったが、こういう時こそうまいものを食って忘れるに限る。

カッペリーニを注文すべく手を上げようとしたダーヴィトは、カウンターで店主が供した品を見てしかしその手を止めることとなった。

（何だ……あれは……？）

このことである。

見た目はヨーゼフも食していた米を三角形に整えた

もののようであった。

しかし、どこまでも小麦を扱うパン職人であり米などは食した経験もないダーヴィトにとっては、まったくの未知なる料理である。

「うん！　うまい！　こんな簡単なのに、うまいなこれは！」

それをパンのごとく手に掴み、淑女としての礼儀作法も何もなくかぶりつく少女騎士がこう言っているのだから、より興味を引かれようというものだ。

「店主！　すまないが俺にもそれをくれないか⁉」

気がついてみれば、ダーヴィトはそう叫んでしまっていたのである。

「ええ、少々お待ちください」

突然の注文にも店主は驚かず、すぐさま調理へ取りかかっていく。

いや、これは調理と呼べるほどのものだろうか。

左手に微量の塩をつまんだ店主は、おそらくヨーゼフのため炊き上げておいたのだろう米をそっとそこへ乗せ軽く形を整える。

さらに米というよりは空気を扱うかのごときやわらかな所作で中心部にくぼみを作ると、スプーンでもって白色の具材を放り込んだ。

（ほほう……米だけで作るわけではないのか）

そのようなことを考えながら見ていたが、そこから先が早技であった。


――例えるなら、怪鳥の嘴《くちばし》か。


奇妙な形へ右手を曲げた店主は左手と合わせて数回ほど米の固まりを転がし、たちまちのうち三角形へと固め上げてしまったのである。

転がした、という他にない。

しかしながら、その軽快な動きでしっかりと米の粒同士が結び合っているのだからこれは瞠目《どうもく》する他になかった。

（なるほど、まかないというだけあって驚くべき速さだが、それ以上に見事なのはその技術か……単純なようでいて、練達の技が込められている……！）

まかないといえば余りもののパンを指す仕事場で育ったダーヴィトであり、何とも脳髄を刺激される光景だ。

やがて店主はもう一つ同じものを作り上げ、添え物らしき野菜と共に皿へ乗せてダーヴィトにこれを供する。

「お待たせしました——ツナマヨにぎりに、付け合わせの塩もみきゅうりです」

皿の上にはツナマヨにぎりというらしいごく簡素な米料理が二つと、ひとつまみほどの小口に切られたきゅうりがよそわれていた。

「すまないな、無理を言ってしまって」

「いえ、このくらいなら簡単なことですから」

店主への礼もそこそこに、少女騎士へ倣ってさっそくツナマヨにぎりを手に取る。

(具材の方も気になるが……)

まかないらしく魚料理のツナを流用したのだろう白色の具材を思い出しつつ、まずは頂点部の米を一口かじり取った。

(む……これは……!)

そうして瞬時に感じ取れたのは、わずかな塩気と上質な穀類にしか宿りえないほのかで……しかし体に染み入っていく甘みである。

(握る前につまんだ塩はごくわずかだった……それがここまで、甘みを引き出すものなのか……!?)

この塩気は夏の暑さに疲れた体へ活力を与える働きもあるが、それ以上に米の甘さを引き出す役割が大きいだろう。

それほどまでに、初めて食したこの穀類と塩気との相性は良い。

ともすれば塩をまぶしただけでいくらでも食べられる可能性があり、これはパンにもパスタにも宿らぬ特性であった。

(遠く海の果てには、このようなものを日々の糧とする人々がいるのか……)

そのような思いを抱きながら、二口目をかじり取る。

——俺の考えたこのパンはな、空気を食わすパンだ。

同時に脳裏へ去来したのは、かつて父が己に言い放った言葉である。

先ほどは米そのものの味へ頭が行ってしまったものだが、店主の技術はやはり相当なものだ。

しっかりと結び合わさった米の粒たちはしかし、歯を突き立てると同時にふわりとほどけ口の中へと転がっていくのである。

これは米の粒同士を繋ぎ合わせているのみではなく、結合と解放……矛盾した事柄が店主の技術によって繋ぎ合わされているというのが真相であろう。

そのような食べ応えであるから、当然ながら食すと同時に空気も口の中へと入り込んでくる。

これが、塩と共にこの品を引き立てる第二の調味料であるのだ。

――空気をよくはめば、甘みが生まれるのでな。

父がどのような発想からクロワッサンを生み出したのか、ダーヴィトはこれまで言葉でしか理解してこなかった。

それが小麦とはまったく異なる穀物を食することで心にも響いたのだから、何ともこの世は面白い。

（さて、お次は具材だ……）

だが、米の味と店主の技術にばかり感心していてはならないだろう。

二口かじり取ったことにより天頂部はすでに崩壊しており、内部に抱いた具材が露出していたのである。

そこへ、かじりついた。

「むう……！」

今度は、思わず声に出して唸ってしまう。

思えば、先ほどの和え物はその調理形態に相応しくおとなしめの味つけでツナと他の具材とを融和させるような料理であった。

だが、このツナはどうか。

入念に混ぜ合わせられたらしいソースは酸い味と油気と……ほのかに卵の風味がするものであり、それがこのツナという食材と尋常ではない相性の良さを発揮している。

そうなると、塩を振られただけでも味を引き出されてしまう米のやわらかな風味とは喧嘩《けんか》してしまうのではないか？

そのような心配は、まったくの懸念であったといえよう。

米の味わいは喧嘩するでも押し負けるでもなく、何とツナのそれを見事に受け止め自身のそれも具材のそれも更なる高みへと昇らせているのである。

（違うな……これはマリアージュではない。もっと一次元上のものだ……）

同じ穀類を扱う職人としてダーヴィトは、直感的に今起こっている現象の正体を悟った。

これはいうなれば融合、だ。

おそらく、具と米とを別々に食していたならばこれほどまでの衝撃も感動も味わえなかったことであろう。

両者を一つの料理としてまとめ上げ、それを同時に食するからこそ味は更なる段階へと進化を遂げたのである。


（これは……これはもしや……！）

この瞬間、ダーヴィトの脳裏に舞い降りたのはまさしく天啓であったが今はこれを味わう方が先決だ。

じっくり咀嚼して味わい、きゅうりをひとかけら口に運ぶとこの味わいもまたたまらない。

塩をもみ込んだ後、少量の酢と砂糖で和えたらしきそれは簡易なピクルスと呼ぶべき品であったがピクルスではこうはいくまい。

ほのかな味つけに留められたこれはきゅうり本来の風味をまったく損なっておらず、またそれがツナマヨにぎりの味をさらに引き出す効果を持っている。

口中に残ったツナマヨにぎりの味わいを清めるようでいて、またそれがさらにツナと米とを呼び込む起爆剤と化すのだ。

食に支配され瞬く間にそれを平らげたダーヴィトは、大いなる満足感と共に息をつくこととなった。

が、恐ろしいのは……。

（もう一皿くらいなら、食べられるだろうか……）

更に同じ品を求めてしまう、己の食欲である。

どう考えてもこれは締めとして供される類の料理であるのだが、ツナマヨにぎり一つ一つが小ぶりであることもあって無限に食せそうな気がしてしまうのだ。

（たまにはパスタでなく、こういうものもいいな……よし！　もう一皿頼んでみるか！）

そのように考えカウンターの方を見やったダーヴィトであったが、

「店主！　もう一皿頼めるか⁉」

「え、ええ……もちろんです」

自身と同じくこの品に魅了されたらしい少女騎士に請われ、やや顔を引きつらせている店主を見てやめておくことにした。

――まかないは、あくまでもまかない。

これ以上店主の分を減らしてしまっては、かわいそうというものだろう。

（それにしても……）

食している間、稲妻のように脳内を走り抜けた発想へ思いを馳せた。

（まったく異端な考えではあるが……しかし、試す価値はありそうだ）

そして帰り次第、早速仕込みをおこなうべく頭の中で段取りを整え出したのである。

「どうやら、何か面白い発想が出てきたようですな……」

そんな自分の様子を見ながらにこやかにそう言い放っている辺り、どうやらこの大商人には己の悩みも狙いも最初から全て筒抜けであったのだろうか――。


――その日より一週間後。

営業日における日課である市場巡りを終えた店主はたっぷりと食材の入った背負いかごを揺すりながら、『貝殻屋』を訪れていた。

昨日の夜、そこの主人であるダーヴィトからぜひ来てほしいと請われたからである。

（楽しみなものだな……）

何やら思い悩んでいたのが晴れた様子と、会心のレシピを作り上げた料理人特有の表情からおおよその事情を察した店主はこれを快諾したものだ。

――果たして。

（すごい人混みだな……）

店主は、『貝殻屋』へ押し寄せる客の列に圧倒されることとなる。

立ち食いの料理屋やコンビニエンスストアなどで各種の冷麺が簡単に手に入る地球ほどではないものの、夏場はパンの売れ行きが極端に下がるのはこの世界でも同じことなはずだ。

それがここまでの繁盛を見せるとは……。

期待に胸を膨らませながら己の番を待ち、やがて店内のカウンターへと行き着く。

無論、紙袋などという気の利いたものはないので背負いかごからバスケットを取り出すのは忘れていない。

いかにも不便であったが、これはこれでちょっとしたピクニックのようで店主は少し気に入っているのだった。

「はい！　いらっしゃい！」

店主に応対したのは、いかにも威勢のいい中年の女性である。

だが、店主の顔……というより体格を見て一目でそれと気づいたらしく「ああ、あんたがあの……」としきりに頷いてみせた。

「うちの息子が、いつもおいしいものを食べさせてもらってるそうだね？　これはその礼ってわけじゃないけど、お金はいらないよ！　ぜひ食べてみておくれ！」

そして凄まじい勢いで店主のバスケットに四つほどパンをねじり込み、次の客へ応対し始めたのである。

（ああいう威勢のいい販売形態にも、憧れるものはあるな……）

そのように考えながら木陰へ避難し、早速バスケットから件の品を取り出す。

（なるほど、ジャムクロワッサンか……）

それは焼きたてのクロワッサンをバンズのごとく二つに割り、バターを塗って木苺のジャムを挟み込んだものであった。

（――見事だ）

それを見た店主の反応は、感嘆の一言である。

なるほど、調理法は極めて簡素なものだ。

だがその発想へ至った才の、何と非凡なものであろうか。

似たようなものでは、軍艦巻きが挙げられる。

イクラやウニなどを握らず寿司として提供できるかの調理形態は一見すれば簡単なものに思えるが、これを思いつける人間とそうでない人間との間には絶対的な才覚の差が存在することは疑いようもない。

長らく調理形態を厳密に定められてきたこの世界のパン史において、『貝殻屋』の先代主人はクロワッサンを考案しその息子はサンドイッチにもハンバーガーにも繋がっていくであろう新たな調理法を見出した。

これを天才の所業といわずして、何と呼べというのだろうか。

おそらく発想のきっかけは自分が供したツナにぎりであったのだろうが、それを差し置いてもその功績の輝かしさは決して色あせないのである。

（いかんいかん、焼きたてが華だ）

パンとは刺身も同然の料理であり、時間が経てば経つほどにその味は減じていくものだ。

思考を打ち切り、最もうまい時を逃さぬべく早速ジャムクロワッサンへとかぶりつく。

（うん……うん……！）

まずそもそも、クロワッサンそのものの味が素晴らしい。

焼きたてのクロワッサンが織り成す空気を含んだふわりとした食感とさくりとした食感とのシンフォニーは、他のどんなパンにも生み出せない味わいである。

それが生地に織り込まれたバターの風味と混じり合い、そのままでいくつでも食せそうな気持ちになってしまうのだ。

だが、パンの宿命か口内の水分は見る見るうちに奪い去られてしまい喉へつかえそうになる。

それを防ぐのが、間に挟まれたバターとジャムだ。自身を挟んだクロワッサンと一体となり更なる高みへ味を進化させているのもさることながら、これが口内における潤滑剤となって食を進める効果をもたらしている。

少なくともこの暑い時分、軽食としてただのパンを食するのに比べたら雲泥の違いがある味わいなのは間違いがない。

（パン職人ダーヴィトか……凄い人だ）

瞬く間に一つを食べ終え、改めてあのパン職人の非凡さに思いを馳せる。

発想の天才性もさることながら、パン焼きの技術そのものが見事なものだ。

店主とてパン焼きには一家言ある男だがそれはあくまで地球時代の修業を背景としたものであり、薪燃料と石窯を生まれた時から身近なものとして接してきたあの職人には一歩譲るところがあるかもしれない。

（幸せなものだな……）

だが、それを考えるとこの真夏においてさわやかなものが己の胸へ吹き込んでくるのを感じざるを得ない。

共に競い合い、切磋琢磨《せっさたくま》し合える相手というのは職人にとって何物にも代え難い宝であるのだから……。

8
杯目
旅立つ者への餞別

旅から旅に生きる吟遊詩人が一つの街へ留まる期間は、およそ一カ月程度が相場である。

それを踏まえるとわずか一週間でヴィンガッセン領までの旅程を整えられた今回の逗留《とうりゅう》は、ヘンドリックにとっても想定外の稼ぎを生み出したといえた。

こうなったのはヘンドリック自身の卓越した技量と豊富な曲目によるところが大であるが、何よりも運に助けられたことは間違いがない。

あれは今回のリッカル逗留において、四日目の昼下がりにおける出来事だ……。

主神アガーフィヤのもたらす責め苦のごとき陽光にも負けず噴水広場の片隅で熱唱していたヘンドリックであったが、その歌声を耳にして屋敷へと招いてくれた貴人がいたのである。

――ファビアン・ビンデバルト。

まだ二十代後半という若さでありながらビンデバルト商会を受け継いだ英才であり、御用衆の一人にも数えられる大商人だ。

隣国であるコンシリア王国との流通網を司るこの人物は数々の芸術で名声を馳せるかの国の文化にも詳しく、また自らもいくつかの彫刻を手がけた芸術家でもある。

その感性に見初められたというのだから、ヘンドリックが誇る技量のほどが知れるというものであろう。

ともかく、その晩ヒンデバルト邸に招かれたヘンドリックは自身が持つ曲の中でも選りすぐりのものを歌い切り、ついには構想中だった新曲『巨漢と緑豆』までも半ば即興交じりで披露したものであった。

これを若き大商人は満足気に清聴し、一夜の稼ぎとしては過大な量の金貨を報酬として渡してくれたのである。

それだけに留まらずヴィンガッセン領へ向けて旅立つつもりでいる旨を聞くと、目的地を同じくする傘下の行商までも紹介してくれた。

いかに騎士たちが日頃から巡回しはぐれ出た魔物を退治しているといっても、王国領土はあまりに広くその魔術が及ぶ範囲には限界がある。

で、あるから旅人というものは多少の金銭と引き換えに行商などへ交じるものなのだが、今回はそれを探す手間が省けた格好となった。

まさしく至れり尽くせりであり、このことは上機嫌で『レイ』の店主にも語ったものである。

何しろ吟遊詩人であるヘンドリックにとって酒場へ足を運ぶという行為は半ば仕事でもあるのだから、今回のように一切金子の心配をせずただただ酒と料理を楽しむために訪れる日々というのはなかなかに新鮮な体験であった。

大いに飲んで食べ、時には酔ったところで居合わせた少女騎士におだてられ金も取らず歌声を響かせたり、随分と英気を養わせてもらったと思う。

（だがそれも、今宵で終わりだ……）

だが、楽しい時というものはいつだってあっという間にすぎ去ってしまうものだ。

日中は新たな曲の材料を探すべく観光がてらに街中を歩み、夕刻にはかの店にて火照った体を冷気とエールにて癒すという生活も今日で最後である。

明日の早朝には、ファビアンから紹介された行商と共に旅立たねばならないヘンドリックなのだ。

根無し草の吟遊詩人であるからこそ、どの街から旅立つ時にも袖引かれる思いをしてしまうものであるが今回のこれは格別である。

（いかんな、こんな心境では酒の味も濁る）

そのような思いからしばし雄大なるカルネヴァァ海を眺めて心を落ち着かせ、常よりも半刻ほど遅く『レイ』へと訪れることになったのであった。

「いらっしゃいませ」

店に入ってすぐ、心地よい涼風と共に胸の奥へ染み入るような出迎えの言葉がかけられる。

「ああ、今日も来させていただいたよ」

「む……詩人さんは確か明日に旅立つのだったか？」

「確か、ファビアン殿のところと共に旅立つのでしたかな？」

だが、本日ヘンドリックを出迎える言葉は店主ののみではない。

いつもこの店で飲み食いしている着崩した調理衣の男と、名前を上げたファビアン同様に御用衆の一人であるヨーゼフ・ヘルマーがそのように話しかけてきたのである。

二人共に丁度払いを終えたところらしく、もはや席は立っていた。

「ええ、明日の早朝に旅立ちます」

「そうか。またこの街を訪れた時はぜひ『貝殻屋』にも足を運んでくれ——その頃には、新しいパンをお見せできているはずだ」

「ファビアン殿の手配ならば、まず心配はないでしょうが——あなたの道程に、神々のご加護があらんことを」

「お二人とも、かたじけない」

会話はそれきりに、二人の常連が店を出て行く。

ごく短いやり取りであったが、それはヘンドリックの胸に染み入る言葉であった。

この二人はいつも静かに己の食事を楽しんでいるし、特に言葉を交わした記憶もない。

だが、自分と店主の会話を小耳に挟みそれを頭の片隅に留めておいてくれたのだ。

人によっては行儀が悪いと眉をひそめる行為であるかもしれなかったが、ヘンドリックにはそう思えない。

何といっても、彼らは自分を『レイ』という共同体における一員とみなし気にかけてくれていたからこそ、あのように声をかけてくれたのだと伝わったからである。

一つ所に留まれぬ生き方を選んだヘンドリックにとって、それがどれほど胸を熱くするものであったことか……！

また、これこそが酒場という場所における醍醐味《だいごみ》であり、そこを訪れる真の喜びでもあるのだ。

（やはり、この店はいい……）

あらためてそう思いながら、すっかり馴染んだカウンター席へと陣取る。

いつもの騎士三人のうち青年騎士と黒髪の少女騎士はまだまだ酒を楽しむつもりのようであったが、金髪の少女騎士だけは何故か満足げに腹をさすりながら隠れたこの店の名物である麦茶をすすっていた。

「そうか、詩人殿は明日旅立たれるか……息災でな」

先ほどのやり取りを見ていたのだろう。

青年騎士が自分のジョッキを掲げ、朗らかにそう語りかける。

「む……そうか。街道周りならわたしたち騎士隊が日頃巡回してるから大丈夫だと思うが、くれぐれも気をつけてな」

「……神々のご加護を」

珍しくしゃんとした様子の少女騎士がこれは初めて聞く真面目な言葉を発し、黒髪の少女騎士も旅の無事を祈ってしばし祈りを捧げてくれた。

「騎士様方にそうお声をかけていただけるとは、ありがたい。またこの地を訪れることもあるでしょうが、その時は旅先で仕入れた新しい歌をお聞かせいたしましょう」

ヘンドリックが旅をしてきた限りにおいて、騎士階級というものはどこの国においても仁・義・礼・信を兼ね備えた人民の鑑と呼ぶべき人々である。

しかし、それが故にだろうか？

街の酒場で食事を楽しむような下級騎士であっても自ら平民に話しかけるような真似はせず、また平民の方から話しかけることも畏れ多さからない。

両者の間にはヴィガノの峡谷を思わせる近くて遠い隔たりがあるわけだが、この店においてはそういった垣根が存在しないようにも思える。

（これもまた店主の出自が成せる業か……いや、人徳によるものだろうな）

そのようなことを考えていると店主がいつもの見事な手際でエールを用意し、小皿に盛られた料理と共にそれを供してくれた。

「――今日はヘンドリック様のために餞別《せんべつ》を用意させていただきました。これはその、一皿目です」

「おお、これはかたじけない」

酔った勢いもあり望外の収入を得たことは語ってあるわけだが、それでもあえて餞別を用意してくれる。

このような懐の深さこそがこの店に存在する空気を生み出す源なのは間違いなく、それを固辞する無粋さなどヘンドリックの胸に存在しようはずもなかった。

心からの感謝を捧げつつ、早速エールを一口飲む。

（ああ……この味ともお別れか）

おそらく、リッカルを発つ上で最も心残りなのがこのことであろう。

短剣で喉を突き刺すかのごときキレも、上品で心地よい苦味と甘みも、全ては店主の魔術によって冷やされているからこそである。

この先エールを飲む機会は数あれどその全てがこれに劣った味わいであるわけで、そう思うと足の裏から根が生えてしまいそうな心境であるのだ。

（いかん、いかん。この酒は旅立ちを嘆くためにではなく、祝福するためにこそ供されたものなのだから……）

つい先ほどカルネヴァ海に捨て去ったはずの思いが蘇りかけたが、慌ててそれを胸中から消し去る。

ついでに、酒精を取り込んだことで増大した食欲を満たすべく小皿に盛られた料理を口に放り込んだ。

（――ほう）

一見して魚の身に豆や玉ねぎを和えたものに思えたそれは、まさしくその予想をたがわない一品である。

だが、魚の身が普通のものではない。

これは、油漬けだ。

新鮮な魚がいくらでも手に入るこのリッカルにおいて、あえて長期保存を主眼に置いたまぐろの油漬けを具材に選んでいるのである。

しかし、鮮魚を使った料理に比べてこれが劣るかといえばそんなことはない。

元々が油に漬け込んだ身を使用している上に、味つけとして少量のオリーブオイルを使っているのだが油臭いということはまったくなくいくらでも食べ続けられそうな料理である。

豆とまぐろの相性もさることながら、アクセントとして加えられた玉ねぎと乾燥パセリの仕事が心憎かった。

これらが味の単調化を防ぎ、一口、また一口と食べ進め酒を飲ませる原動力となっているのだ。

（しかし、店主の狙いは何なのだろうか？）

だが、食事を楽しみながらも気にかかるのはこのことだ。

枝豆の一件もある。

店主が何の意味もなく、この料理を餞別として用意するとは到底思えなかった。

「店主、これはどういう趣向なのだ？」

酒精を帯びた頭で考えが回るわけもなく、すぐにヘンドリックは降参を決意する。

店主は何やら料理の下ごしらえをしていたようだが、それも手早く終えたらしくにこやかに答えてくれた。

「はい。これは本日の魚料理としても提供している、油漬《ツナ》けと白いんげん豆の和え物です。作り方は簡単で一晩もどした乾燥白いんげん豆をセージ、にんにくと共に下味程度の塩茹でにします。その後は冷めた頃合でさらし玉ねぎ、乾燥パセリ、油を切ったツナと共に和えて塩とオリーブオイルで味を調えるだけです――旅先でも手に入る品々で食べられる、精のつく魚料理ですよ」

「なるほど……これは確かに、私への餞別に相応しい」

旅から旅へ生きる吟遊詩人の身の上では、たとえ海の魚が食いたくともその身は山中の町ということも多々ある。

だが、食材の多くを保存のきくものでまかなったこの料理であるならば、そういった時に無聊《ぶりょう》を慰めることも可能なはずであった。

また、そのように簡単な調理法であるならば材料だけ渡して宿の亭主に調理してもらうことも、口八丁なヘンドリックには容易《たやす》いことである。

時に知識は金貨以上の価値をもつものであるが、これはヘンドリックにとってなかなか価値のある餞別であるといえよう。

その心遣いに胸中で感謝を捧げていると、常はおだやかな店主の顔が少しだけいたずらっぽく歪められた。

「ですが。それだけが餞別というのでは、このリッカルで酒場を営むものとして配慮に欠けるというもの。もう一品の方も、ぜひご賞味ください」

「む、いただこう」

その言葉に店主は目礼し、再び厨房内で作業に取りかかる。

見れば先ほどの下ごしらえは魚に味つけを施していたらしく、まな板の上では何やら全体にペーストを塗り込まれたセイゴが鎮座ましましていた。

（ほう……目に光が宿っているな）

ヘンドリックが驚いたのはもはや月の女神ミトロヒナの領分であるこの時刻において、そのセイゴがいまだ目を濁らせていなかったことである。

いうまでもなく魚というのは足が早い食物であり、この時間になったのならばどうやっても鮮度は落ちてしまうものだ。

それを防いでいるのは、店主が持つ『冷気』のルーンによる力だと見て間違いがない。

そして店主はこれを、十分に加熱されたフライパンで焼き始める。

（ああ……！）

瞬間、店中に香り始めるのはえもいわれぬ芳香であった。

（間違いない。これは魚醬《ぎょしょう》で味つけしてあるな）

先ほど塗り込まれていたペーストに含まれていたのだろう魚醬が加熱され、素晴らしい香りを放ち始めたのである。

（それにしても、魚醬という調味料の何と不可思議なことであるか……）

魚を塩漬けにすることで作られるかの調味料は、そのままでは非常に生臭く人間の食物としてはおよそ適さないと思えるような代物だ。

だがこれを加熱すると、臭みは香りへと昇華されこの胃を心を鷲摑《わしづか》みにする力を宿すのである。

（となると、店主が作っているこの料理は……）

「お待たせしました――リッカル伝統、白身魚の香味焼きです」

果たして、店主が供してくれたのはヘンドリックが予想していた通りの品であった。

魚醬とにんにくを混ぜ合わせたペーストで味つけした魚を焼くのは、リッカルにおける伝統的な郷土料理である。

ヘンドリック自身、昼食として此度の逗留でも一度食しているわけだがこれは……。

（ものが、違う）

そう、言う他にない。

簡単な調理法でこそ料理人の腕が見られるものではあるが、店主が供してくれたこれは焼き目のつき方といい、そもそも素材として選ばれたセイゴの身つきといい、その時に食した品とは隔絶した出来栄えである。

旬のセイゴは切れ目からじゅうじゅうと透明な脂を滴らせており、それが身にまとわされたペーストと合わさってどこまでも食欲を刺激してくるのだ。

（しかも、これは……）

ほのかに湧き立つ、鼻と胃を刺激するこの香ばしさは……！

「ほんの少量ですが、味つけに胡椒《こしょう》を加えてあります。どうぞ、冷めないうちに……」

――言われるまでもない！

半ば吟遊詩人としての演出で平素から身にまとっている優雅さをかなぐり捨て、猛然とそれに挑みかかる。

ナイフとフォークを突き立て皮ごとその身を口に放り込んだならば、そこに広がるのは味の桃源郷であった。

（うむ……！）

まず感じられるのは味つけであるペーストの風味で、魚醤を主体としたそれはにんにくの力強さと胡椒による刺激的な風味が加わっており、主菜でありながら前菜に供された品のごとくこちらの食欲をかき立ててくる。

しかもそれは、ほろりと崩れ去る淡い白身の風味と一切喧嘩をしないのだ。

（魚醤も魚から作られしもの……相性がいいのは当然の理か）

何よりも素晴らしいのは、意外にもその皮である。

かつて訪れた別の港町にて、地元の人間がこう言っていたのを聞いたことがあった。

——魚で一番うまいのは、皮だ。

（いかさま！）

店主の手によってぱりりと焼き上げられたそれは、旬の魚最大の強みである脂が最も付着している部位であり、獣脂には決して持ち得ないさらりと濃厚な脂の旨味を十全に味わうことができる。

この焼き加減こそがおそらく最大の肝であり、これを家庭的な郷土料理から心のこもった餞別へと昇華させる分岐点なのだ。

皮をかりっと香ばしく焼き上げているからこそ、脂の旨味を存分に感じることができるのである。

（私は今、まさしくリッカルという街で最大の美味を食している……！）

そして、これこそがまさに吟遊詩人という職業における最大の役得だ。

決まった土地と人々を守る騎士にも、定めた商路を行き来する行商人にもこの感動は得られない。

その時その時に神々から感じられる啓示へ身を任せ、様々な土地を訪れる吟遊詩人だからこそ得られる幸福がこの一皿には込められていた。

「店主殿……！」

「はい」

感極まって呼びつけてしまったが、さて何をどう告げたものか……。

迷った末にヘンドリックが取った行動は、己のジョッキを掲げるというものであった。

その仕草に込められた真意をすぐさま悟り、店主は静かに頭を下げてみせる。

それを巧みに操る者たる吟遊詩人でありながら、ヘンドリックは不覚にもこう思ってしまったのだ。

——言葉はいらない、と。

9杯目 かぼちゃの少年

夏の陽光は主神アガーフィヤのもたらす恩恵か、はたまた試練か――。

神学者たちの間でもいまだに結論が出ない難問のひとつであるが、ランドルフ・バントはこれを試練であると断ずることができた。

何故ならば、暑さと湿気によってそれそのものが一つの財産ともいえる学問書はページを波立たせてしまっており、同様にランドルフの集中力もカルネヴァ海の波がごとくゆらゆらとしたものになってしまっていたからである。

凪《なぎ》のように静謐《せいひつ》な精神状態が必要とされるのが勉強という行為であるが、してみるとこれは挑む以前の問題であるといえた。

もっとも、このことに関して十五の洗礼を受けいくばくも経っていない少年を責めるのは筋違いというものであろう。

――それほどまでに、暑い。

下宿として借りている部屋は窓が一つしか存在せず、その程度の換気能力では熱気が充満して蒸し風呂のごとき有様となるのは当然の理である。

そのような部屋の中、そばかすの目立つ頬から汗を垂らし、赤茶けた髪からは塩を吹かせながらも机にかじりついているのだから、むしろその精神力を賞賛するべきであった。

しかしながら、精神力では克服していても幼き頃から勉学一筋に生きてきた肉体の方はそうもゆかぬ。

結果として、学問書に書かれた問題を解き明かすべく板に水書きしている計算式は遅々として進まず、むしろ考えているうちに室温でもって蒸発してしまう有様なのであった。

（これでは、いけないな……）

計算式よりも先に自身の肉体的限界を解き明かして、とうとうランドルフは勉強を放棄することにした。

（もはや、これは根性や気合でどうこうできる暑さではない。何といっても、かの『竜心王』ヘルムート陛下でさえ「限界を知り、その手前で踏みとどまること恥にあらず」と述べておられるのだから……）

偉大なる英雄が自著『竜心の書』において書き記した一節を思い起こしながら、大きく伸びをしてこり固まった肩の筋肉をほぐす。

戦上手たるかの王が自ら晩年に著した戦訓の書……というよりは「余の考えた名言集」といったおもむきの一冊であったが、なるほど大英雄はいいことを言うものだ。

感心すると同時に、昨夜の成果が頭から抜け落ちていないことへ安堵する。

ランドルフが目指す算用官の試験において最も重要なのが算術であることは考えるまでもないが、かといって史学や神学を軽んじることはできない。

何しろ倍率にしておよそ数百倍という狭き門であり、努力をしてしすぎるということはないのだ。

——算用官登用《さんようかんとうよう》試験《しけん》。

太陽神《アガーフィヤ》の世から商業神《オレーク》の世へと移り変わったといわれる王国の世相を最も色濃く反映しているのが、この事務官登用制度であるといえるだろう。

『竜心王』ヘルムートが打ち立てた解放政策によってモンレーア王国は広大な新領土を得、そこを開拓することにより農業生産力は倍増した。

結果として小麦の価格が暴落し、王国経済はその基盤を大きく揺るがすこととなったのである。

それに対応するため偉大なる王は税政策の改革にも着手し、都市部の税制度はこれを大きく見直されることとなった。

その際に必要となったのが、巨大な事務組織とそこに務める大量の事務官である。

何しろ、これまでどんぶり勘定もいいところであった都市税制を抜本から見直しそれを運用していかねばならぬのだ。

優秀な人材がどれだけいても足りず、それまでは世襲制度であった算用官もついにその門戸を開き外部から広く人材を集める必要にかられたのである。

そのためにおこなわれるのが算用官登用試験だ。

王都リオネッラに交易都市リッカル、そして四大貴族家の各所領で実施されるこの試験は算術・史学・神学・筆力の全四科目に分かれており、それぞれの試験結果を加味して最終的な合格者が選ばれる。

とりわけ重要視されているのが先述の通り算術とそして筆力の試験であり、算術はともかく筆力が重視されるのは算用官というのが計算だけしていればよい仕事ではなく、公文書の作成や領主の代筆なども重要な職務であることに起因した。

ところでランドルフのような生粋の平民出身者にとって面白いのは、それまで民政機構の中に会計部門が作られていたのが、改革に伴って会計機構の中に民政部門が作り直された点であった。

これは改革後にも変わらず世襲制度を維持している文系官僚の組織が、実力主義である理系官僚の下位に置かれたことを意味する。


言ってしまえば、風穴が開けられたのだ。

ルーンという絶対的かつ先天的な武力の差が存在する以上、平民が武功によって成り上がる手段は存在しない。

ならば知恵によって立身出世を図りたいところであるが、これもまつりごとをおこなうのが貴族である以上不可能な望みである。

それが、部分的にとはいえ崩れた。

剣でも魔術でもなく、勉学という手段によって平民にも出世の道が開かれたのである。

たかが算用官と、馬鹿にできるものではない。

その中でも重要な職務を担う者は一代限りの知行《ちぎょう》取《とり》となり、これは無論、貴族の中でも大半を占める無足の下級騎士よりも格式高く扱われるのである。

およそ平民に望みうる出世としては、最高峰のものといえるであろう。

ランドルフは思う。

――ヘルムート王が真に解放したのは魔物の支配領

域ではない。旧態依然とした身分制度こそを、解放してみせたのだ。

算用官登用試験制度の成立以来、富裕層の人間はこぞって自らの子を勉学に励ませることとなる。

他ならぬランドルフ・バントの父も、そういった教育熱心な親の一人であった。

バント家はリッカル周辺部の農村に住まう名主一族であり、ランドルフはその三男である。

しかし、この三男という立ち位置は家の中において非常に微妙な代物であった。

言うに及ばず、長男には家を継がせる。

次男にはその予備的な意味合いもあるが、長男が問題なく相続した場合もこれを補佐する仕事をあてがうことができた。

だが、三男となるといささか使い道に困る。

かつての時代ならばいざ知らず、食うものに困らないのが当世である。

長男も次男も極めて頑健に育ち、二人の予備としての役回りはバント家に存在しなかった。

そこで家長たる父は一計を案じ、ランドルフに幼少時から勉学を叩き込んだのである。

首尾よく算用官登用試験に合格すればこれはバント家を継ぐ以上の出世であるといえるし、合格しなかったとしても身につけた学芸が無駄になることはない。

商家や写本屋の下働きというものは登用試験不合格者にとって定番の就職先であり、これはこれであぶれ者の三男坊にとっては悪くない人生設計であるといえる。

五歳からのランドルフは、実家にて勉学へ励んだ。

教師を務めたのは引退した元算用官であり、これがかなり不幸な境遇で彼は病により妻も子も亡くしたという過去があった。

これが貴族であれば直ちに再婚してお家を継ぐ跡継ぎを成すか、もしくは身分の近い貴族家から養子を迎え入れ跡継ぎにするところである。

しかし、そこは一代限りの算用官だ。

彼は後妻も養子も迎え入れずに職務をまっとうし切

り、老後は亡き家族の思い出深いリッカルの地ではなく、どこぞの農村で静かに暮らすことを望んだのだった。

そんな彼が白羽の矢を立てたのが、バント家が名主を務める農村である。

というよりこれはさる農村の名主が可愛い末子の教師役を探しているという話が、行商を通じてこの算用官の耳に入ったのだった。

この時、師がどういった心情であったのかまだ年若いランドルフに推察しきれるものではない。

ただ一つ確かなのは師が第二の父親として時に優しく、時に厳しく自らが身につけた学芸の全てを伝授してくれたということである。

昨年、いよいよ天に召されようかという時に床へ伏しながら師はこう言った。

——ランドルフ君。私は持ちうる全ての力を使ってあなたに教育を施しました。時に己の分を超えてあなたを殴りつけるような真似もいたしましたが、それすらもあなたが立派な算用官になるために必要なことであったのです。すでにあなたは、登用試験に挑む者としてよく仕上がっておられます。後は引き出しにしまっておいた書物たちが、私に代わってあなたを導いてくれることでしょう。

……それが師の残した最期の言葉である。

ベッドを囲んでいたバント家一同は、その言葉に従い机の引き出しを開けて仰天した。

そこには、それだけで一つの財産ともいえる学問書……それも最新のものがみっしりと詰められていたのである。

思えば、師の生活はごくごく清貧なものであった。

家長たる父から少なくない額の金を謝礼として受け取っているのだが、住む家も質素なものであったし特に贅沢をしている様子もない。

——さすがに元算用官なだけあって、無駄遣いしない性質が染みついているのだろうか。

というのがバント家の見解であったが、それはまったくの誤りだったのである。

しかも、行商を通じて密かに手に入れたのだろうこれらの学問書は、バント家がこれまで支払ってきた謝礼を全て合わせても購入し切れるものではない。

師の教育を受けていたランドルフには、それを看破することができたのである。

では、足りない金はどこから捻出されたのか？

——間違いない、師は僕のために算用官時代の蓄えを使ったのだ！

このことに気づき、ランドルフが涙したことは語るまでもあるまい。

かつて師が語ったことがある。

——算用官という職務を経てほとほと思い知ったのが、金に使われるのではなく金を使いこなすことこそが重要であるということです。

聞いた時には意味の分からなかった言葉が、その時すとんと胸に落ちた。

そしてこの時からランドルフにとって登用試験へ合格することは三男坊の食い扶持《ぶち》探しではなく、亡き師から課された使命へと変じたのである。

何といっても、師が金を使いこなしたのだと証明するためには試験への合格が必須なのだから……。


（にしても、この暑さでは……）

あまりの暑さから過去へと逃避していたランドルフは、とうとうそれも叶わなくなってきて現実へ引き戻される。

——算用官を務めるにせよそうでないにせよ、そろそろ街の気風に慣れておいた方が良い。

そのように父から言われ、師の死後はこうしてリッカルにて下宿暮らしをしているわけだがこれならば村にいた方が勉強もはかどったのではないだろうか。

街中を石畳で塞いだこの街は、何というか熱気がこもって感じられるのである。

ひょっとしたら、師が農村への隠居を決意したのは年をとった体に街の環境が優しくなかったからというのもあるかもしれない。

（この夏は、勝負の夏なんだけどな……）

今年になって十五の洗礼を受けたランドルフは、それをもって算用官登用試験の受験資格を満たしたことになる。

試験がおこなわれるのは新年を迎えて一月を経ての冬頃であり、今はそれに向けて総仕上げを始める時期であった。

だというのに、この暑さでそれがまったくはかどっていない。

超難関の試験ということもあり父からは五度までの受験失敗を許されているが、ランドルフは最初の受験でこれを制するつもりである。

気晴らしに散策をしながらも学問書は持ち歩いていることから、その意気込みのほどは伝わってこよう。

どこか涼しげな場所を見つけられたならば、すかさずそれを広げて勉強を再開する心積もりなのである。

で、あるからランドルフの全身は木陰を探し求める野良猫のごとく鋭敏なものへと変じており、その場所を見つけられたのはそれが幸いしていたのだろう。

（おや……？）

普段部屋にこもる暮らしをしているせいかいまだに慣れぬところがある交易都市の道を歩くうち、いつの間にか受験生にとって禁忌の場所ともいえる飲み屋街に立ち入ってしまったらしい。

すぐさま立ち去ろうとしていたところで、冷やりと涼しげな空気が首筋を撫でた。

（これは……いや、気のせいではないな）

あまりの暑さに頭がぼけてしまったのかと思ったが、肉体の得ている感覚は本物である。

間違いなくこの空気が流れてくる先に、勉強するのに最適な避暑の場が存在するのだ。

ついうなだれてしまっていた顔を上げ、約束の地を探す。

果たして、目指すべき場所はすぐに見つかった。

そこはリッカルにおいて一般的な石造りの店構えに、『レイ』という聞きなれぬ響きの店名が力強く書かれた看板を掲げていたのである。


「いらっしゃいませ」

穏やかな声に迎えられて足を踏み入れた店内で、ランドルフ・バントが覚えた感情は他でもない。

――畏怖。

……である。

肉体が知覚したのは全身を包み込む秋頃のそよ風がごとき涼気であったが、亡き師により鍛え上げられた若き算用官志願の頭脳はそこから一つの結論を導き出したのだ。

（これは……魔術によって引き起こされた現象だ！）

ルーン文字は原則として『土』『水』『火』『風』の四つに限られ、その中に室内を冷やすなどという効力を持った文字は存在しない。

だが、魔術であると考えなければこの夏場においてこれだけの冷気が生み出されていることに説明がつかぬのである。

（一体、誰が……？）

店内でくつろいでいるのは職人風の老人たちが三人ばかりとその内いずれかの孫だろう少女が一人であり、まさか彼らが魔術を使っているということはあるまい。

ならば、魔術を用いているだろう人物は一人に特定できる。

（この男が貴族《メイガス》なのか……？）

他でもない、カウンターでグラスを磨いている巨漢の青年だ。

短めに刈り揃えられた明るい色の茶髪といい、衣服の上からでもそれと分かるほどに鍛え込まれた肉体といい、調理衣を着ていなければ一見して軍属と判断するような風体である。

だが、その表情はどこまでも穏やかであり、グラスを磨く仕草一つを取ってもどこか洗練された高貴さのようなものを感じさせた。

(貴族が酒場を営むものなのか……?)

間違いなくこの店の主であろう青年を見ながら、あまりに特異な状況へただただ呆然《ぼうぜん》として立ちつくす。

これがただの貴族であるならば、心中にて目礼をすればそれでよろしい。

単なる酒場の主であるならば、招かれるままに適当な席へ座って飲み物を頼めばよいだろう。

だが、その二つが合わさった場合いかなる対応をするのが望ましいのか……?

登用試験に合格した者は実際の登城前に一箇所へ集められ、城内における礼儀作法を学ばされることになる。

ランドルフは今、一足飛びにその研修を受けたい欲求へとかられていた。

そのような例など王国において聞いたこともないが、建前として貴族は平時における帯剣を許されておりそれによる無礼打ちも許可されているのである。

平民にとって貴族とは恐るべき魔物から自分たちを守ってくれる盾であり剣でもある存在だが、その敬意を根底で支える一因に圧倒的武力を持った者への平服心があるのは疑いようのない事実であった。

果たして、背筋を伝う汗が冷たいのは店内に漂う涼やかな空気によるものかそれとも……。

「――ああ、なるほど」

そのように煩悶《はんもん》としていると店主が何かを察したか、にこりと微笑んでみせた。

「ご安心ください。確かにこの冷気は私の魔術によるものですし以前は貴族姓を名乗っていましたが、今はなんてことのないただの一市民です」

「おう、若いの……見たところ十五の洗礼は受けてるみてえだな? 一人前の男がそんなとこに立ちんぼじゃ、格好がつかねえぞ」

「そうだよ！　店主さんはすごくでかくて力持ちだけど、全然おっかなくないんだよ！」

店主がそう言うと、剃髪らしき老人と少女がそれに追随する。

元とはいえ貴族であったと明言した店主の言葉だけならば二の足を踏んだだろうが、同じ平民である老人と自分よりずっと幼い少女の言葉が背中を押した。

「いえ、失礼しました。では、ちょっと休ませてもらいます」

「ええ、そちらのお席などいかがですか？」

勇気を振り絞って、店主にうながされるままカウンター席へと陣取る。

その際、ちらりと目にした老人たちと少女がつついているガラス製の容器に盛られた品は……果たして何なのだろうか？

一見して器と同じガラスを砕き果物の汁をかけたように思えるそれを踏まえるに、この店が不可思議なのは店内の涼気と元貴族の店主だけではないということらしい。

「当店ではお酒と肴を主に扱っておりますが、見ての通りそれ以外の品も扱っております。品書きにないものでもできる限り対応したいと思っておりますので、どうか気軽にお申しつけください」

「ええ……」

店主の説明で、酒場に少女が入り込んでいる状況も納得した。

酒を飲み始める年齢など家庭環境により様々であるが、まさかこの少女が酒をたしなむなどとは思えなかったからだ。

（かくいう僕も下戸だしな……）

正確には、酒を飲んだ経験そのものがない。

そのようなものは算用官になりさえすればいくらでも飲む機会があるはずであり、今のランドルフにとって頭を鈍らせるものは不要なのである。

（とにかく今は飲み物が欲しいけど……お）

幸いにも品書きの中に好物を見つけられ、それを注文することにした。

値段は大銅貨二枚と相場に比べ随分と高いものであったが、この涼やかな店内でくつろぐ席料も含まれていると考えれば納得である。

「店主さん、ミルクを一杯ください」

「はい、かしこまりました」

ランドルフの言葉に店主はうなずくと厨房の中へいくつも設置された人一人は入れそうな鉄箱の一つを開き、ミルク缶を取り出す。

そしてエールを飲むのにも使えそうなジョッキを別の鉄箱から取り出すと、軽く匙でかき混ぜたミルクを注ぎ入れた。

「お待たせしました」

たかがミルクを注ぎ入れるだけだというのに、やけに様になっているその姿へ見とれていたところへそれが供される。

ミルクはジョッキの中へたっぷりと注がれており、いかにも飲みごたえがありそうだ。

（……ん？）

早速にもそれを飲もうとジョッキの取っ手を摑んだのだが、驚いたのはそれが氷のように冷やされていたことである。

（これも店主さんの魔術によるものか……だとすると）

半ば確信を得ながらミルクを口に運び、自分の推理が外れていなかったことを知った。

（これはいい……暑さにやられていた体には、最適だ）

そう、ジョッキのみならず中身のミルクもよく冷やされていたのだ。

ほんのりと感じられる甘さも、体に染み込んでいくかのような滋養も、液体でありながら思わず歯で嚙んでしまいそうになる不思議な飲み口も、全てがそれによって際立てられているのである。

（飲みなれているはずのミルクが、まったく別の飲み物のようだ）

ランドルフに限らず全ての王国民にとって牛の乳は愛するべき味であり、また重要な飲み物だ。

他でもない。

主神アガーフィヤが最も好む食物こそ労働を課さず肥え太らせた牛の肉であり、同様に最も好む飲み物こそ牛の乳であるからだ。

夏の終わり、かの太陽神を讃える祭りにおいて牛の丸焼きが欠かせないのはそれが理由である。

また、ランドルフがこれを好むのには宗教上とは別の理由もあった。

牛の乳こそ、算用官に相応しき改革の味なのである。

ヘルムート王の解放政策により、王国の食糧事情は大いに改善された。

これにより家畜の飼料へ回せる余剰作物も大量に生み出されることとなり、王国の牧畜業は空前の発展を遂げることになる。

鶏卵や牛の乳は庶民でも手軽に手を出せる値段となり、労働を課さない牛の肉でさえも夏の祭りでのみ味わえる特別な食べ物ではなくなったのだ。

元より牧畜の盛んな地であったヴィンガッセン領などは、近年特別な飼料を使うようになりこれもますます栄えているらしい。

（うん……頭がしゃきっとしてきたぞ！）

元より涼やかな空気に満たされていた店内で、体の外から内から存分に涼気を取り込むことで茹だっていた頭は完全に復活を遂げていた。

しかも、動物が生まれながらにして求める力の全てがミルクという飲み物には秘められている。

これをたっぷりと飲み込んだのだから、五体から騎士や傭兵にも劣らぬ活力が湧き上がってくるのは当然のことであった。

（よし……やるぞ！）

先ほどから膝の上に乗せていた学問書をカウンターに広げ、猛然と問題を解く。

幼き時から研鑽《けんさん》してきたランドルフをもってしても暗算では難しい問題も多かったが、そういう時は懐に忍ばせていた控帳と矢立の出番だ。

どちらも頻繁に使っていては馬鹿にならない出費となるため算用官を目指すものの心得として普段は使用しないが、このように恵まれた環境でそれを惜しむのは金に使われる所業である。

いくつもの数式が頭の中を駆け巡り、時に控帳を汚して解き明かされていく。

唯一懸念なのはこんなことをしていて店の迷惑にならないかということであったが、客は老人たちと少女しかおらぬし混み合ってきたら中断する心積もりである。

幸いにも店主は穏やかな眼差しを向けてくるばかりであり、この夏に入ってから最も居心地よく……そして集中力を発揮できる勉強空間がそこに形成されていた。


水車に向かって、何故お前は回るのだと問いかける者はおるまい。

水が流れてくるから、それに身を任せてただただ回り続けるだけなのである。

してみると、この日ランドルフの有り様《あ　よう》はまさしく水車のごときものであった。

ひたすらに問題を解いては、また次の問題へと取りかかっていく。

そこに数式があるから、それを解き明かすだけのことなのだ。

これはもはや生物ではなくからくり仕掛けの範疇であり、己を消し仕える主の頭と手になって滅私奉公を尽くす算用官という職務に相応しい資質をここから見て取ることができた。

そしてこのからくり仕掛けに、時間という概念は存在しない。

時折周囲をうかがってはは邪魔になっておらぬかどうかを探るだけで、後はひたすらに数字と記号が己の世界を埋め尽くしていく。

だがちらりとうかがうだけでも分かったのだが、幸いにもこの店の客入りはほどほどといった体であり自分がいることで椅子にありつけぬ客というものは皆無であった。

それが故、余計に雑念を消して勉学にのめり込むことができたのだ。

唯一それにかられたのは、興味深げに手元を覗き込んできた金髪少女のたわわに実った胸元が視界へ入ってきた時だけである。

これは少女の連れが即座に席へ引き戻してくれており、十代青少年の悲しき煩悩に負ける羽目にはならず済んだ。

「お客様……お客様……そろそろお店を閉める時間なのですが?」

そのようにしていたから、気がついた時には自分以外の客が全て帰宅し終えていたのである。

はっとなって顔を上げると、柔和な顔をした店主と目が合ってしまった。

「すいません……ミルク一杯でこんなに長居を……」

「いえいえ……席を腐らせておくよりは、若い方の知恵を育む役に立たせた方がよいというものです」

「それは……恐縮です」

自分も大して年が変わらぬだろうにそう言ってのける店主の顔は何故か実際以上の年輪が刻まれているように感じられ、思わずランドルフは身を縮こまらせた。

それはすなわち、学問書を広げてから止まっていた肉体の時間が再び動き出したことを意味する。

——ぐう。

人々に時間という概念をもたらしたのも太陽と月の巡りを司る主神夫妻の功績であるが、全ての生物はそれに頼らずとも時間の経過を知りうる方法があった。

……腹具合、である。

極度の集中によって収縮されていた胃がそれから解放されることで聞きもらしようのない異音を発し、己が主に自分がどれだけの長居をしていたかを知らしめたのだ。

「あ……これは……」

「はっはは……」

恥ずかしさのあまりそばかすの目立つ頬を赤面させた少年に対し、店主は嫌味にならぬ程度の小さな笑みをもらした。

「さて……空きっ腹で帰すというのも食い物屋の名折

れです。残り物を使ったまかないがあるので、いかがですか？　しょせんはまかない、大銅貨で三枚にまけておきますよ」

「……いただきます」

その提案は、素直に従うしかない。

いかなる理によってかは定かでないものの、勉学というのは時に肉体労働以上の空腹をもたらすものである。

それを意識してみれば、ランドルフはもはや自力で下宿に帰りつけないほどの空腹にみまわれていることへ気づいたのだ。

「すぐに出来上がりますよ」

ランドルフが数式を解いている間か、はたまた他の業務をこなしながらか……。

ともかく店主は鍋の中ですでに完成していたらしい料理を器に盛りつけ、上からあらかじめ擂り下ろしておいたのだろうチーズを振りかけた。

まかないに相応しくほぼ一瞬で仕上げられたそれが、ランドルフの眼前に供される。

「お待たせしました――余り野菜と肉を使った、かぼちゃのリゾットです」

麦粥にも似たそれはなるほど、ややかぼちゃのそれが移っているらしく淡い黄色となっており見た目にも楽しい色合いだ。

若者として嬉しいのは具材のボリュームで角切りにされたかぼちゃや、玉ねぎに鶏肉までごろごろと放り込まれている。

それら具材の中で最も大量に投入されているのが無数のやわらかそうな粒で、たっぷりと汁を吸って膨らんでいることから何らかの穀物なのかもしれない。

さておきただよう乳の香りもまた、たまらない。

（これはチーズをかけただけじゃない……たっぷりのミルクも使っているんだ）

してみるとこれはまかないとうそぶきながらも、ジョッキ一杯のミルクでここまで粘ったランドルフの好みを反映させた一品なのではないか？

心中で店主に感謝を捧げながら匙を取り、かぼちゃと共に穀類をすくい上げて口に入れる。

（何てほっとする味なんだ……）

同時に口内へ広がっていくのはダシ汁の複雑な旨味と、それを包み込むかぼちゃと乳の甘みだ。

おそらくは本来別の用途に用いる代物なのだろうダシ汁は一瞬で舌を活性化させるような鮮烈な味わいであったが、そこに両者を加えることでまったく異なる特性を持たせるに至っている。

これだけでも大銅貨三枚の価値はある料理だが、真価はたっぷりとその汁をすってふやけた穀類にあった。

いや、ふやけたという表現は適切でないだろう。見た目と裏腹にそれはぷりぷりと弾力のある食感を兼ね備えており、これだけ食べやすいのに何とも食いでのある一品である。

かぼちゃもまた、たまらない。

農村出身のランドルフにとっては時期外れに思える食材であり何故か甘みはやや弱いが、その淡い甘さが乳の風味と混ざり合うことで優しさへと変じている。

だが、ただ優しいだけがこの料理ではない。

振りかけられた粉状のチーズが熱によってねっとりと溶け出し、何とも言えぬ濃厚で力強い風味でもって全体をまとめ上げているのだ。

（すごく食べやすい……そして血肉へ変わっていく味だ）

一口食べるごとに、勉強で疲れ切っていた体へ活力がみなぎっていくようである。

そこから先のランドルフは猛然とした勢いでこのリゾットなる料理を食べ尽くし、心の底から満足した息を吐いた。

「おいしかったです……ごちそうさまでした」

「ええ、お粗末様です」

「ところで、一つだけうかがいたいことがあるのですが……？」

「何でしょうか？」

「何故、かぼちゃなんですか？」

実に素晴らしい料理であったが、一つだけ腑に落ちないのはこのことである。

かぼちゃが収穫されるのは確かに夏時分であるが、かといって食するのがその季節であるわけではない。

塩酢いらずともいわれるその高い保存性を活かし、冬頃に食べるのが伝統であった。

「そうですね……ありていに言ってしまえば、市場で小ぶりなやつをおまけしてもらったからなのですが……」

そこまで言ってから、店主は意味深な視線を投げかける。

「お客様は、何故かぼちゃが冬に食されるかをご存じですか？」

「保存がきくからだと……」

「確かに、それも重要なことです。ですがもっと大きいのは、品種にもよりますがそうした方がうまいからです」

「もっとうまくなる……？」

「ええ、でんぷんが……いや、甘みをもたらす元となるものがかぼちゃにはたっぷりと含まれているのですが、それは収穫してから間を置かせることで初めて開花するものなのです」

「はあ……」

「これを熟成というのですが、人生と同じだとは思いませんか？」

「人生と……？」

まるで何かのとんち問答を投げかけられているかのようであり、計算による計算で疲れ切っていたランドルフの頭脳はこれを解き明かすことが叶わなかった。

「ええ……すぐに甘みが出てくるわけではありません。ですがしっかりと熟成させることで、それを引き出すことが叶うのです」

そこまで言ってから、店主はにこりと笑いかけてきた。

「今は勉強するにも辛い時期です。ですが、ここを耐え抜けばきっとそれに見合うだけのものがあなたに宿るはず。あなた様の努力が甘みへと変ずるよう、お祈り申し上げます」

「……ありがとうございます」

さして長くもない人生の大半を勉学へ費やしてきた少年には、それだけの言葉を返すことしかできない。

ただ、店主の言葉はリゾットなる料理以上にランドルフの心へ染み入り力を与えてくれたのである。

勉学とは、孤独な作業だ。

まして今は親元も離れ下宿住まいの日々である。

たったこれだけの言葉でも、自分を理解し背を押してくれることの何とありがたいことか。

この日……。

ランドルフ・バントが登用試験合格を目指すのに、新たな理由が加わることとなったのだった。

(それにしても……)

カンテラを貸してやり、くれぐれも気をつけて帰るようにと念を押した少年の後姿を見送り店主は思う。

(ちらりと覗き見たあれはもしや、平方根に相当する数式ではなかったか……？)

侮ってもらっては困る。

店主とて前世で中学校は卒業しているのだ。

だから、かろうじてその辺りまでは理解が及んだ。

及んだ、が。

(閉店間際に解いていた、三角形を用いた図解と三つの記号は一体……？)

その辺りにまでなると、もはやちんぷんかんぷんなのである。

(ジャムクロワッサンの件といい、この世界の人々には驚かされるな……)

一般的にこの世界の人間は、読み書きや計算のおぼつかない者がかなり多い。

だが、今生での父に側仕えしていた算用官などはまさしく生きた電卓であり、プリンターでもあったのである。

人間の身でありながらそれだけの領域へ達するには、やはり尋常なものではない努力が必要であったということだ。

(それに比べると私などは未熟なかぼちゃ、だな)

まかないは、所詮まかない。

(あの少年には適当なことを言ってごまかしてしまったが……)

その本当に意味するところを知るのは、自分一人であればよいだろう……。

10 杯目

リンデンベルクの血（番外編）

皮鞘へ収められたそれを引き抜くと、しゅるりとした音と共に存外容易く刀身がその姿を現す。

刃渡りはおよそ三十センチ程度、幅広の短剣である。

選りすぐりの職人が腕によりをかけて鍛え上げたと聞くその刃は実に見事なもので、今にも油が滴り落ちそうなほどの輝きを発していた。

造りそのものはまことに質素かつ無骨なものであったが、注目すべきは刀身の根元へ刻み込まれし三つのルーン文字だろう。


――『風』『水』『土』。


貴族《メイガス》たる者にとって最後の武器ともいえる短剣に刻まれし三つの文字は、持ち主が行使可能な魔術の種類を表すと共に三つものルーンを神々から授かりし強大な魔力の持ち主であることを示唆していた。

（大丈夫……！　いざとなればこれがあるのだから……大丈夫だ……！）

皮鎧の下で全身が滝のごとき汗にまみれているのは、何も夏の陽光に晒され続けているからというわけではあるまい。

それでも十歳という若年にはまだまだ重いこの短剣を引き抜くと、ずっしりとした手応えと共に安心感が渡来してくるのだ。

「……緊張しているのか？」

隣で座椅子に座る兄からそう声をかけられて、ようやくゲーアハルト・リンデンベルクは短剣を鞘へしまった。

弟と違い簡易ながらも金属鎧へ身を包み、こちらは小剣と短剣の二本差しという出で立ちの兄は顔を寄せると小声でささやきかけてくる。

「無理もあるまい。私とて、お前と同じ気持ちだよ」

「……申し訳ありません、兄上」

自分と同じと言う割には落ち着き払って見えるカミル・リンデンベルクを見ながら、ゲーアハルトはしゅんとうなだれた。

兄王子は御年十二歳。自分と二歳しか違わぬはずなのにこれだけの貫禄を発しているのは、やはり跡継ぎとそうでない者との差であるのだろうか。

「同じであると言った。謝る必要はないさ――だが、そのように弱気な姿だけは見せないよう気をつけなければならないいな」

「はい」

「何しろ此度の戦は、父上が我らのために用意してくれた花道であるのだから……」

そこまで言うと、カミルは陣幕の入り口へ向けて遠い目を向けた。

まるでその遥か先、軍竜域にてその剣を振るっているはずの偉大なる父王の背をここから見ようかというように……。


「ち、父上！　そのお姿は一体⁉」

兄王子の冷静な態度が崩れたのはそれから一週間後、月女神《ミトロヒナ》の支配する時間へ移行しようかという時分であった。

だがそれも無理はあるまい。

陣幕へ帰還した父王の姿を見て絶句したのはゲーアハルトも同じであり、それこそ兄王子の言葉を借りれば「同じ気持ち」ということになる。

「何、いささかてこずったのでな――策を用いた結果が、これだったというだけよ」

二十九歳という男盛りでありながら、時にミトロヒナの化身とも讃えられる美貌の王はその容姿に見合わぬ快活な笑みを浮かべてそう言った。

いや、そもそも今の彼を美貌の王と呼ぶ者はおるまい。

普段、戦場にて身につけているはずの甲冑《かっちゅう》はどこへやったものだろうか……。

偉大なる王はまるで下働きへ徴収した民兵のごとき皮鎧に身を包み、そして何と頭から軍竜の皮を被っていたのである。

剝ぎ取ってからさほどの時間は経っていないと思われるそれは、当然なめしたりなどの処理も施されておらず今にも血が滴り落ちてきそうな代物だ。

何より凄まじいのは、臭気である。

父王が全身から発しているのはまぎれもなく……小便の臭いであり、ゲーアハルトは不敬にも直ちに口呼吸へ切り替える必要にかられた。

陣幕の入り口を見やれば見慣れた親衛騎士団も全員が同じ格好をしており、身の回りを世話するべく近寄った小姓の一人が吐き出してしまい困った顔を浮かべている。

(あ、危ないところだった……)

この場で自分が吐いてしまえば、花道もへったくれもない。

ゲーアハルトは咄嗟《とっさ》の判断が功を奏したことに安堵しつつ、兄と共に父を見上げた。

「むう……体を洗ってから来ればよかったか。少しでも早くお前たちに戦勝を伝えてやりたかったのだが、あの小姓には悪いことをしたなあ」

ぽりぽりと頰をかきながら父王――ヘルムート・リンデンベルクはそう言ったのである。


「そ、それで父上……一体、どうしてそのようなお姿を?」

そのように問いかけたカミルの声音が常と違うのは、やはりこの兄も弟と同様に口呼吸へ切り替えているからに違いない。

「うむ！　今回解放している軍竜域における長はその名の通り、軍竜だ。これを撃滅せねば解放はままならん。彼奴らは竜種でありながら体軀が優れているわけでもなく、固体の戦闘力は貴族にとって脅威と呼べるものではない。が！　あやつらは凄まじい繁殖力と成長力を持つらしく、倒した先から戦力が補充されてこれではどうにもならんだ。カミルよ。ゲーアハルトよ……余は果たして、これにどう対抗したと思う？」

「それは……」

「申し訳ありません。分かりません」

ゲーアハルトもカミルも、これには首を振るしかない。

これに関して、二人の知恵が及ばなかったことを責めるのは酷というものであろう。

目の前で自分たちの父親が凄まじい臭気を発し、頭から軍竜の生皮を被っているのだから頭も回らなかろうというものだ。

「ふっふ……余は気づいたのだ。我らと渡り合う軍竜共には雄しかおらず、雌は一匹たりとも交ざっていないことに」

（いや、そんな重要な情報を伏せたままで問いかけないでほしいのですが……）

そう思うゲーアハルトであったが、しかし言葉として発することはしない。

父の問答がどこか抜けているのはいつものことであり、この程度で動じていてはモンレーア王国の王子など務まらぬのである。

それはカミルも同様であり、両王子は黙って続く言葉を拝聴した。

「そこでだ！　余は一旦軍勢を下げた後、鎧を民兵のものと取り替えた。これは鼻聡い軍竜らに気づかれぬよう、金属臭を限りなく薄くするためだ。そして見ての通り彼奴らの生皮を頭から被ると、これも死骸から剝ぎ取った膀胱《ぼうこう》を己と騎士剣に被せた！　そして同じようにした親衛隊らと共に少数精鋭で敵地へ乗り込んだが、あやつらめ所詮は畜生よ！　そこに貴様らと戦う軍の首魁《しゅかい》がおるというのに、仲間と思って素通りしおったわ！」

「それは……」

「そうでしょうね……」

畜生だからどうとかいう問題ではなく、偉大なるモンレーアの王がそのような真似に及ぶとは誰も思わぬであろう。

「後は簡単な話よ！　城の庭園を歩むがごとくゆるりと奥地へ侵入し、雌竜らが巣をはる大洞窟を見つけ出した。そしてヴィンガッセンへ預けた兵らに陽動され雄竜が出払っているうちに、あやつらを根切りにしてくれたわ！」

「誠に……」

「お見事でございます……」

口をついて出た言葉とは裏腹にゲーアハルトの脳裏へ浮かんだのは、この奇怪なる姿へ身をやつした父王が高笑いを上げながら雌竜の群れを皆殺しにする光景であった。

ヘルムート王は神々から四つ全てのルーン文字と比肩する者なき強大な魔力を授かっており、この場合は被害が甚大なため滅多なことでは行使せぬ『火』のルーンを使って雌竜の巣を蒸し焼きにしたのであろう。

父王が操る炎神《ネストル》の具現がごとき炎から逃れたとしても、閉所空間をそれだけの炎熱が舐め尽したのだから待っているのは煙に巻かれて死する未来である。

相手が魔物であるとはいえ、哀れみを禁じえないゲーアハルトであった。

「ゲーアハルトよ。哀れみを感じておるのか？」

「そ、それは……！」

その心情を言い当てられ、思わず跳ね上がってしまう。

「よい……そういった優しさは、これからの世に必要となってくるものだとラトギプが言っていた。だが、魔物はどこまでも魔物だ。これと戦うと決めたからには、あらゆる手段をもって完遂せねばならん。今日をもって領域解放の戦はひとまず終わるし、それが故にお前たちの箝づけが必要というヴァインツアインの言を聞き入れ連れて来たわけだが……お前たちの治世において、またこのような戦をする必要がないとも限らんのでな」

「はは……！」

その言葉に、ゲーアハルトは己の不明を恥じ入ることになる。

そうなのだ。

どう見ても楽しみながらやっているようにしか思えないが、父王とて常道の戦で勝てるならばそうしていたはずである。

それをこのような奇策へ訴えたのはそうする必要があったからであるし、であるならばこのような策を思いついた戦上手さこそを讃えるべきなのだ。

しかも、いちいち自分のものではなく忠臣らのそれを借りているのはどうかと思うが、先の言葉には父が子へ向ける無限の愛情が込められていたのである。

「父上……！」

「我らそのお言葉、深くこの胸に刻みまする……！」

兄王子と共に胸へ手を当て、深々と頭を下げる。

次代へ向けた戦功作りとしてお飾りの同行を果たしたわけだが、己らが思っていた以上にこれは教訓の多い初陣であったらしい。

「うむ……！　ところで腹が減った！　誰ぞ！　麦粥を持てい！」

「父上……！」

「先に体を洗ってください！」


「とうさまー！　とうさまー！」

「む……いかん、眠ってしまっていたか……」

御年二十八歳となる交易都市リッカルの領主、王弟ゲーアハルト・リンデンベルクは愛娘に揺り動かされはっと目を覚ました。

今日は他でもない。

今年で五歳となる愛子エーディリト・リンデンベルクが、ルーン授与の儀をおこなう記念すべき日である。

娘が妻や側仕《そばづか》えの者らと共に身支度をする間、自分は手早くそれを済ませ執務室で少しでも溜まっていた仕事を処理しようとしていたのだが……気づかぬうち居眠りをしてしまっていたらしい。

「むう……たまにかえってきたとおもったら、いねむりなんかして……！」

「はは、いやすまんすまん」

ぷくうと頬を膨らませる娘の頭に手をやり、くしゃりとそれを撫でてやる。

それだけで機嫌が直ったらしく、幼き姫君はぱあっと顔を明るくさせた。

（やはり疲れが溜まっているか……）

無理はあるまい。

兄王カミル・リンデンベルクの統治する世となって二年目となるが、改革なった税制度もまだまだ十分とはいえない。

他ならぬゲーアハルトもそれを補佐するべく、王都とリッカルを行ったり来たりする生活なのである。

普段は代官に任せているが、ゲーアハルト本人でなければ難しい案件も多い。

娘の儀式に合わせて一時帰還した機を逃さぬべく昨夜から睡眠時間を削り奮闘していたのだが、体は正直であるということだろう。

（それにしても、あのような夢を見るとはな……）

思えば、あれが父王に関する最も輝かしい思い出であった。

なるほど、頭打ちとなっていた王国を更に発展させるべく様々な奇策を用いて魔物の領域を解放していったその手腕は見事というしかない。

が、解放した後のことを考えていなかったのはいかにもまずかったといえる。

戦上手がそのまま統治上手になるという理は、この世に存在しなかったのだ。

そこから先、待ち受けていた穀物類の価格暴落とそれに伴う王国経済の破綻に対処するべく、自分と兄は身を粉にして働き続けてきた。

特に兄王子――現王の働きぶりたるや、誠に目覚ましい。

税政改革に対する民衆の反発を考え表向きには『竜心王』たる父王の主導としているが、実際のところほとんどの指揮をカミル・リンデンベルクが執ったのは王国重鎮の全てが知るところなのである。

（ああ、今になっても思い起こされる……）

あれはいつの日であったか……。

巷《ちまた》で「パンが買えぬのならば、麦粥を食えばよろしい」という言葉が流行っていると聞きつけた父王は、こう言ったものである。

――なるほど！　麦粥はうまいからな！　余も好むところだ！

その瞬間、この国はもう駄目かもしれないと兄王子と共に思ったものだ。

解放政策最後の戦である軍竜域解放からは十八年……兄と共に税制改革へ着手してからは、十六年……。

様々な苦難も、愛娘が生きていく世を作るためであると思えば報われるというものであった。

(それはいいのだが……)

「?　とうさま、どうしたの?」

じっと顔を見つめていたことを不思議がったのだろう、エーディリトが小首をかしげてみせる。

「いや……お前とこうして向き合うのは三カ月ぶりだが、ますます父上に似てきたと思ってな」

そうなのである。

下手をすれば愛娘以上に接する機会が多い兄王の嫡子小ヘルムートよりも、我が子はその祖父と生き写しの容貌をしているのだ。

違いがあるとすれば性別と、幾分か魔力が少なく感じられることとくらいであろう。

「ほんと!?　やったー!　エーディも、おじいさまみたいになる!」

「ま、待て。それはよくない」

その言葉に戦慄を覚え、思わずゲーアハルトは愛娘を抱きかかえた。

「えー?　何で?」

「……エーディリトよ。父上は偉大なお方だ。誰も彼もが、あのようになれるわけではない」

というよりならないでほしい。

絶対に。切実に。

「お前は何事に対しても思慮深く、一歩引いて行動するような……そのような人間を目指しなさい」

「んー……よくわからないけど、わかりました!　とうさま!」

「よしよし……」

その頭を撫でてやりながら、ゲーアハルトは天井を……その先にある神々がおわす場所を眺めやる。

(神々よ……どうか一つだけ、我が願いを聞き入れてくださるならば……!　この娘だけは……!　父上のように考えなしで行動する人間にならぬよう、お導きください……!)

時に英雄譚《たん》で謳われる父の姿とその実像を、時に数字という残酷な姿で表される王国の台所事情を……。

様々な形で現実というものを目の当たりにしてきたこの王弟が、心の底から神々へすがったのはこれが初めてのことといってよろしい。
何故ならば、彼は知っていたからである。
そう……。

——叶わぬからこそ、願いなのだ。

11 杯目

端材の弟子

――トマトのヨーグルト和え。

――トムヤンクン。

――タンドリーチキン。

――白身魚の香味焼き。

――バジルシードとフルーツのシロップがけ。


いずれも素朴でありながらどこか華を感じさせる献立であり、この場に集められた御用衆……すなわち王国でも一、二を争う食通たちの舌を唸らせるには十分な一品であった。

白眉といえるのは、前菜たるヨーグルト和えからトムヤンクンなるスープへの移行であろう。

王国民の舌に親しみ深い乳酸味の直後、極めて刺激の強いスープを出すのは一見して愚策のようにも思える。

それがこうも自然に受け入れられるのはヨーグルト和えにも隠し味として香辛料が用いられており、王国民にも受け入れやすい形で異国風料理を食する下ごしらえが成されていたからに違いない。

そして本来なら魚料理が供されるところへ、あえて肉料理たるタンドリーチキンを出す。

スープとしてはあまりに主張と異国情緒の強い味であったトムヤンクンの次なのだから、どれほど変わった味なのだろうと心して食するのだが……これが何とも舌に馴染むのだ。

他でもなく、隠し味としてヨーグルトが用いられているからであり香辛料の配合そのものも尖《とが》りすぎないよう細心の注意が払われているからに違いない。

そして……そして香味焼きだ。

リッカルの伝統料理たるこの一品は御用衆たちにとってあまりに慣れ親しみすぎた料理であるのだが、それが故に否でも応でも気づかされてしまう。

下味として用いられた、胡椒の力にだ。

ごくごく家庭的な料理にそれを用いるだけで味わいは確実に一段上のものへと変じ、この席の主催であり香辛料の流通を一手に担うヨーゼフ・ヘルマーの力を思い知らされてしまう。

傍目《はため》にはカエルの卵としか形容しようがないグロテスクな代物でありながら、実際口にしてみると何とも食感が楽しく心安らぐ甘さのデザートを堪能しながらこの場に集いし大商人たちは思う。

――これは明らかに、例の件へ向けての圧力である。

……と。

その富にものをいわせて美食の限りを尽くしてきた御用衆であるからこそ、決して己を欺けぬ味覚という切り口から見事に香辛料の……ひいてはそれを司るヨーゼフの力を思い知らされたのである。

ちらりと商人らが目を向けるのは、主催たるヨーゼフ・ヘルマーともう一人の渦中にいる人物。

――ファビアン・ビンデバルト。

御用衆の中で最も年若き大商人であり、数こそ少ないものの極めて評価の高い彫刻を生み出してきた芸術家でもある。

集まる視線など何のその。

ビンデバルト商会の若き当主は、涼しげな顔で眼前の甘味を食するばかりであった。

しかし、その胸中にうずまくのはどのような感情か。

この場はあくまで親睦を図るための宴であり、例の件に関して話すのははばかられるような席である。

しかし、誰もが考えずにはいられなかった。

――ヨーゼフにつくか、はたまたファビアンにつくか……。

宴席においてただ料理へ舌鼓を打つだけの者など、この場においては一人もいない。

「何故、魔術を用いなかったかですか？」

今宵、ヘルマー邸の厨房を預かりし料理人の一人である少年からそう尋ねられ、店主は言葉を選ぶ必要性にかられた。

自分より頭二つは低い位置にある少年の顔を見下ろす。

（はて……どこかで見たような？）

店主がそのように思ってしまったのは、顔の造作がどことなく日本人のそれを思い起こさせたからであろう。

黒髪黒目、線が細く一見すると少女にも間違えてしまいそうな容姿の少年である。

その髪も瞳も二生を得たこの地においてはひどく珍しいものであるが、眼差しに宿る力は勤勉実直たる王国人に相応しいそれだ。

「ええ、ぼくのような未熟者が言うことではありませんが……前菜や最後のデザートは、この厨房を涼しくしていた魔術を使えばもっとおいしくなったんじゃないですか？」

「ふむ……」

（これは、下手な答え方はできないな。手を抜いたように思われては、この少年の今後に悪い影響を与えるかもしれん）

その語調たるや鋭く、詰問しているような風ですらある。

だがそれすらも、料理というものへどこまでも真摯に取り組んでいることの表れであると店主には一目で看破することが叶った。

他でもない。

今は幻だったのではないかと思える遠い昔、店主も同じものを宿していた時があったのである。

「何か、おかしなことがありましたか？」

「いえ、そういうわけではありませんよ」

知らぬうち、微笑んでしまっていたらしい。

少年にそう問いかけられ、店主は慌ててそれを否定することになった。

「さて……確かルッツ君といいましたね？」

「はい。他の皆と同様、ヨーゼフ様の下で修業をさせてもらっています」

その修業も、よほど真面目に取り組んでいるに違いない。

他の者よりひときわ早く割り振られた仕事を終え、こうして自分に質問してきていることからそれは察せられた。

そのひたむきな情熱に応えるならば、真実の言葉をもってするしかあるまい……。

「ルッツ君。それに答えを返すならば、今日の料理は私が作ったものでありながら私の料理ではない……このような答えになります」

「あなたの料理じゃ、ない……?」

「ええ。私の出自は最初に皆さんの前で話した通りであり、自分の店では魔術を駆使した料理もお出ししています。ですが、今日そうするわけにはいかなかった――何故ならば、今宵の宴はどこまでもヨーゼフ様の力を他の御用衆様方にお見せするためのものであったからです」

「魔術を使ったら、その印象が薄れてしまうということですか?」

「ええ、その通りです」

頷きながら、店主はこの少年がただ真っ直ぐに情熱を燃やすだけでなく知恵も回るということに気づいていた。

こちらの少ない言葉から、先回りして結論へとたどりつく。

料理というのはどこまでも人と人とが交流する一形態であり、この少年はすでにそこで必要とされる素養が備わっているといえる。

ありていに言ってしまおう。

店主はルッツ少年のことを、気に入り始めていた。

(さて……この場において彼らを助手に任命した意図は、考えるまでもないが)

ルッツ少年には悟られぬよう、ちらりと厨房内で立ち働く少年らの姿を見やる。

いずれもが十代中盤から後半といった年代の彼らは、このヘルマー邸において料理の修業をしている見習い奉公人たちだ。

無論、見習いはあくまで見習いでしかなく実際に立ち働く料理人たちはこの数倍に及ぶ人数である。

これは第二の生家たるヴィンガッセン家にも匹敵する人数であり、いかな大富豪といえど通常これだけの料理人を召し抱えるのは分不相応であるといえた。

それを知りながら雇い入れているのはヨーゼフ・ヘルマーの生業が香辛料貿易であり、仕入れた素材を利用しての新料理開発などにも彼らを駆使しているからに違いない。

無論、ヨーゼフとその妻子やその他奉公人に出すための料理をこさえる必要もあるのだが、その大命に比べればそれは余技のようなものであろう。

いわばヘルマー邸における厨房とは、ヘルマー商会という名の貿易会社に存在する商品開発部門でもあるのだ。

その他の仕事といえば今回のようにヨーゼフが取り仕切る宴席の料理作りもあるのだろうが、それは今回店主が奪った形になる。

他でもなく、主催たるヨーゼフ・ヘルマーから直々に依頼されたからだ。

店主の見立てではヘルマー邸に務める料理人……というより王国に在する料理人らの香辛料に関する思想は中世ヨーロッパ的なそれであり、とにかく多種多量に盛って財を強調するのがよろしいというところがあった。

それはそれでこの席におけるヨーゼフの目論見とは合致するのであろうが、彼としてはもう一歩美食家たる御用衆らの心を突き動かすものが欲しかったのだろう。

そこで店主に、白羽の矢が立ったというわけだ。

店舗立ち上げから店主が生来……というより生前から苦手としている帳簿づけなど、このパトロンからは何かと援助を受けている身なのでこれを断るわけにはいかない。

そのようなわけで、週に一度存在する『レイ』の定休日へ合わせてこの宴が催されたのである。

そしてその料理作りにおいて、助手として遣わされたのが彼ら見習い料理人の少年たちだ。

配膳はともかくとして、作るだけならば御用衆らの人数分くらい店主にこなせぬ道理はない。

そこをあえて彼らが遣わされたのは、前々から進めていた話の答えを求めているということだろう。

すなわち、弟子取りであった。

これもまたヨーゼフからの後援に対する一種の見返りであり、彼とは前々から香辛料の扱いやその他店主の調理技術に関してお抱えの者へ教授する約束をしていたのである。

（彼らの中から選んでほしい……ということか）

弟子として引き取る場合、店主同様に『レイ』で住み込みの従業員として働き調理技術を教え込んでいくことになる。

それに五年かかるか十年かかるかは分からぬが、ひとまず店主が一人前として認めたらヘルマー邸へと出戻り身につけた技術を振るうことになるのだ。

いわば、ヘルマー商会という会社から『レイ』という子会社へと出向する形となる。

店主としてもそれに異存はなく、むしろ前世で培った調理技術をこの世界で継承していく者を育めるのは喜びであると認識していた。

（となると……やはり）

「？　どうかされましたか？」

見れば見るほどにどこかで見た覚えのあるルッツ少年の顔を見ていると、この屋敷の主人たる者がこの場へ姿を現す。

「店主殿はじめ、皆よくやってくれた……おかげで、今宵の宴は大成功だ」

その言葉に、厨房内で立ち働く一同がその手を止め入り口へと顔を向ける。

「ああ、いや手は止めなくていい……ともかく一言、労《ねぎら》いの言葉をかけたくてな」

鷹揚に言い放つヨーゼフは常よりも更に気合を入れて宝石や貴金属で飾り立てており、今回の宴に対しての気合がそこからは見て取れた。

そのままヨーゼフはつかつかと店主に歩み寄り、頭を下げるルッツ少年に軽く手を振りながら話しかける。

「君のことだ。この采配の意図は察してくれていると思うが……彼が、そうなのかな？」

「ええ、そうなのですが……あくまでも、本人が望むならですよ？」

「それは無論、承知の上だが。しかし、ルッツをか……いや、やはりというべきかな」

「ん？　それは少し話が飲み込めないのですが」

「うむ……いやなに。ルッツ、お前たちには私から弟子入りの件を話してある。その上でこうして店主殿に話しかけていたのだから、思うところもあるのだろう？　だが、お前には事情がある。その件に関しては、自らの口でご説明さしあげなさい」

「はい……」

　その言葉に、ルッツ少年は何やら意を決した様子で袖をまくった。

　はて？　何か料理でも作るつもりかと考えた店主であったが、すぐに自分の考えが間違っていたことを悟る。

　少年のほっそりとした前腕には一枚の布きれが巻かれており、そこには染料でもって一つの文字が描かれていたのであった。

　他でもない。


――『水』のルーン文字が。


（むう……しかし……）

　まがりなりにも貴族《メイガス》として二生を授かった店主には、同じ貴族の魔力を知覚する能力が存在した。

　どのように知覚するかといえば……それは視覚でも嗅覚でも聴覚でもない、目に見えぬ不可思議な圧力と形容するしかないのだがともかくルッツ少年からはそうした気配が微塵も感じられなかったのである。

「もしもあなたがこの文字を授かっていたら、この厨房を水で満たすこともできたのでしょうね……」

　ルッツ少年はやや影の差した表情でそう呟きながら、指先を流しへ向ける。

　その瞬間のみ、店主の知覚には蚊が飛び立つがごときごく小さな魔力の流れが感じ取れたが……。

　現象として表れたのは、ルッツ少年の指先から生み出されるちょろりとした水流である。

「ぼくの魔力では、野菜を洗うことも満足にできません……」

（そうなると、これは……）

店主の視線に、ルッツ少年は袖を戻しながらこう答えた。

「ぼくは、貴族のなりそこないです……」

見習い料理人ルッツの生家は、その名を『金色の日の出亭』という高級宿である。

この宿において最大の特徴は遥か東方に存在するヒイヅル国のそれを参考にした独特の外装であり、内装であるといえるだろう。

特にヒイヅルより持ち込みし睡蓮なる植物を植え込んだ庭池の景観は見事なもので、逗留した高貴なる人々から様々に賛辞の言葉を貰《もら》っていた。

そのようなことが可能なのは、ひとえにこの宿が御用衆の一人ヴィーラント・ゼッフェルンの傘下にあるからである。

ゼッフェルン商会が司りしはオウカ及びヒイヅルという東方世界との交易であり、『金色の日の出亭』はヒイヅルとの交易成果を諸人に見せつける展示場の役割を果たしてもいるわけだ。

ルッツの母は、そんな『金色の日の出亭』亭主夫妻の一人娘である。

いわば次代の女将《おかみ》であり、ならばルッツは次々代の亭主なのかといえばこれはそうではない。

何故ならば、ルッツとその双子の姉は父親が存在せぬ父なし子であるからだ。

当然ではあるが男女の交わりなしに子供を授かることなどあるはずもなく、これは母本人は頑として語らなかったものの周囲にはほぼ見当がついていた。

――おそらくは、この宿に滞在していたヒイヅル使節団の誰かであろう。

そうと断じた理由は二つ存在する。

一つは生まれてきたルッツら双子はその両方が黒髪

黒目という王国人には珍しく、ヒイヅルにおいては一般的らしい身体的特徴を備えていたからである。

だが、これだけでそうと断じるわけにはいかぬ。

黒髪も黒目も珍しき特徴ではあったが、王国人にもそういった特徴を持つ人物がいないではないのだ。

決定的だったのは、二つ目の理由である。

生まれてきた双子のうち、姉の方が魔力を備えていたのだ。

生まれてきた赤子には手隙な貴族子弟が祝福を施しに訪れるものだが、随分と驚いた顔でこう告げたらしい。

――双子のうち、姉の方。これは稀に見る、強力な魔力の持ち主です。

……と。

これは双子の父親が貴族であったことを示している。

『金色の日の出亭』を営む亭主一族にはどれだけ遡っても、貴族たる者は存在しないからだ。


黒髪黒目という身体的特徴を備え、ルッツの母と愛を育めた可能性のある貴族など該当するのはヒイヅル使節団の者しかいない。

使節団を構成するのはいずれもかの国における貴族階級の人間であり、彼らが携えし刀なる特徴的な武具の鍔元《つばもと》には己が保有するルーン文字が刻みつけられていたのである。

使節団が帰国する頃に子種が仕込まれたと考えれば、時期的にも合致するのでおそらく間違いはない。

これには、『金色の日の出亭』で立ち働く一同が混乱した。

まず、亭主夫妻の娘に子供が生まれたからといってそれを跡継ぎとするのは論外である。

『金色の日の出亭』は歴史こそさして深くはないもののその格式は高く、前王ヘルムート陛下でさえも逗留したことがあるほどだ。

貴人麗人らを客として商売するからには、父なし子を跡継ぎにするなどはあり得なかった。

だから、生まれてくる子供は他家への奉公なり養子なりに出すことは出産前から決まっていたのである。

そこへきて、生まれた子らのこの身体的特徴だ。

貴族の子というだけならばともかく他国の……それも、遥か海を隔てたヒイヅル貴族の子ともなればこれは前例がないことである。

ヒイヅル使節団の者へ相談しようにも彼らはすでに帰国しており、これは不可能なことであった。

困り果てた『金色の日の出亭』亭主夫妻が相談したのは、他でもなく彼らの上司ともいえるヴィーラント・ゼッフェルンである。

ヴィーラントは夫妻から話を聞くと、双子の処遇は全て自分に任せるようこれを厳命した。

そして、何をどのように根回ししたものか……。

まず魔力を持った双子の姉は乳離れし次第、子宝に恵まれなかった下級騎士家の養子として引き取られることになった。

次に魔力を持たぬ弟の方はある程度成長するまで生家で育てられ、それ以降はヘルマー家の奉公人として差し出されることが決定したのである。

即座に両方とも養子へ出さなかったのは母の精神的均衡を慮《おもんぱか》ってのことであったが、逆にいうならば温情はそれだけであった。

この沙汰はすなわち、双子の母とヒイヅル人との間に逢瀬などなかったとすることを意味するからだ。

それどころか、下級なりとも貴族家へ引き取られた姉と異なりルッツは母も父もいない子となることが決定されたのである。

現在でこそヒイヅルは自力での外洋航行技術を持たぬが、かの国に住まう者らの勤勉さと吸収力の高さは王国人のそれに勝るとも劣らぬ。

近い未来か遠い未来かは知れぬが、いずれ本格的に国交が開かれた際に何らかの外交問題へ発展することを未然に防いだともいえる。

だがそれは大人の事情であり、ルッツにとっては知ったことではない。

ルッツに分かるのは、己が見捨てられたという事実だけだ。

物心つく頃にはすでに姉は引き取られており、彼は宿の中で腫れ物のように扱われていたのである。

幼少時にはそれも不思議に思わなかったが、自我が発達すると共に子供ながらおかしく思ってくるものだ。

何故、自分の家族らしき人々はこうもよそよそしく接してくるのか。

しかも——後から考えればこれもヴィーラントの差し金で再婚させられたのだと察せられるが——母らしき人物と父らしき人物は、自分の弟らしい赤子にかまってばかりで己には見向きもしてくれないのだ。

否、それは正確ではない。

母らしき人物は時たま無性に悲しそうな顔を向けてくるのだが、そのような目で見てほしくはなかった。

そして五歳になる頃、全ての真実を知ることになる。

魔力を持つ者……すなわち貴族の子が五歳になると共にルーン授与の儀をおこなうということを、果たして自分はどこで知ったのだったか。

ともかく、五歳になったルッツは恐る恐る母に尋ねたのである。

——どうしてぼくは、まりょくがあるのにルーンをもらえないの？

この言葉は、『金色の日の出亭』を五年ぶりの混乱に陥れた。

そう、魔力を有していたのは双子の姉のみではない。

ルッツもまた、本人にしかそうと分からぬ極めて微弱なものであったが魔力を有していたのだ。

少なくとも、魔力の多寡を計る貴族特有の感覚は有していると判明したのでこれは間違いがない。

これに母はとうとう堪《こら》えきれなくなり、ルッツに全ての真実を話した。

後になってみれば、母に悪いことをしたと思う。

この時に己がすべきことは、魔力を有した事実を知らせずただ沈黙を貫くことであったのだ。

何となれば、自分は母に私生児を産んだ罪のみならず、生まれてきた子の片割れを半端にしか魔力を有さぬ……出来損ないにしてしまったという罪を背負わせてしまったのである。

ただ、母に恨みこそ抱かなかったもののこの事実がルッツの人格形成へ大きな影響を与えたことは疑う余地もない。

まだ五歳の頭では理解しきれなかったが、全ての真実を知り魔力を持つ者の義務としてルーン授与の儀をおこなったルッツは見てしまったのだ。

無愛想ではあるものの自分とそっくりな顔をした子供が、両親らしき人々に抱擁されていたのを。

その子供が手に持った神授紙には、『水』『風』と二つものルーン文字が浮き上がっていたのを。

ルッツは悟った。

……自分は端材なのだと。

ある日、宿の厨房内で働く料理人らが生ゴミを片づけるのに出くわし尋ねたものだ。

——どうしてこんなに捨てちゃうの？

その問いに対し、料理人は困った顔をしながら腫れ物子にこう答えた。

——うまいものを作ろうとすると、こうやって捨てなきゃならない端材もたくさんできちまうんでさあ。

そう、それこそが世の理なのである。

自分という存在は、二つものルーン文字を授かった姉を生み出すための端材であったのだ。

ルッツが料理人を目指した理由は、この幼き日の出来事に起因する。

七歳になり、ヘルマー邸へ奉公に出されてからルッツが見せた働きぶりは鬼気迫るものがあった。

幼少の身でありできることなどたかが知れているのだが、その自分にできることをがむしゃらにやり遂げ綿が水を吸うがごとき勢いで仕事を覚えていったのだ。

その傍ら、厨房で働く料理人らの動きを盗み見ては小遣い額程度の給金を貯めて買った包丁と材料で練習を重ねる。

一年も経つ頃には、見習い料理人として働く少年らと遜色ない包丁使いを独力で身につけていた。

人を突き動かすのは、正の感情ばかりではない。

時に負の感情は正のそれを凌駕する力で若者の胸に情熱の火を灯し、その才能を開花させるのである。

そしてその才は目ざときヨーゼフの目に留まり、ルッツは正式に見習い料理人として召し抱えられた。

修業の日々を過ごし、もはや正規の料理人にも劣らぬ腕を身につけたと自負する頃に現れたのがあの男だ。

そう、今は『レイ』という酒場の主におさまっている巨漢の元貴族である。

どこからかヨーゼフがイルコヴァ料理の再現に執心していることを知ったあの男は、ふらりとヘルマー邸に訪ねるなり己がそれを果たす……否、それ以上に舌へ馴染むものを作り出すと宣言したのだ。

面白がったヨーゼフがそれに応じ、男はヘルマー邸の料理人らに囲まれながら調理を開始したのだが……。

その手際たるや、見事なものというしかない。


いや、その程度の言葉で足りるのかどうか……。

吟遊詩人ならぬルッツの舌には、ともかくその言葉しか吐き出せなかったのである。

男は厨房に存在する香辛料の味と香りを一つ一つ確認すると、まるであらかじめそれを知っていたかのようにその日その場の香辛料で作り出せる黄金比の調合を果たしてみせた。

そして伝え聞くイルコヴァ式の調理再現に拘泥していたヘルマー邸の料理人らと異なりミルクやはちみつ、摩り潰した果物などをふんだんに使う……王国人の味覚に沿った調理を施したのである。

出来上がったカレーなる料理はルッツも味見したのだが、その素晴らしさに衝撃を覚えたものだ。

いたずらに多種多量の香辛料を用いる王国式調理との違いは明白なのだが、伝え聞くイルコヴァ式の調理法ともやはり異なる。

イルコヴァ式のそれは再現を試みている料理人らに言わせれば、おそらく香辛料の風味を最大限に強調するためのものなのだそうだ。

しかし、船舶輸送の宿命により実際王国に持ち込まれる香辛料はその強調するべき風味が大きく減じてしまっているのである。

それが故、ヘルマー邸に務める一流の料理人らであっても再現し難かったのだが、この男はまったく別の切り口からそれを解決してみせた。

香辛料はあくまでも料理という舞台を彩る演者の一人であると考え、他との融和を重んじたのである。

そうして出来上がったカレーという料理は美しく全てが調和しており、食するものを優しく包み込むような懐の深さがあったのだ。

後から男の境遇を知ったルッツの感動は、いかばかりのものであったか。

ひたすら魔力が微細であった己と強大な魔力を持ちながらも聞いたことのないルーンしか授かれなかった男とでは、確かに境遇が違う。

が、それは親近感を抱くには十分な程度の違いでしかなかった。

——魔力やルーンに恵まれぬ者でも、生み出すものの素晴らしさに違いはないのだ。

その事実はルッツを大いに勇気づけると共に、指標を与えもした。

——目指すならば、あのような料理人に。

そして御用衆らを招いての宴という行事で、その指標には具体的な道筋が示されることになる。

見習い料理人らを集めたヨーゼフ・ヘルマーは、彼らに対しこう言ったのだ。

——お前たちも知る巨漢の料理人。彼が今回の宴で料理を担当する。ついては、お前たちがその補佐を担当するように。また、彼には住み込みの弟子を取ってもらいその技術を伝授してもらうことが内々で決まっている。他でもなくお前たちがその候補であり、そのことについてよくよく考えるように。

考えるまでもない。

その話を聞いた時点で、ルッツの答えは決まっていたのである。


——ひとまず宴席の後片づけを終わらせた後。

ヘルマー邸に存在する応接室にてルッツ、ヨーゼフ、『レイ』の店主という三人が顔を突き合わせていた。

そこでルッツは静かに、己の境遇を語ったのである。

とはいえ、双子の姉に対して抱いている劣等感などは語っていない。

できる限り客観的な視点を心がけて事実のみを話し、同じ料理人であり似たような境遇を持つ『レイ』店主の料理に感銘を抱いたと語ったのみである。

ヒイヅル人の血が入っていることに関しては秘事であり話すのは躊躇われたが、これは事前にヨーゼフから「彼は口が堅いので心配する必要はない」と言われていたので話した。

「ふむ……」

店主はといえば、使用人の手によっていれられた茶を飲みながら何事か思案するのみである。

ただ、その双眸《そうぼう》は母なるカルネヴァァ海を思わせる深遠な光を宿しており、ルッツはまるで己の内心全てが見透かされているような錯覚を感じていた。

果たして店主は、自分のことをどのように思ったのだろうか。

魔力を持っていることに関しては、同情されたかもしれぬし共感を得られたかもしれぬ。

しかし、ヒイヅル人の血が入っている件に関してはどうか。

これは話したくなかった理由の二つ目であるのだが、かの国の人間は「草や木の根ばかり食べている」「泥水のような汁をすすっている」と語り伝えられているのである。

生家で過ごした頃ヒイヅルより仕入れられし材料を

使ったその泥水……味噌汁《みそしる》に触れてきたルッツとしては噴飯ものの話であったが、しかしその見た目と風味が王国人には受け入れ難いものであったのは確かだ。

故に『金色の日の出亭』でもよほど物好きの客にしか、味噌や醤油を駆使した本格のヒイヅル料理は振る舞われなかったのである。

ルッツに言わせれば本物の味覚を持ち、見た目や風聞に左右されぬ己の価値観を持っていればそのおいしさに気づけるのがヒイヅル料理だ。

果たして店主は、「味覚に関しては理解し難き蛮性を持つ」と評されるヒイヅル人の血が入った者を受け入れるのか。

それとも、そういった旧来の価値観に囚われずただルッツの有り様のみを見てくれるのか。

面接を受けているのはルッツの方であったが、この世は万事が反転し別の意味を持ちうるものである。

面接をしている者がまた試されているというのも、世の常なのだ。


――果たして己は、この男の眼鏡に適うのか。またこの男は、己がそうと見込んだ通りの人物であるのか。

二つの意味で心臓が高鳴り、一瞬が一刻にも二刻にも思える非現実的な感覚にルッツは揺さぶられていたが……。

「うん、やる気は十分なようですし働きぶりを見ると技術も申し分ないです。私などにどれだけ教えられることがあるかは分かりませんが、君さえよければ明日からでも来てほしいですね」

店主の答えは、拍子抜けするほどにあっさりとしたものであったのである。

「ふうむ。君ならそう言ってくれると思っていたぞ」

ヨーゼフはといえば訳知り顔でうんうんと頷くのみであった。

当のルッツは、しばしぽかんとした顔を向けてしまったが……。

「あ、ありがとうございます！　励みます！」

次の瞬間には勢いよく立ち上がり、店主に向けて深々と頭を下げていたのである。

「うん……ならば、この瞬間から私と君は師弟であると考えていいかな？」

「……はい？　それはもちろんですが……」

だが、次に店主が漂わせたのは何やら不穏な気配であった。

思わず身を固くするルッツをさておき、店主はヨーゼフへ顔を向ける。

「片づけを済ませた後で申し訳ないのですが、もう一度厨房を使わせてもらってもよろしいですか？」

「それはかまわんが、何か作るのかね？」

「ええ。ルッツ君。私を師と仰いでくれるのならば、まず君に教えておきたいことがあります」

「教えたいこと……ですか？」

一体、何を教えるというのだろうか。

ヨーゼフが店主に弟子を取らせる最大の理由は今宵の宴でも見せた見事な香辛料使いを学ばせるためであるが、それは一朝一夕で身につけられるものではない。

そもそも太陽神《アガーフィヤ》が月女神《ミトロヒナ》へ天の運行を託してから二刻は経過しており、何かを教えるのには遅い時分であると言わざるを得なかった。

「ええ。そう手間のかかることはしません。ただ一つ、どうしても伝えたいことがあるのですが――料理人なれば、それは料理にて」

こう言われると、ルッツはもとよりヨーゼフにも断る理由などあるはずがない。

こうして三人は、すでに見習いの少年料理人らも引き払った厨房へと舞い戻ってきたのである。


「さて、ではこれを使いますか」

言いながら店主が貯蔵庫から取り出したのは、小ぶりなかぶであった。

特徴的なのは泥まみれのまま藁《わら》に包まれていることで、これは少しでも輸送中の鮮度劣化を防ごうという誠意の表れであると見て取れる。

「しかし、時期を外れているというのに珍しいですね」

「子飼いの行商人が出先で馬鹿なかぶを仕入れられたそうでな。機嫌うかがいに差し出してきたのだよ」

「ははあ、なるほど」

のん気にヨーゼフと会話を交わす店主であったが、その動作にはまったく隙というものが見当たらぬ。

しかも、水瓶の水を用いかぶを洗うというその単純な所作が実に美しいのだ。


——野菜の洗浄。


料理人にとって最も基本的な下ごしらえであり、ルッツとてこれは何百何千と繰り返してきた行為である。

しかしながら、この店主と同じようにそれをこなせるかと聞かれればその答えは否だ。

使っているのは、自分たちも普段用いている根野菜用のたわしである。

だが、同じ道具を用いながらもこうまで差が出るものなのか……。

油皿による頼りない照明の中、驚くべきことに店主はその皮へ一切傷つけず泥のみを的確に洗い落としていくのである。

これは最早、洗浄ではなく磨き上げているといった方が正しい。

しばらくして店主が洗い終えたそれは、藁に包まれていた時とは比べものにならぬ輝きを備えていた。

「さて……これをですね」

次に店主が取った行動は、これも非常に初歩的な下ごしらえたるかぶの皮むきである。

とはいえこれも尋常なものではない。

最初に両端を切り落とす。ここまでならば、誰にでも真似ができるだろう。

だが、そこから先は……どうか。

少なくとも、ルッツには十年経とうが真似をできる気はしない。

店主が振るう包丁は、傍目にはただかぶの表面を撫でているだけにも見える。

しかしながら、その刃が通った後には細切りにされたかぶの皮がするりと落ちていくのだ。

その上に包丁を振るう速度も凄まじく、十を数える頃には全ての皮がそぎ落とされ美しくカッティングされた丸裸のかぶが生み出されていたのである。

「見事だな。これだけで見世物になるぞ」

ヨーゼフの言葉に、ルッツはただ頷くことしかできない。

最も基本的な包丁使いでありながら、店主の動きにはまるで数十年もそれ一筋に費やしてきたかのような練達の技が潜んでいたのである。

だが、ヨーゼフと違いルッツはただ感心ばかりしているわけにはいかない。

店主がわざわざ、この時間にこれを見せた理由は一つしか考えられないのである。

「これを……ぼくに覚えろというのですね？」

意を決し、その答えを口にした。

——最低限、この程度の技術を身につけねば弟子として認めぬ。

一連の包丁さばきに、そのような意図が込められているのは明白であった。

しかし、ルッツの予想はこれを裏切られることになる。

「え？　いや、将来的にはできるようになってもらいたいですが、野菜の皮むきなんてものは丁寧にやってくれればそれでいいですよ」

「へ？」

ぽかんとした顔のルッツに構わず、店主はそぎ落とした皮のひとつを摘み上げた。

「ルッツ君——察するに君は、己をこの皮のような存在であると思ってますね？」

「……はい」

それはまさに、己の深奥を貫く言葉であった。

双子の姉が存在することは話したが、彼女に対し自分が抱いている感情までは語っていない。

だがこの偉大なる料理人は、短い対話の中でルッツという人間の奥底に隠されたものを見抜いていたのである。

真に優れた料理人の目利きというものは、人間に対してても発揮されるものであるのか……。

「姉がかぶの実であるとするならば、自分はこの皮であると？　では、実の方は後でスープにでもするとして……この皮を用いて、一品仕立ててみせましょう」

「皮を使って、ですか？」

「ええ、よく見ていてください」

その後、店主が見せた動きはこれも実に素早い。

宴の料理でも用いたにんにく、唐辛子を手早く刻みこれをオリーブオイルで炒める。

十分な香りが出てきたところで、投入されたのが問題の皮だ。

（いい香りだ……これならベーコンでも炒めればいいものを、皮なんて……）

にんにくはともかく、唐辛子は安いものではない。

イルコヴァから持ち込まれたものを近年、ヘルマー商会肝入りの農場で栽培することに成功しているがまだまだ収穫量は十分なものではない。

将来的には王国でも収穫できる香辛料として強烈に推し出すのがヨーゼフの目論見であろうが、現状では高級品の範疇なのである。

そのようなルッツの考えをよそに、店主は皮がやわらかくなるまで炒めると仕上げに塩で味を調えた。

「できました――かぶ皮のきんぴら、ペペロンチーノ風です」

ルッツの分と、ヨーゼフの分。

小皿に盛られたそれを差し出しながら、店主はルッツの瞳を覗き込む。

「これが君に教えたいことです。さあ、召し上がれ」

こう言われては、是非《ぜひ》もない。

ルッツは渡されたフォークを使い、おそるおそる端材料理を口に運ぶ。

そして目を見開いた。

「これは……本当に皮なのか？」

ヨーゼフが背後から問いかけるが、まさしくその通りである。

歯ごたえを残す程度のやわらかさへ炒められた皮は、

こりこりとして実のそれに勝るとも劣らぬ味わいだ。

いや……むしろこれは。

(実のそれよりも、濃厚なような……)

かぶの皮など食するのは初めてのことであるが、瑞々しい味わいの実と比べてこの皮は水分が少ない分ぐっと濃縮されたかぶの旨味が感じられるのである。

にんにくと唐辛子、そしてそれらを炒めたオリーブオイル。

三役揃った風味の力も絶大であり、嚙み締める度にそれが口内で溢れ出してくる。

(すごい……これはまごうことなく、一品の料理だ!)

純粋な料理の味に対する感動と、端材からこれを作り出した店主の腕に対する憧れ。

二つの感情と共に、ルッツは瞬く間にきんぴらを食し終えたのである。

「どうかな……これが、皮の味だ」

食べ終えるのを待っていたのだろう。

ルッツの目を見据えながら、店主が静かに語り始めた。

「これだけではない。大量に野菜くずを煮込めば良質な出汁を取ったりすることもできる。そもそも、大切な実を守るために発達したのが皮であるのだから、ここにこそ野菜の地力が宿るのは当然のことだ――ルッツ君。私はね、君にも同じような底力が宿っていると思っている」

「ぼくに……ですか?」

「そうだ。さもなくば、習いもしなかった包丁使いを独力で身につけられるはずもない。発端がどのような感情であったとしても、それが君自身の力であることに変わりはないんだよ」

そこで店主は一呼吸置き、ルッツの頭にぽんと手を乗せた。

「だから自分に自信を持ちなさい――君は、君だ」

そしてくしゃりと、ルッツの髪を撫でてみせたのである。

「ぼくは、ぼく……」

瞳からこぼれ落ちそうになるものを、必死にこらえ

た。

何故ならばきっと……それこそが、生まれ落ちてからの十五年間ずっと欲していた言葉だったからだ。

そして自分の頭を撫でてくれた温かさこそは、生まれ落ちる以前から己という人間に欠損してきた部分だったのである。

もしかしたら……もしかしたならば……。

(ぼくという人間が生を受けたのは、今この瞬間なのかもしれない……)

こうして、ここに一組の師弟が誕生した。

——ドン亀と呼ばれた男と、己を端材と定義していた少年。

彼らの供する料理と酒が、多くの人々へ幸福を与えていくことになるのである。

12杯目
双子をつなぐ一品

(己を知り、世界を知り、己を変え、世界を変える)

貴族《メイガス》全てに伝えられる言葉を今一度脳裏へ思い浮かべながら、クリスタ・ビーガーは数瞬の間その瞳を閉じた。

あえて視覚を封じることで他の感覚はより鋭敏なものとなり、略式の金属鎧に包まれた全身を包む太陽神《アガーフィヤ》の呼気が、股下から生命の脈動を伴う愛馬のぬくもりが、そして……周囲一体に満ちる大気の流れがより鮮明なものとして感じられるのだ。

再び瞳を開けばここにいるのは数瞬前までの己ではなく、視界に収まるのは先ほどまで見えていた世界ではない。

今のクリスタは世界そのものと完全なる合一を果たし、騎士たるものの理想的な臨戦態勢を整え終えていたのである。

それが証拠に細身の少女が内包せし魔力はとぐろを巻くかのごとく充実して膨れ上がり、右手に抜き放った騎士剣に刻まれし『風』のルーン文字と共鳴してちりちりと周囲の大気を震わせているのだ。

「よろしいな⁉」

クリスタからの距離はおよそ十五メートル。

やはり略式化された騎士鎧に身を包み愛馬へまたがった騎士レオナルトが、厳かにそう宣言した。

しかし、クリスタと違いその騎士剣は抜き放たれていない。

代わりにこの騎士が両手に抱えているのは……皿である。

ごくごく一般的な、何の変哲もない皿を五枚ばかり重ねて両手に抱えているのだ。

ただし、これらの表面には筆書きで『風』のルーン文字が書かれており、レオナルトの全身から放たれた魔力と共鳴し唸りを上げているのが貴族たる者には知覚できた。

――一体、この騎士は馬上で皿など掲げて何をやろうとしているのか?

一見すると酔狂な大道芸人のごとき様相であるが、その実やはりこれは芸の練習風景であった。

とはいっても、大道芸のそれではない。

――芸は芸でも、武芸である。


「一枚目！」

「いざ！」

レオナルトのかけ声に威勢よく応じ、油断なく騎士剣を構えた。

振りかぶる構えではない。

矢を引き絞るかのごとく騎士剣を後ろに引いたその姿は、刺突の構えだ。

それに呼応してか、騎士レオナルトが掲げた皿のうち一枚を上空へ投じた。

このように平たく円形の物体はただでさえ大気や風の影響を受け、不規則な軌道を描くものである。

だが、この皿の乱雑な動きはそのような理で説明しきれるものではない。


表面に書かれた『風』のルーン文字を通して騎士レオナルトの魔力が注ぎ込まれ、安物の皿は風をまとった矢弾へと変じているのだ。

乗せられた魔力はごくわずかなものであるがこの程度の物体を飛翔させるには十分であり、鳥類はおろか蜂でさえも不可能であろう不規則な動きで皿が舞う。

しかし、極限まで研ぎ澄まされたクリスタの知覚はその動きを精密にとらえ――ついには次の瞬間に皿が舞う未来位置を予測してのけた。

「――えいっ！」

裂帛の叫びと共に、後ろへ引き絞っていた愛剣を突き出す。

騎士が放つ刺突は、ただの刺突ではない。

その切っ先からはルーン文字に呼応した現象が矢弾となりて打ち放たれ、いかなる飛び道具でも実現し得ない遠当てを成立させるのである。

――狙い過たず。

クリスタが打ち放った風の矢弾は不規則に飛んでいた皿を見事とらえ、これを粉々に粉砕せしめた。

「お見事！　二枚目！」

「いざ！」

だが、息をついているわけにはいかない。

騎士レオナルトはあと四枚もの皿を抱えており、自分はまだ最初の一枚を粉砕しただけなのである……。


「お見事！」

「さすがはビーガー殿ですわ！」

「惚《ほ》れ惚《ぼ》れしてしまいます！」

……最後の言葉に背筋をぞくりとさせながらも、クリスタは剣を鞘に戻し兜を脱いだ。

何故、交易都市リッカルが誇る風騎士団でも最年少に位置する彼女が、同僚たる少女騎士らの賛辞にこうも背筋を震わせるのか。

その理由はクリスタ自身の容姿にあった。

兜を脱ぎ軽く払ったその髪は、短めに揃えられつつも鴉《からす》の濡れ羽がごとき色艶を備えており物珍しくも美しい。

また、クリスタは自身の表情に乏しい顔つきが中性的な造作であることもよく知っていたし、自らの胸も尻も平坦であることはそれ以上によくよく思い知っていた。

ありていに言ってしまおう。

クリスタはリッカルに在籍する騎士らにおいて、最も凛々しい少年騎士のような容貌をした――少女騎士だったのである。

だから同僚の少女騎士らが向ける視線も……すなわちそういうことなのだった。

（勘弁してほしい）

胸中で溜め息をつきながら、皆のところへ愛馬を巡らせる。

断じるが、クリスタにそのような趣味はない。

同僚たる彼女らも騎士である前に年頃の少女であるのだから、そういった物事への関心が強まるのは仕方がないことである。

だが、そうならそうでもう少し生産性のある方向を向いてはもらえないだろうか。

例えば、クリスタと代わって所定の位置に馬を巡らせた少女騎士のように。

「クリスタに負けてはいられんな！」

その少女騎士――エーディリト・リンデンベルクは高らかにそう宣言しながら、己が騎士剣を抜き放った。

略式化された金属鎧という出で立ちはクリスタらと寸分違わぬものであるが、そこはやはり内に流れる血の高貴さが成せる業であろう。

「やっぱりエーディリト様って、どのようなお姿でもお美しくいらっしゃるわ……」

「ええ、まるで月女神《ミトロヒナ》のよう……」

他の少女騎士らがひそひそと交わす会話に、心の中でのみ同意を返すクリスタだ。

当世では『竜心王』と呼ばれその武勲ばかりが注目されがちな前王ヘルムートであるが、若かりし日はこれもミトロヒナに例えられる美貌の持ち主として語られていたと聞いている。

そして騎士エーディリトこそは、その血を最も色濃く受け継いでいるといわれる姫君の中の姫君なのだ。

無骨な騎士鎧に身を包んでいても、否、それが故にかえってその美貌が強調される。

しかもそれは完成された妖艶なものでなく年齢特有のやわらかさを備えており、倒錯的な愛らしささえ感じられるのだ。

（あたしなんかとは、全然違うな……）

思わず溜め息をついてしまう。

同じ女性でありながら、彼女と己はどうしてこうも異なるのだろうか。

……やはり、胸甲に締めつけられてなお自己主張をやめない肉体の一部分が大きく影響しているのかもしれない。

いや、肉体面の差異も重要だがそれ以上に大きいのは心の有り様だろう。

「しっ。集中の妨げになってしまいます」

少女騎士らのうち年長にあたる者が小声の会話をす

る者らに注意するが、その必要はないとみていい。

何故ならば騎士エーディリトは大仰に騎士剣を掲げながらもちらり、ちらりとある人物の方をうかがっていたからである。

他でもない。

本日、少女騎士らの教導役を引き受けている騎士レオナルトの方をだ。

妨げになるも何もない。

騎士エーディリトは最初から集中などできていないのであった。

(エーディ様、すごく分かりやすい……)

などとクリスタは思ってしまうのだが、意外なことにこの少女騎士が抱いている恋心について察知しているのはクリスタとある酒場の店主くらいである。

それほどまでに、この二人は身分が違う。

いかな騎士レオナルトが年齢にそぐわぬ武勲を打ち立ててきた歴戦の猛者であろうとも、王家出身の姫君と無足の下級貴族とでは恋愛関係など成立しえないものなのだ。

さすがに恋慕を向けられる当人くらいは気づくべきではあると思うのだが、騎士レオナルトはエーディリトの駄目な面を色々と見すぎてしまっているのでそれが原因なのかもしれなかった。

ところで、クリスタがそれを察しえたのは彼女が平民出身の騎士という珍しい存在であるからに他ならない。

エーディリトが街歩きをする際のお供として風騎士団団長から直々に任命されたのは、そういった出自により他の騎士とは異なる身分観を持っていることも理由なのだろう。

「よろしいな⁉」

「無論だ！」

「一枚目！」

「いざ！」

そのようなことを考えているうちにいよいよ騎士レオナルトが皿の投擲《とうてき》を開始しようという段になっていたのだが、そこでクリスタは気づいた。

(エーディ様、力が入りすぎてる)

『風』と『水』、二つのルーン文字を神々から授かりしクリスタも並の貴族より高い魔力を持っているが騎士エーディリトのそれはものが違う。

彼女が授かりしルーン文字は、実に『風』『水』『土』の三つである。

この国で最も高貴なる血筋を受け継ぎし少女は当然授かった文字の数に見合うだけの魔力を備えており、それは一般的な騎士五人分ほどにも相当するだろう。

その魔力が今、全力で解き放たれつつあった。

強大な力というのは、それが故に御するのが難しいものである。

ならば、お世辞にも魔力の制御が上手とはいえないエーディリトが全力でそれを解き放ってしまえばどうなるか……。

その答えは、すぐに現実の光景となって表れた。

「あ」

騎士エーディリトが間抜けな声を上げたが、もう遅い。

無駄に肥大化した風の矢弾はエーディリトの意図よりもやや早くその意思を離れて打ち出されてしまい、宙空を舞う皿とは明後日《あさって》の方向へと突き進んでいく。

普通の騎士がそれをやったのならば狙いが外れただけで済まされるが、そこは強大な魔力を持つ王族が全力で作り出した風弾である。

直撃すれば城壁にすら穴を開けかねぬ威力を持ったそれは、いってしまえば超極小規模の竜巻だ。

当然ながら突き進むと同時に周囲の気流をかき乱し、安物の皿などはその影響をもろに受けることとなった。

皿は騎士レオナルトが込めた魔力の意図を大きく外れ、更に不規則奇怪な動きを空中で繰り広げ……。

最終的にエーディリトの上空でぴたりと止まると、真っ逆さまに墜落してきたのである。

ただ落ちてきただけならば問題はないだろう。

略式とはいえ、騎士エーディリトは金属鎧に身を包んでいる。

実用性を重視し飾り気の少ない兜は、己が主の軽い頭を皿ごときには傷つけさせぬはずであった。

しかし、この時皿が墜落したのは無情にもエーディリトが乗った馬の尻だったのである。

「――!?」

飼い主に似ず常に落ち着いた様子を見せる牝馬も、この時ばかりはくわとその目を見開いた。

「わ、とと――ちょ」

騎士エーディリトが慌ててこれを抑えようとするが、手遅れだ。

突然の衝撃に動じた馬は、大きくいななくと共に後ろ立ちとなり――己の主を振り落としてしまったのである。

「へぷっ!?」

間の抜けた悲鳴と共に騎士エーディリトは地面に落下し、主を落とした馬は走り去ってしまった。

し……んと、周囲の空気が静まり返る。

――落馬事故。

騎士の死因でもかなり多いのが、様々な局面で発生しうる愛馬からの転落死であった。

そもそも騎乗時というのは、ただ馬を立たせているだけでも地表から二メートルほどの高さに頭部が位置するものである。

そこから落下する時には馬が動いたことによる勢いなども加わってくるのであり、その衝撃は下手な魔物の一撃すら凌駕するのだ。

それを、もろに背中へ受けてしまった。

リッカル領主の長女であり、姫君中の姫君とも呼ばれる少女がである。

主神アガーフィヤが最も強くその権能を振るう季節であるというのに、居合わせた全ての人間が冷たい汗を浮かべたが……。

「むう！　いかんいかん！　失敗した！」

周囲の心配も何のその、エーディリトはむくりと起き上がると同時に何でもないことのようにそう言い放ったのである。

「ああ……よかった」

「本当に……どうなるものかと」

「きっと、神々がエーディリト様をお守りくださったのですね」

少女騎士らが口々にそう言い合う中、騎士レオナルトが慌ててエーディリトへ馬首を巡らす。

「エーディリト殿！　大事ないか！」

そしてひらりと飛び降りると、少女の全身を眺め回したのである。

（あ、やめた方がいい）

自身もほっと胸を撫で下ろすばかりであったクリスタは、それを言葉にするのが間に合わなかった。

「自分では大丈夫だと思っていても、根深いところへ打撃が残っているものだ！　さあ！　鎧を脱いで！」

騎士レオナルトは、何も性的な目論見があってそのようなことを言っているわけではない。

実戦経験豊富な彼であるからこそ落馬の危険性は熟知しており、その言葉には真実エーディリトの身を案じる思いが込められていたのである。

だが、時に視線というものは落馬の衝撃以上の殺傷力を持つものだ。

特にそれを向けてくるのが想い人で、至近距離から舐めるように己の全身を見つめているともなれば尚更である。

「わ、わわ……わひゃひわ……」

「むう！　やはり衝撃が残っているのか！　——御免！」

顔を湯だたせ何やらろれつの怪しい言葉を吐いたのが、更にまずかった。

騎士レオナルトはこれを不調の証左であるととらえ、エーディリトには構わず自らその鎧を脱がせにかかったのである。

これが、とどめだ。

「は……はふぅ……」

騎士エーディリトは今度こそその意識を手放し、ばったりと地面に倒れた。

「むう！　エーディリト殿！　皆も手伝ってくれ！」

「エーディリト様！」

「今、お助けしますからね！」

わいのわいのと群がっていく少女騎士らの中で、クリスタのみはそれを冷めた目線で見つめるだけだ。

とりあえず命に別状はないことだし、己が心配すべきは別の事柄である。

(今夜は、絡まれそうだな……)

こうなれば、もはや今日の訓練は中止であろう。

そして意識を取り戻した後、エーディリトが向かうであろう場所は一つだけなのだ。

酒精など含まずとも十分に酔っ払った状態である彼女へ、さらに酒を与えてしまえばどうなるのか……。

そのようなことは、火を見るよりも明らかなことなのである。


少女騎士クリスタ・ビーガーにとって、およそ苦手と呼べるものは存在しない。

まず、貴族にとって必須といえる魔術の扱いに関してだが、これはそもそも『風』と『水』という二つものルーン文字を神々から授かっているし、それに見合った強力な魔力も生まれ持ち有していた。

その時点で並の騎士などとは比べものにならぬほど優位な位置にある彼女であるが、それにあぐらをかくような真似はしていない。

鍛錬に鍛錬を重ね、クリスタは現在所属している風騎士団において有数の精密狙撃手として知られており、いまだ独学の域を出ない『水』の魔術に関しても一般的な水騎士と比べて遜色ないほどの腕前に達しているのだ。

戦場を生きる騎士にとっては余技ともいえる剣技に関しても、まったく手は抜いていない。

剣を取れば舞踏のごとくそれを操り、しかもその舞には確実に相手を殺生せしめる鋭さが存在するのである。

いまだ十五の少女であるとはいえ、その戦闘力においてクリスタ・ビーガーを凌駕しうるのは風騎士団のみならずリッカルに存在する四騎士団全てを見回しても、ごく限られた者のみなのであった。

いってしまえば天才であり、クリスタの特異性を保証するのはその髪と瞳の色合いのみではないのである。

しかし、一見して完全無欠とも思える黒髪の少女にも苦手……とはいわずとも苦痛に感じられるものは存在するのだ。

それは彼女の主、エーディリト・リンデンベルクに随伴してリッカルの街路を歩くことであった。

主……という呼び方には語弊があるかもしれぬ。

この少女とは一歳の年齢差こそ存在するものの、建前としては風騎士団に籍を置く同格の少女騎士である。

そこに主従の別など、生まれようはずもなかった。

だが、それはあくまで二人の少女を騎士として見た場合の話である。

クリスタ・ビーガーとエーディリト・リンデンベルクは共に騎士である前に貴族であり、そして貴族としての二人はその地位に天と地ほどの差が存在するのだ。

ビーガー家の年間家禄《かろく》は金貨二百枚。一般的な下級貴族家のそれであり、当然ながら家格もそれに準じたものとなる。

対するリンデンベルク家の年間家禄は……いや、この家に対し家禄や家格を論ずるのは意味がないことであろう。

モンレーア王国においてリンデンベルクとは最も高貴なる一族を示す名であり、エーディリトの父ゲーアハルト・リンデンベルクこそはこの交易都市リッカルを治める大領主なのである。

貴族としての二人は臣下以外の何者でもなく、たかが街歩きの供とはいえクリスタには命に代えてもエーディリトを守る使命が課せられているのだ。

ビーガー家の家格を踏まえればこれは間違いなく大抜擢《ばってき》であり同性かつ年齢が近いという此度の任における好条件を踏まえても、それだけクリスタが上役たちから信頼されていることがうかがえる。

では何故、クリスタがこの随伴を苦痛と感じているのか。

安全な街の中とはいえ、姫君の供という任務に重圧を感じているのか。

はたまた、傍流なれど一国の姫君であるとは思えぬエーディリトの振る舞いに苦痛を感じているのか。

その答えは、どちらも否である。

王国騎士たちによって守られし交易都市は絶対の安全地帯であるし、そもそも王族たるエーディリトは技量を抜きにした純粋な破壊力において自分を遥かに上回る存在だ。

はっきりいって護衛など元来必要ではなく、どちらかというとこれは羽目を外しすぎぬよう目つけをする意味合いが強い。

では、エーディリトに振り回されることが苦かといえばこれもそうではなかった。

このようなことを考えるのは不敬なのだろう……。

しかし、クリスタは何事においてもあけすけなこの少女が、年上にもかかわらず幼き妹のように感じられてしまうのであった。

それは何ともいえず微笑ましい気持ちであり、騎士が主君に捧げる忠誠とは別のところで守ってやらねばならぬと思えるのである。

だが、エーディリトにはただ一点のみ微笑ましく思えぬところが存在した。

内面的なところではない。

極めて外面的なところである。

また、そうなってしまっていることに関してエーディリト自身は一切否がなく、いうなればこれはそのように采配を振るった神々に罪があるといえた。

問題の代物は、何故そこまでと思えるほどに己というものを強く主張している。

しかもそれは、静的なそれではない。

極めて動的に、我はここにありけりと主張してのけているのだ。

エーディリトが道々に存在する布敷きの露店を覗き込むたびにそれはぶるりと己を震わせ、道端の石ころへつまずきそうになるとますます激しく己を振るわせる。

というか、ただ歩いてるだけでもそれはもうゆっさゆっさとたゆんたゆんしていた。

はっきり述べてしまおう。

エーディリトの横を歩いていると、否応なしに彼女の胸と己の胸とを比べてしまう羽目になるのだ。

それは何ともいえぬ苦痛であり、同時に情けない気持ちになってしまうのであった。

神話によると初め神々は人間を貴族《メイガス》と平民とに分け、次にそれぞれを男と女とに分けたと伝えられている。

だが、クリスタにいわせてもらえばそれは大いなる間違いだ。

神々はそれぞれを男と女とに分けたのち、さらに両方の女を乳のある者とない者とに分けたのである。

そうでなければ女騎士の仕儀として男装風の平服に身を包んでいるエーディリトが、かようなまでに無意識な色気を振りまくことなどなかったであろう。

「……」

ちらりと、己の胸元を覗き込む。

そこには見事な平原が広がっており、地面との間で視界を塞ぐものなど何物も存在しない。

「ちっ……」

余人に聞こえぬようにしているとはいえ、騎士たる者には相応しからぬ舌打ちをしてしまう。

自分で自分を卑下するだけならば、まだいい。

問題は、道行く男性らの視線である。

無論、老人や子供らは例外であるが交易都市の街路を賑わす男共はいずれもがエーディリトの美貌と胸とに視線をやって、その後クリスタの方を見ると急に真顔となって去っていくのだ。

屈辱である。

当初は、平民らの間ではろくに顔も知られておらぬはずのエーディリトを見て身分に気づき、何かしら悪巧みを考えたものの自分という守護者を見て我へ返ったのだと思ったものだ。

それを誇らしく感じ、胸を張るようにして歩んでいたのがまずかった。

ある日、道行く子供の一人がこちらを指差しながら母と会話しているのを聞いてしまったのである。

――おかーさん、あのおねーちゃんはきしさまなの？

――ええ、そうよ。

――あのおにーちゃんも、きしさまなの？

――え、ええ……そうだけど、えっと……たぶん……お姉さんよ？

――えー、でも……。

その後、子供が自分の胸を指しながら放った台詞は生涯忘れられぬであろう。

以来、クリスタは騎士たる身にもかかわらずエーディリトの随伴をする際はやや背を丸めるようになった――あまり意味はないが。

「どうした？　顔色が悪いぞ？」

「――――ッ」

不意にエーディリトから顔を覗かれ、クリスタは過去から帰還を果たした。

愁眉を見せた時のエーディリトはまさしく姫君の中の姫君であり、同性かつ普段の姿を知っているクリスタでも思わず胸を高鳴らされる。

もっとも、こくりと首をかしげると同時に同じ角度へ弾んだ彼女の胸を見てそのような感情は吹き飛んだのだが……。

「いえ、何でもありません」

あまり馬鹿なことを考えていてはいけない。

自分は胸の多寡に頭を悩ませるために、彼女へ随伴しているわけではないのだから。

「そうか？　まあ、クリスタも疲れてる時くらいあるだろう。そのような時にこそ、あの店へ行くに限る！」

結局、理屈の有無にかかわらずこの少女はそこへおもむくのだろうが……。

この日ばかりは、クリスタもそれに同感であった。

エーディリトの場合は、昼間の一件を肴にそれを飲むのであろうが……。

ふと思い出してしまった嫌なことを臓腑の奥へ洗い流すのもまた、酒というものの効用なのである。

「いらっしゃいませ」

いつもの声に迎えられて足を踏み入れた『レイ』の店内は、何やら常と違う雰囲気に包まれていた。

ますます隆盛を極める夏の暑さを払いのける冷気に関しては常の通りであるが、客たちの有様がおかしいのである。

職人街の大親方たちと算用官志望らしき若者がカウンター席に陣取っているのはいつものことであるが、普段はテーブル席で酒を楽しむはずのパン職人や商人でさえもカウンターへと詰めかけているのだ。

それだけではない。

「お兄ちゃん、がんばって！」

「坊主……うちの孫がこんだけ応援してんだ、気い入れな」

「はっは。ルッツよ……お前にこんな苦手があったとはな」

「やはり、何事も一人前を目指すというのは大変なことなんですね？」

「ああ、特にこれはコツがいる。うちのパンも大量に使うからな。俺も昔、親父から徹底的に仕込まれたもんだ」

それぞれが調理場を覗き込みながら、好き勝手に会話を交わしていたのである。

このような光景を見せられては、抑制の効かぬ人間がここに一人いた。

他ならぬエーディリトである。

「おお！　何やら皆で楽しそうにしているな⁉　何だ⁉　久しぶりにチョコレートでも作っているのか⁉」

高貴なる少女騎士は鍋職人の孫娘よりもきらきらとした光を瞳に灯《とも》すと、カウンターの一同へと加わっていく。

その様子を見たクリスタは眉間を軽くもみほぐした後、自らもそれに続いた。

「ああ、実は人を雇いまして……」

（人……？　この店に必要だとは思えないけど……）

　エーディリトへ説明する店主の言葉に、少しだけ不審を覚える。

　良くも悪くも『レイ』はこぢんまりとした佇《たたず》まいであり、店主の腕前を考えるならば別に人を雇う必要はないであろうと感じられた。

（それをおしても雇ったのだから、それだけ腕が立つということ……？）

　胸以外の件に関しては感情の波に乏しいクリスタであるが、かといって木石というわけではない。

　己の主ほどではないものの、彼女にも好奇心というものは存在するのである。

　まして、店主の腕前はクリスタもよく知るところであった。

　巨体をそうと感じさせぬ立ち振る舞いは優雅でありながら隙がなく、酒を注《つ》ぐ動作一つとっても画になるような男なのである。

　名門中の名門たるヴィンガッセン家の嫡男であったことを踏まえれば多少なりともエーディリトと同じ血が入っているはずであり、それを考えるとますます驚きだ。

　神々が不平等さを垣間見せるのは、別に乳房の大きさだけではないということだろう。

　そして、その店主が認めた弟子とはどのような人物であるか……。

　エーディリトほどはつらつとした動作ではないものの、クリスタもカウンターから厨房を覗き込み……。

　そして硬直することとなる。

「おお！　お前が店主殿の雇った弟子か!?　髪といい瞳といい、何だかクリスタと似ているな！」

　エーディリトがのん気な声を上げるのが、まるで遠い世界における出来事のように感じられた。

　似ている、どころではない。

　そこにいた少年は、もう一人の自分である。

　無論、いかに中性的な顔立ちとはいえクリスタとて女であり、顔の造作そのものが瓜《うり》二つというわけではない。

　ただ、胸の奥底に存在する肉体のくびきすら超越した何か――魂としかいいようのないものが、強く引かれているのである。

そしてそれは紛れもなく、少年が内包するのと同質のものであるはずなのだ。

同じ感覚は五歳を迎えた時、ルーン授与の儀に訪れた神殿で体験した覚えがある。

「あなたは――」

「……」

少年は手にしたボウルへ突き込んだ泡だて器を動かすのをやめ、呆然としたようにこちらを見る。

返す言葉はなく、沈黙しかない。

五歳の当時は、何故そんな感覚を覚えたのか理解できなかった。

しかし、成人し己が境遇の全てを知った今ならば分かる。

十年前の光景と、今目の前に存在する光景とがクリスタの中で重なり一つの結論へと導き立てていた。

間違いない。

あの日神殿で恨めしい視線を向けていた男の子と、調理着に身を包んだこの少年とは同一人物であり……。

――クリスタにとっては、双子の弟である。


疑問の萌芽は、物心ついた時より存在した。

何といっても、この黒髪と同色の瞳だ。

クリスタの両親は共に王国民として一般的な茶髪と青色の瞳を備えており、遺伝というものは神々が司る領域であり簡単に考えられるものではないなどという一般論では到底納得がゆかなかったものである。

しかも、身の内に宿るこの魔力だ。

父ゲープハルト・ビーガーは『土』のルーン文字を神々から授かりしごく一般的な下級貴族であり、己と比べれば魔力量の違いは一目瞭然である。

母に至っては織物屋の娘であり、平民出身であるのだから魔力を比べるも比べないもなかった。

これは極めて稀な出来事である。

基本的に魔力量というものは、髪や瞳と同じく親から受け継いでいくものだ。

大身貴族家が大身貴族家たりえるのは、まず先祖代々から受け継いできた強大な魔力があるからこそなのである。

髪や瞳の色が異なるだけならば、ありうることかもしれぬ。

また、下級貴族家に生まれた子供が大貴族家のそれに匹敵する魔力を有するという話もないではなかった。

だが、その両方が備わっているとなればこれはどうか？

ここまでの条件が揃えば幼子でも推測を進めてしまうものであり、ましてクリスタは同年代の貴族子弟らと比べても聡明な部類に入る娘であった。

決定的だったのは、神殿にてルーン授与の儀をおこなった日の出来事だ。

『風』と『水』……二つものルーン文字が浮き上がった神授紙を見て、両親は歓喜しクリスタを抱きしめた。

魔力量とルーン文字の数が貴族社会における立ち位置を決めるからなどという、打算的な理由ではない。

その抱擁には我が子を思う無限の愛情が込められており、クリスタは子供らしい無垢《むく》な心でそれを受け止めたものである。

だが、温かな時間には一瞬で冷や水が浴びせかけられた。

じ……っと。

こちらを見ている者がいたからである。

その子供は自分とよく似た顔立ちをしており、やはり自分のものとそっくりな色合いの黒髪と黒い瞳を有していた。

クリスタとの決定的な違いは、その身に宿した熱量であっただろう。

子供とは、暖かな存在である。

それは夫の情愛を受けて輝く月女神《ミトロヒナ》のごとく、周囲の人々から愛という種火を投じられて宿す熱に他ならない。

それが、その子供には欠けていた。

血色はよい。

健康に問題はないだろう。

だが、最も必要とされるものがその内には存在しなかったのだ。

空虚な人間の有り様だった。

奪われた者の顔だった。

そして奪ったのは間違いなく……自分なのである。

理屈ではない。

しかし、そう断ずることができた。

何故ならばその子供と自分とは何らかの見えざる力で結びついており、一目見ただけでその心情が察せられてしまうからである。

間違いなく、その子供は自らの半身であった。

十年の時を経て、再び半身が目の前にいる。


目の前にいる少年の名は知らぬ。

しかし、その境遇は知っている。

十歳になり、男児の兄弟がおらぬ貴族子女の務めとしてクリスタは従者奉公をすることとなった。

そうなれば宿舎暮らしとなるわけであるが、務めに出る前夜……両親がついに全てを打ち明けてくれたのである。

——自分が『金色の日の出亭』という高級宿に生まれた双子の片割れであること。おそらく、父親は遥か東方のヒイヅル人であること。魔力を持たぬ双子の弟は、どこぞの商家で奉公人となっているらしいこと。

大まかには予想がついていたとはいえ、衝撃を受けなかったわけではない。

それでいて心根を揺るがすことがなかったのは、ひとえにそれまでの年月で両親から注がれてきた愛情ゆえであったのだろう。

だからクリスタにとっての懸念は、おそらくはそれを与えられてこなかったのだろう双子の弟——ルーン授与の儀で見た少年に集約された。

されたところで、確認する術もない。

自分は従者として正騎士となるべく修業と奉仕にいそしまねばならぬ身であり、両親も具体的にどこへ弟が奉公に出されているかは知らされていなかった。

そしてあてもなく捜し出すには、この交易都市という場所はあまりに混沌《こんとん》とした人々のるつぼだったのである。

だが、正しく生きる騎士を神々が見捨てることは決してない。

その一念さえ抱いていれば必ずや運命神《エヴドキヤ》が数多の偶然という糸を織り上げ、出会いを与えてくれるのである。

もっともエヴドキヤは神界一気まぐれかつ、いたずら好きな女神として知られていた。

このように主へ随伴しての晩酌という場でそれが与えられたことからも、神話伝承の正しさは証明されているといえるだろう。

「えっと……」

「……」

運命神の気まぐれに翻弄された双子のうち片方は何かを言い淀み、もう片方は沈黙を保った。

そして、この非常に似通った容姿を持つ両者の間にただならぬ空気が漂っていることを察せられぬ『レイ』の常連たちではない。

皆が皆、先ほどまでこの少年をはやしたてていたのを忘れ固唾《かたず》を呑みながら見守っていたのである。

いや……。

「おお！　何やら手が止まっているぞ！　もうできたのか⁉　それと店主、わたしはいつものやつを頼む！」

ここに、そのような空気など読めぬ者が一人。

だがエーディリトのそれは、凍りついたかのような時間を溶かす着火点としての役割を果たしたのである。

「そうですね。それくらいで十分でしょう。ルッツ君、ウィスキーの用意をしてくれますか？　ロージ産のものをお願いします」

まずは店主が新弟子に指示を飛ばし、顔を寄せ合っていた常連たちも自らの定位置へと戻っていく。

そしてクリスタとエーディリトは、自分たちの定位置であるカウンター席へと座ったのであった。

普段ならば店主が酒をつぐ姿の見事さに感嘆するところであるが、今日はそのように感情が揺らぐことはない。

表情こそ常と同じ冷めたものであったが、その胸中は時化を迎えたカルネヴァ海のごとき様相を呈していたのである。

「うん！　うまいな！　今日は格別にうまい！」

満月のごとき氷が浮かべられたウィスキーをちろりとひと舐めしたエーディリトが、クリスタの心中などおかまいなしに能天気な声を上げた。

普段ならば、強烈な酒精を持った酒であるのだからもう少し大人しく飲むようそれとなくうながしたことであろう。

だが、今日はそのような気が起きない。

潰れたところで、自分が抱きかかえて帰ってしまえばよいのだ。

どうせ今日は、何を飲んだところで酔えるような心境ではないのだから。

「……」

「……」

店主に指示された仕事を終え、所在なげに調理場で佇む弟と共に沈黙を保つ。

二人の間に存在するのはカウンターだけであったが、それがまるでヴィガノの峡谷のように互いを隔てていた。

何といっても、自分は生まれる前から一緒だった弟の名がルッツであることを先ほど初めて知ったのである。

「ふむ……」

そんな二人の様子を、珍しく思案げにエーディリトが見ていたが……。

「なあ、店主よ。その少年の腕が見てみたい。ここはひとつ、いつものつまみを彼に作らせてみてはもらえないだろうか？」

唐突にそのようなことを言い出したのであった。

「え？」

驚いたのは、いつも通り前炒りした落花生を準備していた店主だ。

雇ったばかりの弟子に、客へ出す品を作らせる。

道理に反した要求をするエーディリトと店主の瞳とが、不可視の糸で結び合わさった。

それに何を納得したものか……。

「そうですね。ルッツ君、頼めますか？　何、私の言う通りにやってみせてくれればいい」

何と店主はその注文へ応ずることに決め、傍らの弟子へそう命じたのである。

「え？　ぼくがですか？」

ルッツが驚いたようにそう返すが、クリスタも同じ心境だった。

エーディリトとクリスタがいつも注文する品はごくありふれたつまみであるし、ただ作るだけならばそれほど難しくはない。

それこそ、クリスタでも見よう見まねで調理可能な代物であろう。

だが、簡単な品であるからこそ腕前というものが真っ直ぐに反映されるし、店主の作り出すそれはまさしく絶品なのである。

「先日言ったことを覚えていますか？　――料理人なれば、それは料理にて。あとは分かりますね？」

「……はい！」

二人の間に、かつて何があったものだろうか……。

ともかくルッツは頷き、店主と立ち位置を交代する。

この品に使う材料は、わずか三つだ。

前炒りした落花生と塩、そして先ほどまでルッツが必死になって作っていた――バターである。

ルッツはまずフライパンを火にかけ、それを十分に熱した。

「そう、この量に対してはこのくらいのバターと塩を使うのがよろしい。この比率を、よく覚えておいてください」

「はい！」

その間に、師弟は材料をそれぞれ別の容器へ用意する。

十分にフライパンが加熱されたところで、まず最初に投入されるのはバターだ。

牛乳由来の脂が熱され溶け出す、王国民には何ともいえぬ香りが厨房を通してクリスタにまで届いた。

しかし、その香りにほっと表情を緩ます余裕はこの新弟子に存在しない。

フライパンを軽く揺すりながら、ルッツは汗すら流しながらバターが溶け出す様に注視していたが……。

「今！」

「はい！」

店主の声に従って、ルッツが素早く落花生を投入する。

「手際よくバターと絡めてください」

「はい！」

師弟の表情は、真剣そのものであった。

名の知れた店で働く料理人が見たら、それは失笑するような光景であるのかもしれない。

あまりに簡単な調理方法へ対し、二人の表情は……特にルッツのそれは鬼気迫るものがある。

だが、今まさに弟は半生全てを込めてこの一品を作り上げているのだ。


「塩を振って皿へ」

「はい！」

やがてそれは完成し、あらかじめ羊皮紙を敷かれた皿の上へ移される。

熱々の湯気を浮かべるその一品は……。

「お待たせしました――ソルトピーナツです」

「熱いですので、気をつけてお召し上がりください」

エーディリトには、店主から。

そしてクリスタには、ルッツからそれが供される。

その時、双子は互いに互いの瞳を捉え。

「……いただく」

意外なことに、クリスタがそう言うまで両者の視線が分かたれることはなかったのである。

「うむ！　チョコレートも素晴らしかったが、やはりこれも美味であるな！」

出来たての熱さも何のそのと、リスのように豆をついばむエーディリトはさておき……。

クリスタは火傷しないよう気をつけながら、そっと一粒を手に取った。

この熱さは、料理の熱さではない。

この一品へ注ぎ込まれた情念の熱、そのものである。

それに火傷《やけど》しないよう、素早く口の中へ投じた。

途端に口中へ広がるのは、前炒りと合わせて二度火にかけられることで露となった落花生本来の香りと、王国民を魅了してやまぬ乳脂の香りである。

二つの香りの、何と相性のよいことであろうか。

（何か一つ……何か一つ、違っていれば……）


――自分たちもこうあれたのだろうか。


そう思わずには、いられない。

そしてバターで炒められることでパリリとした食感を手に入れた皮ごと噛めば、硬質なそれは意外なほど素直に歯を受け入れ容易く砕け散る。

そうすることでますます香りは口内に広がっていき、多分に油分を含んだ落花生の味わいを彩っていくのだ。

全体をまとめ上げているのは少量の塩で、多すぎず少なすぎず絶妙の加減で加えられたそれが早く酒精をと要求してくる。

抗《あらが》わず、一口ウィスキーを口に含めばこれがもうたまらない。

元来、苦味の強い酒であるはずのそれがこの肴によって奥底へ隠された果実のごとき甘みを引き出され、それ単体では決して味わえぬ真価を発揮するのである。

時間にしてみれば、ほんの数瞬のことであろう。

あまりに呆気《あっけ》ない味の饗宴はすぐさまもう一度味わおうと手を伸ばさせるものであるが、今日ばかりはそうしなかった。

手ではなく、目線を弟へと……この品を作り上げた料理人へと伸ばす。

臆さずそれを受け止めたルッツに、かつて見た陰りのようなものはない。

その瞳に宿っているのは眼前の客人を心の底から満足させようという強い意志であり、料理人としての誇りであった。

「……おいしい」

そう考えたわけではない。

ただ唇はクリスタの意思を離れ、自然と言葉を紡いでいた。

「すごくおいしい」

「……恐縮です」

「またいつか、あなたの作ったものを食べてみたい」

「ぼくはまだ未熟者ですが、いずれはもっと色々な料理を作れるようになってみせます」

「そう……」

平時から口数の多い人間ではないクリスタには、その程度の言葉を絞り出すのが精一杯であった。

「……楽しみ」

だが、自身へ供された炒り豆と同じく、その言葉には万の感情が込められていたのである。

「クリスタ、よかったな」

横からエーディリトが笑いかけてきて、ようやくクリスタは主君の真意に気づくことができた。

「エーディ様」

彼女に倣い同じ名をつけられた同年代の少女は王国に数限りなくおり、臆することなくその名を口にすることができる。

「うん?」

「ありがとう」

「気にするな」

そうして微笑むエーディリトの姿に、この時ばかりはクリスタもミトロヒナの姿を重ね合わせたのであった。

もっとも、後に騎士レオナルトが来店して早くも心中で前言を撤回することになるのであったが……。

それもまた『レイ』においては他に代え難き酒の肴であり、その意味においてこの少女は間違いなく王国民へ笑顔をもたらす美姫なのである。

特別書き下ろし
幼姫に供す氷菓

交易都市リッカル領主ゲーアハルト・リンデンベルクが居城は、直線と直線とが交ざり合って構成されたまこと堅牢《けんろう》な城砦《じょうさい》であり、商業都市なれども備えは怠らずというモンレーア貴族の心構えがここに表れていた。

しかしかように堅牢な城砦なれど後宮がしっかり存在するのは王家の血筋に連なる者といえども人の子ということであり、またここが人の住まい生活する場でもあるということの証左であろうか……。

その後宮内に存在する一室。

騎士バルタザール・ルーマンと騎士フィリップ・リーネルは共に膝をつき、主から賜る言葉を待ちわびていた。

後宮内に立ち入ることを許されているのだから、両者ともただの騎士というわけではない。

四大貴族家の一つヴィンガッセン家傍流の家系であるバルタザールは並の者より頭二つほど抜きん出た巨体と見た目に恥じぬ膂力《りょりょく》で、同じく四大貴族家の一つラトギプ家傍流の者であるフィリップは算用官としても通じるほどの知恵と繊細な魔術の腕前によって、それぞれがリッカル親衛騎士団に入団することを許されたほどのつわものなのだ。

その二人が今、恐怖にその身を震わせている。

それほどまでに、二人の主は恐ろしき存在であった。

……暴君だからというわけではない。

むしろ、他者を気遣うことのできる心の優しさを持つ主である。

しかしながら、気遣いの方向性が問題なのであった。

その主が今、憂い顔で高価なガラス窓越しに夜空の月を見上げている。

今は姿を隠している太陽神《アガーフィヤ》の神力によって輝きを放つ月の姿はまことに美しいものであるが、この主の美しさもそれに負けていない。

否、美しさと呼ぶには少々幼すぎるであろうか。

二人の主ヴィンフリーデ・リンデンベルクは御年十歳の少女であり、真の意味で美しさを身につけていくのはまだまだ先のことであろう。

だが、その萌芽というものはすでに感じ取ることができた。

姉姫エーディリト・リンデンベルクのそれにも劣らぬ輝きを放つ黄金の髪は侍女らの手によって枝毛一つなく真っ直ぐにとかされており、それそのものが上質な織物であるかのように錯覚させられる。

顔立ちにはいまだあどけなさも残ってはいるものの、どこか近寄り難い高貴さを感じてしまうのは王族の血というものの成せる業か。

真夏の夜であることに加えお世辞にも過ごしやすいとは言えぬ石造りの城ということもあって薄手の部屋着に身を包んでいるわけであるが、徐々に凹凸というものが出始めたその肢体は童女が少女への階段を昇りつつあることを否でも応でも感じさせた。


――可憐。

そうと形容するしか術のない、混じりけなき本物の姫君がそこにいた。


その立ち振る舞いたるや優雅の一言であり、幼き頃より入念に施された淑女としての教育がしかと身についていることの証であろう。

そう、見た目だけならばこの齢にして傾国の美姫と称することすら躊躇いはない姫君なのだ。

あくまでも見た目だけならば、であるが。

「最近、姉様の様子がおかしい……」

臣下とはいえ人を呼び出しておいて長々と月へ見入っていたのは思慮深さの表れというよりは、単に自分へ酔っているだけというのが実態であろう。

ともかく、ようやくにもかけられた言葉に二人の親衛騎士はびくりと肩を震わせた。

「――お二人とも、そう思いませんか？」

投げかけられたその問いは、これが騎棋《きぎ》――王国の盤上遊戯――であったならばもはや『詰み』にも等しき一問である。

仮に、バルタザールとフィリップが正直にその問いかけへ答えるとするならば、

「いえ、エーディリト殿下がおかしいのはいつものこ

とです」

……と、異口同音に唱和することとなるだろう。

交易都市領主ゲーアハルト・リンデンベルクの長女であり、跡継ぎたる男児がおらぬため貴族の掟に則り騎士団へと入団している姉姫が巻き起こした奇行の数々は交易都市の騎士で知らぬ者がいないほどのものである。

だが、当然それを口にするわけにはいかぬ。

それをしたが最後、不敬として姉思いの妹姫が即刻打ち首を命ずるであろうことを二人の親衛騎士はよくよくわきまえていた。

かといって、騎士たる者が主に対し虚言を吐くなどあってはならぬことである。

結果として、二人が選んだ答えはただ沈黙することのみであった。

重苦しい静寂が室内を支配し、蒸し暑い空気に晒された肌からふつふつと汗の湧き出す音さえも聞こえそうな錯覚にとらわれる。

一瞬が一刻にも、二刻にも感じられるほどの重圧が騎士たちの双肩にのしかかるが……。

これを解放したのもまた、ヴィンフリーデである。

「そう……お二人とも気づいていませんでしたか。無理もないことですね。お姉様のことを誰よりもよく見ているのは、このわたしなのですから」

——いいえ、誰よりも見えていません。

そう言い返したい衝動を驚異的な精神力でねじ伏せながら、親衛騎士らは黙って主の言葉を拝聴した。

「今日、久方ぶりに姉様も交えて食事をした時……不思議なことが起こりました」

不思議なのは身を削るような鍛錬の末に親衛騎士まで上りつめた己らが、このような夜分に世迷い言を聞かされている事実である。

が、それを口に出せば余計に話が長くなるのは火を見るよりも明らかなので二人の騎士は黙りこくった。

「普段なら必ずパンをおかわりする姉様が、今日はそれをされませんでした。どころか、今まで食事の席で飲んだことのないお酒をお召しになられたのです」

——結構なことではないですか。

またもそう言いたくなったのをぐっとこらえ、親衛騎士らは沈黙を守る。

姉姫エーディリト・リンデンベルクも御年十六歳。酒の一つも覚えようという年頃だ。

そして、酒精を入れる時というのは食が細くなるのが人間の性であるのだからこれは何も不思議なことではない。

「お父様は、自分と同じお酒をたしなんでいたことへたいそうお喜びでしたが……わたしとしては、これを見過ごすわけにはいきません」

——はあ、ご勝手にどうぞ。

そろそろ、言葉だけではなくあくびもこらえながら黙り続ける二人の騎士だ。

「何が姉様を変えたのか、さぐりを入れる必要がありますね……」

ヴィンフリーデは整った眉を少しだけ曲げ、思案げな中にも華のある振る舞いで再び夜空を見上げる。

余人が見たならば、只人《ただびと》には見通しもつかぬ難題へ思いを馳せる傾国の美姫といった風情であろう。

だが実態はろくでもない思いつきを繋ぎ合わせているだけであることを、親衛騎士らはこれまでの経験から知っていた。

「幸いにも明日は海神祭《かいじんさい》……人の群れに紛れて姉様を観察するには、うってつけの日です」

ヴィンフリーデの呟きに、二人の騎士はやはり一切の口を挟まぬ。

何故ならば、とっとと帰って酒を飲みたいからであった。

それに親衛騎士団内で第二姫御付の任を賜っている二人は、どうあがこうとも主の突発的な思いつきに振り回される運命なのである……。

……今は昔、まだ平民と貴族《メイガス》の区分というものも曖昧であった時代。

一人の少女が、偉大なる海神マトヴェイとの間に契約を交わした。

その時少女は一糸まとわぬ姿で海岸に降り立ち、マトヴェイへと祈りを捧げたという。

少女の願い……それは当時海上にまではびこっていた魔物の一掃であった。

その時代、人という種の陸地における版図はごくわずかなものでありその上海上までも魔物に支配されていたのではいよいよ生活することもあたわぬ。

それが故の願いであったが、マトヴェイはこれを快く受け入れた。

ただし、無償というわけではない。

海神は神々でさえ生み出せぬであろう絶世の美貌を持つ少女に対し、己が子を孕《はら》むよう要求したのである。

少女はこれを了承し、ここに契約は成された。

以来マトヴェイの権能により海上へ魔物が姿を現すことはなくなり、この時少女が授かった子こそは後に大陸中の人々へ神々の教えを伝えた聖人エウロンツなのだ。

少女は名をコンスタンツェといい、今日《こんにち》においても聖母として人々から崇められている。

毎年夏に催される海神祭こそは、その代表ともいえる行事であろう。

この日、海岸地域に住まう人々は聖母コンスタンツェに倣い海辺へと訪れる。

そうして集った人々はさすがに聖母のごとく全裸というわけにはいかぬものの、厚手の下着のみという開放的な姿で大いに騒ぎ、はしゃぎ、遊ぶのだ。

何となれば海神の子にして聖人たるエウロンツを通した神の教えに従い繁栄している姿を見せることこそが、マトヴェイに対する最大の御恩返しであると心得ているからであった。

また、王国内においては海神祭ならずとも水遊びの際はそういった着衣を用いるのが一般的であり、近年これは水着として発達し様々な意匠のものが販売されている。


交易都市リッカルにおいては交易港や漁港、塩田として整備されている地帯の他に海水浴目的で開放された広大な砂浜が存在した。

太陽の運行を司る神にして主神たるアガーフィヤが最も強くその権能を発揮する夏場ともなれば、この砂浜は常に人々でごった返すこととなる。

ましてや本日は海神祭であり、これはもはや砂浜というより人浜とでも評するのが適切と思えるような光景がここに広がっていた。

「海だー！」

「エーディ様、ちゃんと体をほぐし温めてからでないと海に入っちゃ駄目」

まるで妹を見るような……。

慈しみに目を細めながら今にも海へ駆け抜こうとしている騎士エーディリトに声をかけたのは、騎士クリスタである。

いや、今の少女らを騎士と評するのは適切であろうか……。

二人の少女騎士は日頃の男装を基調とした平服を脱ぎ去り、騎士たる者の象徴たる騎士剣も持たぬ水着姿でこの砂浜を訪れていた。

装束と武装のみならず、貴族としての地位も脱ぎ去ったかのような姿へ集まるのは人々の……とりわけ男性らの視線であったのは致し方のないことであるといえるだろう。

それほどまでにエーディリトの水着姿というのは、暴力的な代物であった。

まず、何よりも凄まじいのがたわわに実ったその胸である。

あらゆる物体は上から下へ落ちるものだという物理法則を無視するかのように屹立《きつりつ》した双丘は、薄手の水着越しということもあり形と張りの良さを存分に周囲へ知らしめていた。

そして、人体における双丘というものは何も上半身にのみ存在するものではない。

腰から下に備わったそれの、何と見事な量感と形であることか……。

断言するが、エーディリトが将来お産において余分な危険をこうむることはあるまい。

しかも、本人いわく動きやすさを重視して選んだという水着は活動的というより扇情的な代物であり、隠しているそれらが今にもこぼれ落ちてしまいそうな様相を呈しているのである。

そしてそのような姿を晒しているうえ、いまだ少女特有のやわらかさを身体に兼ね備えているのだからいよいよ背徳性は高まるばかりだ。

黄金の髪を振り乱しながら不満げに頬を膨らませるところなどはまるで童女のようで、これも背徳的に感じさせる一因であるのだろう。

あるいはかつての聖母コンスタンツェもこのような容姿だったのではないか……そう思わせてならぬ、浜辺のエーディリトなのであった。

一方クリスタの方はどのような水着を着ているのかといえば、これなるは肩先から臀部《でんぶ》に至るまでを一体の布地で覆う貞淑な意匠の代物である。

しかしながらカモシカのごとくすらりとした肢体は露となっており、中性的な容姿のクリスタにはなかなか似合いの水着であるといえた。

難点といえるのはその胸部に至るまでがすらりとして平原を形作っていることであるが、本日のクリスタは珍しくそのことに対する陰りがない。

気にしていないということはあるまいが、目の前にエーディリトという持ちすぎる者が存在していれば考えることも馬鹿らしくなるというものなのである。

これは一般的な平民が富豪との財産差を考え、あまりの差にうらやむ心すらなくすことと同じ現象であろう。

「お姉ちゃんたちー！」

と、半ば見世物のように浜辺の視線を独り占めにするエーディリトとそのおまけことクリスタに対し声をかけるものがあった。

「マルグレート！　似合っているな！」

「えへ、お母さんが新しいの買ってくれたんだ！」

伊達や酔狂で騎士の訓練を受けているわけではなく、赤子へそうするように軽々とエーディリトが抱えてみせたのはこの頃少女騎士らが入り浸ることとなった酒場でよく顔を合わせる鍋職人の孫娘だ。

言葉通りに新調したのだろう。真新しさの残るマルグレートの水着は少し背伸びしたのか、上半身と下半身とで分割された仕立てのものであった。

フリルのような意匠を施された水着はまるで花びらをそのまま装束へ仕立て直したかのようで、幼きマルグレートにはよく似合……。

「……っ!?」

この時、クリスタの目がくわと見開かれた。

日頃の訓練でも滅多に見せることのない鋭い視線が捉えたものは……他でもない、マルグレートの胸部である。

（胸が……ある!?）

そう、騎士団においても新鋭として知られる少女騎士は見逃さなかったのだ。

フリルのごとき意匠により巧妙に秘匿されたマルグレートの胸部が、わずかに膨らんでいる事実を！

「そうか！　マルグくらいの年頃ならすぐに背も伸びるからな！」

「えへへ」

照れたように童女が頬を染めているのは、決して背が伸びているからというだけではあるまい。

（馬鹿な……！）

いまだかつて、クリスタがここまで衝撃を受けたことはないだろう。

何ならば、双子の弟と再会した時よりも激しく動揺していた。

それでも崩れ落ちようとする膝を支えることができたのは、日頃の鍛錬で培われた精神力によるところ大といえる。


——ざわり。

……と。

現実の非情さに打ち震えるクリスタを他所に、周囲の人々がざわめき出した。

その視線もエーディリトから外され、砂浜の入り口近くへと集まっている。

それもまた、無理もないことであろう。

新たに姿を現したその人物は、エーディリトのそれすらも上回る圧倒的な肉体美を誇っていたのだから……。

まず、胸元からして姫騎士のそれを上回るほどの恐るべき量感がある。

だが、そこに厚みはあれどもやわらかさというものは一切ない。

例えるなら、鋼鉄の鎧を人の肉へと変じさせたような……。

それそのものが一つの防具として成立するまでに鍛え上げられた、たくましい胸筋がそこにあった。

腕も脚もまるで丸太のように太く、石材を掘り出して作り上げたかのように隆々とした代物である。

二メートルを優に超えるであろう肉体を装うのは、日頃彼が身につけている調理衣にも劣らぬ純白さを誇る下帯が一枚のみ。

飲み屋街の片隅に位置する酒場『レイ』。これを営む店主の浜辺における装いがこれであった。

「おや、女性陣は先に到着されてましたか」

「姉さん、顔色が悪いようですが？」

「マルグ！　俺ぁ年なんだから走っていきなさんな」

魔境からやって来た筋肉魔神とでも評すべき店主があまりに目立ちすぎて気づかなかったが、どうやら他の男性陣も後に続いていたようである。

あらゆる意味で衝撃の強すぎる格好な店主と違い、彼らは膝丈の水着というごくごく常識的な装いであった。

ただしルッツのみは上着を羽織っており、双子の片割れだけあって自分とよく似た容姿の彼は女子にしか見えぬ。

否、上着という不可視の壁で遮り想像力をかき立てる分、余人には男子である彼が己よりも魅力的な女子として映っているやもしれない。

おそらくは肌が弱いなどの理由で羽織っているのであろうが、よくよく考えてみれば己も上着を羽織っておけばここまでの劣等感に晒されず済んだのだろうか……。

（負けた……マルグちゃんにも、ルッツにも……）

マルグレートに発育で完敗を喫したのみならず、弟よりも女子的発想で劣っていた事実にまたまた衝撃を受けるクリスタであった。

（いや、気を取り直そう）

ぶんと顔を振り、気を入れ直す。

今日は年に一度の海神祭……。

自分とエーディリトは、ここ最近通っている酒場の常連らと共にこれを楽しむべく浜辺へ訪れたのであるから……。


かつて、偉大なる『竜心王』たる祖父がこのように言っていたことがある。

――軍竜を化かすならば、軍竜に紛れれば良きだけのことよ。

……と。

本日、交易都市領主の第二姫ヴィンフリーデはその至言を見事に実行せしめていた。

すなわち、姉姫たちに己らの姿がばれぬようごく一般的な水着の平民と化して浜辺を望む堤へ訪れていたのである。

そんなヴィンフリーデが選んだのは、肩口から臀部までを覆う形式の水着であった。

ただし、形式は地味なものなれどその色合いはそうではない。

隣国で盛んに生産されるワインを思わせる赤へ染め上げられた水着は妖艶そのもので、鼠蹊部《そけいぶ》にあしらわれたレース飾りも合わさりそれそのものが一種のドレスであるかのように思わせる仕上がりとなっている。

これを身にまとっているのが童女と少女とのあわいに位置する年齢のヴィンフリーデであるのだから、これはかえって妖しさというものを際立たせていた。

「ちょっと地味すぎたかしら……まあ、平民に交じるのだしこんなものよね？」

「はあ……」

「もうちょっと控えめな意匠のものにしといた方が良かったのでは……？」

ヴィンフリーデの呟きに答えるのは護衛兼荷物持ち兼姫君の手足——要するに手下——として連れてこられた、バルタザールとフィリップの両親衛騎士である。

二人はごくごく一般的な水着をはいており、面割れを防ぐため心持ち髪型をいじり色つきの眼鏡も装着していた。

「何か……悪党の令嬢とその部下って感じが……」

「バルタ、いらんことを言うな！　ただでさえ勝手に城を抜け出して胃が痛いんだぞ！」

後ろでごちゃごちゃと喋る二人は無視し、以前貢物として献上された望遠鏡を駆使して姉姫の姿を追う。

「お姉様、いつの間に市井でこんな付き合いを……」

望遠鏡の中に切り取られた景色の中では、最愛の姉姫が一般庶民とおぼしき集団と共に笑い合っているところであった。

「ぐぬ……わたしでさえ、お姉様と海水浴した経験なんてそうないのに……」

貴族の伝統に則り一騎士として任についているエーディリトと異なり、この身は生粋の姫君として教育を受けている。

で、あるからには城を出る機会などそう滅多にあるものではなく、まして姉妹揃って水着になるなどは数えるほどの経験しかないのがヴィンフリーデであるのだ。

「お姉様は何が楽しくてあんな人たちと……わ!?」

と、ここでヴィンフリーデが驚いたのは遠眼鏡内の視界が全て埋まってしまったからであった。

視界を埋めたものの正体はといえばこれは、

——肉。

……というしかないだろう。

まるで楢《なら》の木へ鎖を巻きつけたかのごとく隆々とした筋肉の壁が視界に入ってしまい、遠眼鏡内に切り取られた視界が埋まってしまったのである。

「な、何これ……」

呟きながら望遠鏡を操作し、その倍率を変化させた。

そして今度こそ、全容を摑む。

先ほど自分が覗き込んだのは、恐ろしいほどに全身を鍛え上げた筋肉漢の背中だったのである。

望遠鏡で見ている故今一つ大きさを摑めぬが、周囲の人々と照らし合わせるならばこれは二メートルを超すほどの巨漢なのではないか……。

「な……!?」

だが、ヴィンフリーデを心底から驚かせたのはどことなくヴィンガッセン家当主アルヌルフ侯を思わせる巨漢の姿ではなかった。

(姉様が……顔を赤らめている……?)

それどころではない。

薔薇《ばら》色に頬を染めた姉姫が、どことなくはしゃいだ様子で飛び跳ねてさえいるのだ。

(そんな……そんなまさか……)

ここで、ヴィンフリーデは一つの恐るべき結論へと行き着きつつあった。

そしてモンレーア王国で最も貴き血族リンデンベルク家の末席に座す己の導き出した結論が間違っていることなど、万に一つもありえないことなのである。

(姉様が……恋している……!?)

「それが今日の弁当か!?　楽しみだな！」

己が掲げた複数のバスケットを見て喜び跳ねるエーディリトを見ていると、まるで孫娘を見るかのような微笑ましい気持ちになってしまう店主だ。

「今日はダーヴィトさんにも、色々とご協力いただきました」

「なあに、パンを焼くなどは俺の日課よ」

ぐっと親指を立ててみせるパン工房の若き親方であるが、現代の地球ならいざ知らずこの世界におけるパン作りは間違いなく重労働の一つである。

海神祭で休みのはずなのにその腕を振るってくれた辺り、心意気で仕事をするという職人にとって何よりも大事な資質がこの男には身についているのだと感じられた。

「今日はとっておきの菓子も用意してあるので、楽しみにしてください……チョコレートではありませんが」

「むう……チョコではないか、しかし店主殿の菓子なら期待できるというものだな！」

「あたしも楽しみ！」

マルグレートと一緒にはしゃぐ姿は何とも可愛らしいものであり、これを見れば弁当作りの疲れも吹き飛ぶというものである。

まったく関係はないがもし何らかの不埒者が背後からこの光景を見ていた場合、今生で得た幅広の背が邪魔をして己が手にしているバスケットなどは見えないことであろう。


「大変なことになりました……」

「大変なこと――」

「――とおっしゃられると？」

先ほどまで望遠鏡を使い姉姫の姿を密かにうかがっていたヴィンフリーデであったが、突如として雷に打たれたような表情を浮かべると二人の騎士を伴い堤の片隅へ移動していた。

おそらく、また何かろくでもない発想を浮かべたのであろう……。

達観した心境でそれに従い車座となったバルタザールとフィリップであったが、案の定ヴィンフリーデが口にしたのは頓狂な発言であった。

「姉様が恋をされています……」

「はあ……」

「恋ですか……」

――それは間違いなく恋してないな。

脳裏ではそう思いつつも口には出さず、主が続きを話すに任せる。

「お二人とも、これで姉様たちをよく見てください」

「は」

「承知いたしました」

ヴィンフリーデから渡された望遠鏡を丁寧に操り、代わる代わるエーディリトらの様子をうかがう。

「何が見えますか？」

望遠鏡の中に切り取られた景色の中ではエーディリトがおそらく市井の民だろう人々と交じり、動物の皮を繋ぎ合わせて作った球を飛ばし合う遊びに夢中となっていた。

共に遊びへ興じるのがどこの馬の骨とも分からぬ輩らであればヴィンフリーデとはまた違う意味で心配を抱くであろう二人であるが、その中に風騎士団でも使い手として知られる騎士レオナルトと騎士クリスタが交ざっているのだから信頼に足る人物らと見て問題なさそうだ。

球遊びに興じるエーディリトの様子は無邪気そのものといった様子で、ヴィンフリーデが心配しているような感情などは一切感じられぬ。

「楽しそうに遊んでるように見えますが？」

「私にも、同じように見えます」

遊びに使われているそれとはまた違う二つの球が激しく揺さぶられるエーディリトの胸部から驚異的な精神力で視線を引き離しつつ、二人の親衛騎士はあるがまま見たことを報告する。

「そう……お二人とも男性ですし、乙女心が分からないのも無理からぬことです……」

余談だがバルタザールもフィリップも共に妻子がおり、まったくもって大きなお世話であった。

「ですが！　このわたしには分かりました！　お姉様は間違いなく恋をされている……！

そして、それをお助けすることこそがわたしの積むべき功徳《くどく》なのです！」

――いいえ、放っておかれるのが何よりの功徳です。

そう口にすることができれば、どれほど楽であることか……。

「お二人とも、耳を貸してください」

そのような思いを抱きながら、二人は主の語るろくでもなき企みごとを聞かされるのであった。

「妻や子と海神祭を楽しみたかった……」

「言うな。泣きたくなるから……」

そして企みごとの内容を聞いた二人は、主に聞こえぬようこっそりと愚痴り合ったのである。

――この世全ての理は、数式によって表すことが可能である。

偉大なる数学者ジギスヴァルトの残した言葉がこれだ。

無論これなるは数字を扱う者としての心構えを意味する言葉であるのだが、ここにその教えを律儀に実践しようとする学徒の姿があった。

他でもない……。

（頂点に達した球の体積と断面積……そして角度を考えれば……）

今日はこの頃通っている酒場の常連らと珍しく外へ遊びに出かけた算用官志望の少年、ランドルフ・バントである。

「ここだあっ！」

自らの脳裏で素早く球の着地点を算出し、いち早くその場へ飛び込むと同時に右拳を突き出す。

己の計算が確かならば弾き飛ばされるはずの球はしかし、拳から三十センチほど離れたところで落着し砂浜へその身を埋めるのだった。

「ぼ、僕の計算が……⁉」

「はっはっは、まあこの世は頭の中だけでまかない切れるものでもないということだ」

計算を外した衝撃に立ち直れずいるランドルフに代わって球を拾った騎士レオナルトが、これを器用に指先で回転させながら快活に笑った。

「坊主……職人仕事でもそうだが、考えるだけじゃあ駄目だぞ」

「おうよ、肌で感じなきゃあな」

「どれ、今度職人街で仕事があったら回してやるか？　俺らの手筈《てはず》を見りゃ頭だけじゃあねえって分かるだろうさ」

「それはいい。数字と筆だけが算用官じゃありませんからな！」

見物を決め込みながら好き勝手に言っているのは三人の大親方らと御用商ヨーゼフで、彼らが手にした瓶に入っているのはエールならぬ店主手製の冷えた麦茶である。

「ルッツも、もう少しがんばらないと駄目……料理人だって体力勝負」

「それはそうなんですけど……」

「店主は、あんなに鍛えてる」

「いや、さすがに店長と比べられるのは……」

「はは、まあ私は例外としても料理人は力仕事も多いからね」

「店長まで乗っかって……」

少し離れたところでは、黒髪が特徴の双子と『レイ』の店主とが笑い合っていた。

「はあ……そうですね。せっかくの気分転換ですし」

汗で砂が付着し、そばかすと混じり合った頰を拭いながら立ち上がる。

「よし来い！　海神様に元気なところを見せてやれ！」

「言いましたね⁉　いきますよ――」

騎士レオナルトから渡されたボールを手にし、次の手番である『貝殻屋』の店主にこれを打ち放とうとしたのだが……。

「ちょっと待った！　わたしは少し外すぞ！」

領主の娘と同じ名を持つ少女騎士の言葉で、出鼻をくじかれることとなったのである。

「エーディリト殿、何か所用か？」

「いや、まあ用事といえば用事なのだが……」

「騎士のお兄ちゃん、そういうこと聞かないの！」

騎士レオナルトの言葉にもじもじとした様子を見せる騎士エーディリトの前で、腕を組みながら郷里の母を思わせる形相を見せたのは鍋工房の孫娘だ。

そしてそれだけで、何となくその場にいる全員がエーディリトの所用を察することとなったのである。

いや、約一名……。

「む……だが人も多いし迂闊に出かけたら迷子になるかもしれんぞ？」

「だからそういうこと聞いたら、めっ！」

騎士レオナルトのみは、さっぱりこれを理解していなかったのだが……。

様々に機転の利く青年騎士であったがどういうわけかこういった物事を察する力に乏しく、それがこの年で妻帯していない原因となっているのやもしれぬ。

「と、ともかくわたしは行ってくる！」

問答の時間が惜しかったのだろう。

その場を駆け去る騎士エーディリトの両足は、心なしか内向きになっていた。


「お姉様が他の人たちから離れました。計画その一を実行に移す好機です！」

「いつの間に計画名を……というか、その二があるのですか？」

「その二などありません。何故なら、この計画は確実に成功するのですから！」

「ですよね……」

浜辺を望める堤の片隅……。

そこではバルタザールと僚友たる騎士フィリップ、そして二人の主であるヴィンフリーデが今度は三人で代わる代わる望遠鏡を覗き込んでいた。

そして忠誠を誓う主の言葉に、できればこないでほしかった計画実行の時が訪れたことを悟る。

ちなみにであるが、あまりにも珍奇にすぎる取り合わせの三人は堤に居合わせた人々の注目を浴びに浴びておりこっ恥ずかしいことこの上なかった。

騎士フィリップの提案で髪型を変え色眼鏡を装着し、面相を隠したのはまことに英断であったといえよう。

ヴィンフリーデまでが人々の関心を集めているのはあまり好ましくないことではあったが、まさか麗しの第二姫がこのようなところで間抜けな密偵ごっこをしているなどとは誰も思うはずがあるまい。

「あの……本当にやらねばならないのですか？」

「かつて、その身がわたしの剣となり盾となることを誓ってくれたではないですか？」

「あれはこのような意味で申し上げたわけではないのですが……」

「バルタ、気持ちは分かるがそこまでにしておけ……」

「やるしかないのか……」

僚友の言葉に背を押され、がくりと肩を落としながら捕捉された目標へ接近すべく砂浜へ下りる。

――姫君に忠誠を誓い、その願いを叶えることこそは騎士たる者の誉れ。

そのはずなのに、こうまで気分が優れないのは何故なのだろうか。

少なくとも今こうして足を動かす原動力となっているのは騎士としての忠誠心ではなく、やけくそじみた心の動きであるのは疑う余地もない。

頭上からは夏場という機に最大限の神力を発揮する太陽神《アガーフィヤ》の陽光がさんさんと振り注ぎ、足元からはそれを反射した砂浜の地熱がむわりと立ち上る。

だが、全身から噴き出す汗はそれらの熱量によってもたらされるものではなかった。

この汗は、これから働かねばならぬ不忠への恐れによってもたらされているものなのだ。

（やるのだ……騎士バルタザール・ルーマンよ……）

その脳裏に思い描かれるのは愛する妻と娘の姿であり、老いて騎士職から退いた父と母の姿である。

そうだ。己は主の言葉へ忠実に従い、それによってもたらされる俸給で家族を食わさねばならないのだ……！

目標たるエーディリトは群衆の中、どこかそわそわとした様子で歩いている。

その歩みはまことに静かなものであり、体軸にぶれをまったく感じさせないところなどは日頃の騎士修業がしっかりと体に染みついていることを感じさせた。

何かとしょうもない逸話の多い姫君であるが、偉大なる『竜心王』ヘルムートの血を最も色濃く受け継いでいるという噂は伊達や酔狂で流れているわけではないということだろう。

意を決し、限界まで魔力を抑えながらそちらに向かって歩む。

（やれ……バルタザールよ！）

そして人々の中を歩むエーディリトの前に回り込み、騎士修業で培われた精神力を総動員し可能な限り軽薄な笑みを浮かべて見せたのである。

（調子に乗った浜辺の兄ちゃんへとなりきるのだ……！）

もはやこの場にいるのは騎士バルタザール・ルーマンではない。

己の矜持も守るべきものも全てを心中へ押し込み、にやついた笑みで蓋をした哀しきナンパ師の姿がそこにあった。

「やあ君！　その水着よく似合うね⁉」

「ふぁ⁉　い、いきなり何なのだお前は⁉」

何なのだと問われても、そんなことは自分自身が教えてもらいたい。

わずかに浮かびかけた涙をこらえながら、ナンパ師バルタザールは主命を果たすべく矢継ぎ早に言葉を重ねていくのだった。

「バルタ……強く生きろよ……」

望遠鏡の中へ切り取られた景色の中で、突然の出来事に怯むエーディリトを前に次々と言葉を繰り出しているらしい僚友の姿を見つめながらフィリップは小さくそう呟く。

「どうやら、うまく運んでいるようですね」

その望遠鏡が横合いから奪われたかと思うとヴィンフリーデがこれを覗き込んでおり、姫君は己の策が順調に進行していることに対してご満悦であるようだった。

「ヴィンフリーデ様……本当にこんなことでうまくいくのでしょうか？」

「勿論《もちろん》です……何しろ、吟遊詩人の語る恋愛譚を基とした策なのですから！」

「れ、恋愛譚……ですか？」

「そう……お姉様が悪漢に絡まれているところに颯爽《さっそう》と駆けつけこれを助ける……あの巨漢が運命の相手ならば、このくらいのことは当然してのけることでしょう！」

「巨漢……？　ああ、確かに遊び相手らの中にどことなくヴィンガッセン侯を思わせる御仁がいましたね。ただ、彼はあの場にいないようですが？」

「そのようなことは何の障害にもなりません。結ばれるべき二人であるならば必ずや運命神《エヴドキヤ》が導くことでしょう」

「そういうものですか……」

「そういうものなのです……」

望遠鏡を覗いたまま力強く首肯するヴィンフリーデを見て、フィリップはこの策が決してうまくはいかないだろうことを確信する。

哀れむべきは使い古された恋愛譚の端役を演じさせられる羽目になった騎士バルタザールであり、王家に連なる姫君をそれと知りながらナンパするという闇の歴史を背負いながらこの先どう生きていけばいいというのかという話であった。

「あ⁉」

「いかがされましたか？」

と、望遠鏡を覗き込んでいたヴィンフリーデが驚きの声を上げわななとその拳を握り締める。

そして麗しの姫君はいかにも無念そうな声音で、こう洩《も》らしたのであった。

「違う……そっちじゃないのです」

「そこのお前……エーディ殿が嫌がっているのを分からんか？」

その言葉を聞いてナンパ師バルタザールの胸中に渡来したものはといえば、

――た、助かった……。

……この一念のみである。

己の持ちうる語彙全てを駆使してエーディリトを口説きにかかっていたバルタザールであったが、その内実はといえばこれは途方にくれていたのであった。

エーディリトがさっさと己を振り切ってくれたならば……。

あるいは周囲の群衆から勇気あるものが己をたしなめてくれたならば……。

この無限獄にも等しき時間はすでに終わりを告げていたことであろう。

だが実際のところエーディリトは何故か普段の奔放さがなりを潜めてもじもじとするばかりであったし、群衆はといえばいかつい顔つきであるのに加え普段と変えた髪型と色眼鏡によりその類の人種としか思えなくなっているバルタザールの姿に尻込みし遠巻きにするばかりであった。

だが、ついに救いの時は訪れた！

神々は己を見捨てたわけではなかったのだ！

後はもう、ヴィンフリーデの指示通りに三下そのものな台詞を口にしながら適当に追い払われるばかりである。

そう思いながら声の主を見た時、ナンパ師バルタザールは騎士バルタザールへと戻り驚愕に身を固めたのであった。

（げえっ⁉　騎士レオナルト……⁉）

水着姿ということもあり騎士剣こそ携えていないものの、精悍な顔立ちに圧倒的な武威をにじませたそのの青年こそ交易都市の風騎士団に所属する若き俊英騎士だったのである。

――騎士レオナルト・エーベルス。

交易都市に所属する騎士において、エーディリトとはまた違った意味でその名を知られし人物だ。

その家柄は典型的下級貴族のそれでありながら卓越した剣技と魔術制御の技で数々の武勲を打ち立てており、いずれ領地持ちとして取り立てられることが確実視されている。

事実、親衛騎士団の団長もこの逸材を引き抜くべく風騎士団団長と幾度となく交渉を交わしていた。

（どうせ勘違いだろうと聞いていなかったが、もしや騎士レオナルトがエーディリト様の意中の人なのか……⁉）

その場合、ある問題が発生することとなる。

ヴィンフリーデから聞かされた計画によれば、この後バルタザールはある行動に出なければならぬ。

だが、その相手が騎士レオナルトともなればこれは文字通り死を覚悟しての蛮行となるのであった。

バルタザールとて鍛え抜かれた本物の騎士であることに変わりはないが、それが故にどうしようもないほど正確に相手との力量差は見抜けるものなのである。

（そ、それでもやらねばならぬ……！　私は第二姫御付親衛騎士なのだから……！）

意を決し、色眼鏡越しに騎士レオナルトをねめつけながら可能な限り汚らしい言葉を己の中で模索した。

「ようようよう、兄ちゃんよう⁉　あんだ格好つけか⁉　暑さで頭が茹だってんじゃねえのか⁉　あぁ⁉」

「茹だっているのはお前の方だろう？　念のため、マルグを振り切って追いかけてみればこれだ……それ以上エーディ殿に迷惑をかけるならばこの騎士レオナルト・エーベルスが相手になろう！」

「は！　騎士だなんてハッタリかましゃあ俺がびびって逃げるとでも思ってんのか⁉　思い知らせてやんよ！」

そしてバルタザールは騎士レオナルトに跳びかかった。

勝てぬ戦いであると知りながら……いや、勝っては逆にまずいのだが。

今の姿はいかにも軽薄な浜辺の兄ちゃんであり、正義の徒にたしなめられ逆上する三下そのものであったがその心に宿りしは真の騎士としての忠義だったのである。

「ヒャッハー！」


しばらく後……。

そこら辺のごろつきにしては妙な打たれ強さとこの場を逃げ出さぬ根性を併せ持ったナンパ男を容赦なくしばき倒したレオナルトは、先ほどから不自然なまでにもじもじとし続ける騎士エーディリトへと向き直った。

「大事ないか……？　それにしても、エーディ殿も騎士ならばあのくらいの輩は自力で何とかせねば……」

「い、いや……そうしたいのは山々だったのだが……」

（む……）

と、ここでレオナルトは騎士エーディリトの異変に気づく。

その顔はやや紅潮しており、内向きに閉じられたふとももはぷるぷると震え続けている。

まだまだ若者と呼べる年齢なれど、数々の修羅場をくぐってきた歴戦の騎士たるレオナルトはこの異常の正体をすぐさま看破してのけたのであった。

間違いない……。

――これは、何かの病気だ！

「大丈夫かエーディ殿？　調子が悪いならどこか休めるところを……」

「……だから」

「ん……よく聞こえないのだが？」

「大丈夫だから、今は放っておいてくれ！」

猟師から逃げる兎《うさぎ》も、ここまでの脚力を発揮するものか……。

ともかく騎士エーディリトは心配するレオナルトにそう叫ぶと、身も世もなき有様でその場を駆け出したのであった。

「何なのだ……一体……」

一人取り残され、唖然《あぜん》とするばかりのレオナルトだ。

彼の預かり知らぬところであったが、騎士エーディリトが駆け去った先には浜辺へ設けられた簡易な造りの公衆便所が存在したのである……。

◆

「彼はもう駄目ですね……」

さすがは『竜心王』ヘルムートの孫娘であるというべきか……。

望遠鏡越しに砂浜へ伏す騎士バルタザールの姿を見たヴィンフリーデの診断は、まこと正確なものであった。

「ああも的確に痛めつけられては、手当てしても今日は復帰できないでしょう……」

望遠鏡を貸してもらいこれを見たフィリップは、亡き友の冥福を腐敗神《オクチャブリーナ》に祈る。

別にそこまで本気にならずとも適当に小突かれればやられたふりをする手筈であったのだが、騎士レオナルトがそんな事情を知るよしもなく……。

騎士バルタザールは下顎やみぞおちなど鍛え抜かれた筋肉の鎧でも防げぬ箇所を徹底的に打ちのめされ、陽光にやられた蛙《かえる》のごとくその場へ倒れ伏すのみとなっていた。

「死して屍《しかばね》を拾うものはなし……バルタザールさんのことは諦め、計画その二に移りましょう」

「その二などなかったはずでは……？」

「今、思いつきました！」

「はあ……そうですか」

無慈悲な主君の言葉に、今度は己自身が犠牲になる覚悟を固めながらフィリップは計画その二とやらへ耳を傾ける。

風騎士団が誇る精鋭に打ちのめされたとはいえ、ここで脱落することのできた騎士バルタザールはまだ幸福だったのかもしれないと思いながら……。

――スイカといえば夏季を代表する作物の一種であり、『竜心王』ヘルムートの拡張政策が実り農民らに換金作物を生産する余裕が生まれてからは人々の口に上る機会も多くなった果物である。

特に井戸で念入りに冷やされたスイカは夏場最高の贅沢であり、クリスタの養父母もこれを好んでよく食していた。

そのスイカが今、広げた布地に載せられ浜辺へ鎮座ましましている。

一見すれば何らかの邪神崇拝儀式のように思えるが、その実体はそうではない。

これは店主発案のもとにおこなわれている、遊戯であるのだ。

「もう少し右だ！」

「違うよお兄ちゃん！　左だよ！」

「ルッツ君、それ以上前には進まない方がいいな！」

『レイ』の常連らから好き勝手な言葉を投げかけられているのはクリスタにとって双子の弟であるルッツで、彼は今目隠しをされ両手で棒切れを振り上げながらスイカへと歩みを進めていた。

ただ視線を隠すのみならず歩み出す前入念に回転運動をさせられたこともあって、元々体力のある方ではないらしい弟の歩みはふらふらとして頼りないことこの上ない。

今の彼にとって頼れるのは仲間から送られる誘導の声のみであったが、これもいたずら心から嘘の言葉が交じっているため結局はあてになるものではなかった。

「えい！」

意を決したらしく棒切れを振るうも、当然それはスイカにかすることもなく砂浜をむなしく打ちのめすばかりである。

「あちゃ……駄目だったか」

目隠しを外したルッツが、悔しそうに呟く。

最初は店主も妙な提案をすると思っていた一同であったが、実際にやってみるとなかなかに白熱するのがこのスイカ割りという遊戯であった。

すでに提案者たる店主はもとより鍋工房の大親方やマルグレートもこれを空振りしており、いよいよ誰がこの果実に一撃を加えるかで一同は大いに盛り上がっていたのである。

一番可能性が高いのは騎士レオナルトであったが、彼は戻ってくるなりマルグレートに説教され正座を言い渡されておりすでに参加資格を失っていた。

ならば……己がやる他にないだろう。

何といっても、弟の仇《かたき》を取るのは姉の役目であるのだから……。

「クリスタ……いくのか?」

「うん……やります」

立ち上がり、隣から声をかけてきたエーディリトに短く返す。

「姉さんが挑戦ですか?　がんばってくださいね」

「ん……がんばる」

ルッツから目隠しと棒切れを受け取り、これを手早く装着した。

——己を知り、世界を知り、己を変え、世界を変える。

全ての貴族《メイガス》に伝えられる魔術の基本にして奥義は、きっとスイカ割りにも応用できることであろう……。

「けひひ……ちょっとお前さんたちよろしいですかね?」

いよいよ騎士身分初の挑戦者ということで一同が盛り上がる中、そう店主らに声をかけてきたのは……真夏の浜辺だというのに目深なフードつきのローブで全身を覆った小柄な人物であった。

隣には付き人だろうか？　軽薄そうな髪型に色眼鏡を装着した水着の若者が控えている。

「ん？　はい、どのような御用でしょうか？」

「いやね……この老婆めは流しで占い師をしていてねえ……」

「はあ……老婆の占い師、ですか？」

言葉を交わしながら店主の脳裏に浮かんだ言葉はといえば、

（どこか貴族の子供が、遊びでやっているのかな……？）

と、いうものだ。

どうも本人は真剣に怪しげな老婆を演じているつもりのようであるが、曲がりきっていない背筋といい作り変え切れていない声音といい店主にしてみれば本来の姿を見抜くことなど容易きことであった。

魔力の方も限界まで押さえ込んでいるようであるが、日頃からルッツという例外中の例外と接している店主はすでにごくわずかな魔力であっても感知できるようになっていたのである。

隣にいる男も微妙に魔力がもれているところを見ると、どこぞ貴族家の令嬢がこの機会に少し羽目を外していると考えるのが妥当であろう。

「それでわたしは縁占いが得意でね……一つ、お前さんたちを占ってやろうと思ったわけさ」

「ははあ、なるほど。それはありがたいお話ですねえ」

ともあれ子供のすることならばあれこれと目くじらを立てる必要もあるまい。

店主はとりあえず、このたわ言に付き合ってやることとしたのであった。

「特に縁を占いたいのはねえ……そこ、そこの娘さ」

「ほあ？　わたしか？」

占い師の老婆気取りな少女が指差してみせたのは、まさに今歩み始めたクリスタへ「左！　左！」とまったく真逆の指示を飛ばす騎士エーディリトである。

「そうさ……その輝くような金の髪といい、月女神《ミトロヒナ》の生き写しと見まがうような美しき顔立ちといい縁占いの相手としてはこの上ない相手さね」

「そうか！　何だかよく分からんが褒められて悪い気

はしないものだな！」

「イーヒッヒ！　ありのまま伝えてやってるだけさね！　それじゃあ、縁を占うのはおおね……げふげふ……お嬢ちゃんとでかいお兄さ――」

何故か言葉の途中でむせている少女を前に、店主がふと思いついたのは隣で神妙な顔をしながら正座している騎士レオナルトのことであった。

先ほど少し失敗をしてこうなっているわけだが、それも全てはこの青年騎士が妙に男女の機微へ鈍いのが原因である。

それを解消し、またこのままではいつまで経っても進展がないであろうエーディリトとの仲を取り持ってやるためにもここは一肌脱いでやるべきだろう……。

そう思い立ち、すでに一肌どころか全身脱いでふんどし一丁となっている店主はずずいと騎士レオナルトの背を押したのであった。

「いいえ、折角ですからこちらの方との縁を占ってください」

「――そう、そちらのお兄さんとの縁を……って、ええ⁉」

「そ、そうだぞ店主殿！　わたしとレオナルト殿との縁などそんな……」

「む……俺とエーディ殿との縁か？」

何故か占い師気取りの少女まで狼狽《ろうばい》し素の声を出していたが、それ以上に驚き慌てふためいたのは騎士エーディリトだ。

「い、いや……そんなわたしとレオナルト殿との相性を占うなど……なあ、おい！」

「あた！　あたた！　何で私の肩を叩くんですか⁉」

その取り乱しようといったらなく、沈黙しなりゆきを見守っていた付き人の肩を何故か力強く叩くほどである。

「む……なるほど、同じ風騎士団で背中を預ける者同士相性を占ってもらうというのも一興か」

一方、騎士レオナルトはこれまた奇跡的な方向に勘違いしているらしくやたらと乗り気な様子であった。

「い、いや何もそこまでしなくても……」

「いいえ！　ここはぜひ占ってもらいましょう！」

「そうだな。俺もそれがいいと思うぞ」

「ええ……えと……ええと……」

そしてそれぞれがそれぞれの思惑で騒ぐ一同はこの時、スイカ割りに挑む騎士クリスタのことを完全に忘れていたのであった。


（己を知り、世界を知り、己を変え、世界を変える……）

完全な暗闇と化した視界の中……。

五感の一つを封じたことが幸いしてか、クリスタの感覚はむしろ研ぎ澄まされ今までになきほど鋭いものへとこれを変じさせていた。

「クリスタお姉ちゃん！　右！　右！」

「いやいや、ここは左かもしれませんぞ！」

「姉さん！　右前へ進んでください！」

周囲からは真実も偽りも交じっているであろう声が飛んできているが、今まで挑戦してきたものはこれに惑わされたからこそスイカをとらえることが叶わなかったのである。

今信じるべきものは、騎士としての修業で培ってきた己の直感のみ。

水着姿であるゆえルーンの刻まれた媒介は手にしておらぬが、それでもこの身は風の鼓動を感じずにはおれぬ。

そして偉大なる風女神《ヴァシレヴァ》の吐息たる風の流れは、真に倒すべき存在を捉え騎士に伝えると神話伝承では語られているのである。

ならば、もはや足を動かす必要すらなく……。

「――そこかっ！」

風騎士団において新鋭として知られる少女騎士は、必殺の投擲を放つのであった。

――全ては、風の導くがままに。


そして必殺の投擲《とうてき》は突如として吹いた突風により急

激に軌道を変えられ……。

見事、怪しげな占い婆の付き人へ変じていたフィリップの頭部へ直撃した。

「あ」

占いを巡って言い合っていた面々はもとより、止める間もなく投擲されたスイカ割りの面子も呆《ほう》けたような声を出す。

「……あれ？」

下手人たる騎士クリスタも手応えのおかしさに驚いたか、やや首をかしげて硬直していた。

「ぐ……う……」

唸りを上げるフィリップであるが、そこはさすがに選び抜かれた親衛騎士ということか……すぐさま気を失うような無様は見せぬ。

「そ……その、申し訳ないことを……」

目隠しを外し事態を把握した騎士クリスタが、心底から申し訳なさそうな様子で言葉を絞り出す。

だが実際のところ申し訳ないことばかりしているのはこちらの方であり、それを思うと怒る気には到底なれぬフィリップであった。

「い、いえいえ！　大したことないのでお気になさらず！　ええ！　それよりお婆様、急用を思い出したのでこの場を離れましょう！」

「え、ええ……ちょ!?」

そして不敬ながら占い婆へ変じたヴィンフリーデを抱え上げ、凄まじい速さでこの場を後にしたのである。

そして駆けに駆けた先では……偶然か神々の采配か、まだ砂浜に倒れ伏している騎士バルタザールの姿があった。

そこまでヴィンフリーデを運び、どうにかこれを下ろす。

「ちょ……いきなり何をするのです!?」

主はこの行動に不満を持っていたようであったが、あの場で一人きりにしてぼろを出させるよりは幾分かましであろうという判断である。

そう……さすがに風騎士団で新鋭として噂されるだけあって騎士クリスタの投擲は実に見事なものであった。

これを頭部に直撃したフィリップもただで済むはずなどなく……正直、すでに限界を通り越していたのである。

――占い師へ変じてエーディリトの縁占いをし、あることなきことを吹き込む。

計画その二の概要を聞いた時には騎士バルタザールのように痛い目を見ず済むと胸を撫で下ろしたものであったが、結局この僚友とは地獄まで一緒の付き合いということだろう。

「ちょっと！　フィリップさん、聞いているのですか⁉」

「すいませんフリーデ様……もう限界っす」

そしてそれだけを言い残し、忠義の親衛騎士フィリップは折り重なるように僚友の上へぱったりと倒れ伏したのであった。

「ちょ……フィリップさん⁉　――分かりました。お二人の死は無駄にはしません！」

――いいから助けを呼んで連れ帰ってくれないかな。

薄れゆく意識の中、フィリップの脳裏に浮かんだのはこの言葉である。

――りんご岩。

海水浴場として開放されている浜辺から五十メートルほどの沖に存在する奇岩の名がこれであった。

りんごの名から想起されるように丸々と見事な球形を形作っている巨岩なわけだが、瞠目すべきはそれこそりんごを断ち割ったかのごとく真っ二つにこれが割れている点であろう。

その断面たるやまこと滑らかなものであり、いかな魔術を用いたとしても人の身でこれを成し得るとは到底思えぬ。

では、自然に割れたのか？

はたまた、太古において海中にも存在したという魔物の所業か？

さもなくば、いずれかの神々が成した御業であるのか？

神話伝承の中においてすらその真相は語られておらず、全ては謎に包まれている……。

学者たちの間では様々な説が取り沙汰されるりんご岩であるが、浜辺を訪れた人々にとってこれは、

——格好の目印。


と、いう他にない。

大きさといい形といい見逃す余地がないほどに目立つ存在であり、さらには浜辺からおよそ五十メートルばかりという距離も水練にはほど良い。

友と共にこれを目印として泳ぎの速さを競い合ったというのは、リッカル者ならば誰もが胸の奥に仕舞っている思い出の一つなのである。


そして今また、その思い出を作り出すべく遮二無二波をかき分ける者たちの姿があった。

他でもなく、『レイ』の常連たちである。

昼食の準備に取りかかった店主、老齢ゆえに不参加を表明した大親方衆、まだ幼く参加はできぬマルグレート、そして先ほどの一件を反省し自主的に浜辺で正座しているクリスタを除いた一行は、己を一着として締めくくられる思い出を作り出すべく海中でしのぎを削り合っているのであった。

そして現在、集団の中で首位に躍り出ている人物こそレオナルトである。

これなるはまさに騎士として日々肉体をいじめ抜いてきた成果であり、また季節を問わぬ水練が訓練の中に盛り込まれる交易都市独特の騎士修業へ打ち込んできた身としては不甲斐なき姿を見せられぬという意地が発揮された結果でもあった。

これに続いているのは騎士エーディリトであり、領主の第一姫という立場にかかわらずこれだけの泳ぎを見せるのはそれだけ彼女が真面目に騎士修業をしてき

たという証でもあろう。

（しかし、悪いなエーディリト殿……泳ぎに関してあなたには負けぬよ……！）

だが、レオナルトには騎士エーディリトに負けることはないという絶対の自信があった。

彼女の場合何がとは言わぬがともかく水の抵抗を極端に受ける部分があるため、それだけレオナルトの方が優位に立っているからである。

逆にもし、騎士クリスタがこの競争に加わっていたならばレオナルトとて油断することはかなわなかったことであろう……何故かとは言わぬが。

（ともかく、この勝負もらった！）

勝利を確信し、一かき、また一かきと両腕を動かす。

「ばっ⁉」

そしていよいよりんご岩へその手が触れようとした時、レオナルトは海中で驚きの声を発し塩辛さに顔をしかめる羽目となったのであった。

自身の手がりんご岩へ触れようとしたその時……。

後方から恐るべき速度で己を追い抜き、先んじてりんご岩へ触れた者が存在したからである。

「ふっふ……騎士殿には申し訳ありませんが、こと泳ぎに関しては私もまだまだ余人には負けませんよ」

「ぬう……そうか、あなたはそうであったな」

立ち泳ぎへ移行し、悔しさに顔をしかめるレオナルトに対し勝者は穏やかな笑みを浮かべながら贅肉の乗った顎をさすってみせた。

その姿たるや余裕しゃくしゃくといった風であり、これを見れば己が終盤まで首位を保てていたのは手を抜かれていたからだというのは明らかだったのである。

「おお！　あなたが一位か⁉　大したものだ」

「俺も生粋のリッカル男だが、さすがに騎士様方や旦那にはかなわねえや」

「はっ……はっ……ぼくなんかは、もう皆さんについていくのが精一杯でしたよ」

「僕もです……分かってはいましたが、勉学ばかりでなまっていますね」

後から追いついた者らが口々に賛辞の言葉を述べ、普段は地位の割に決しておごったところを見せぬ勝者もこれには得意げな笑みを浮かべた。

「ほっほ……ま、若い頃に習い覚えたことは死ぬまで染みついているということですな……！」

泳ぐにはいかにも不利へ働きそうな小肥の肉体をものともせず一位に輝いたその人物こそ、御用商としてその名を知られしヨーゼフ・ヘルマーである。

四十も後半に達し、現在ではたるんでいるその体つきからは想像もつかぬことであるが……。

この人物こそ、一介の水夫から叩き上げで現在の地位へ上り詰めた生粋なる海の男であるのだ。

交易都市であり、また港湾都市でもあるリッカルにおいて一介の平民が描き得る全ての野望を果たしたのが彼であることを考えれば、この結果もまた当然のことであったといえるだろう……。


——死して屍拾うものなし。


遠巻きにしながら様子をうかがう周囲の人々など意に介さず、ついでにぶっ倒れている騎士バルタザールと騎士フィリップのことも意に介さず、ヴィンフリーデはローブを脱ぎ捨てその場を立ち去っていた。

無論、二人の第二姫御付親衛騎士が倒れたことに対し思うところがないわけではない。

だが、

（この縁結びを成就させることこそ、お二人の犠牲に対する何よりの報い……）

今や群衆で埋め尽くされた浜辺にただ一人取り残される形となったヴィンフリーデであったが、小さな胸に抱いた闘争心はますます燃え上がることとなっていたのである。

（見つけた……！）

幸いなことに姉姫一行は先ほど妙な遊びに興じていた場所から移動していなかったらしく、ほどなくその姿をとらえることができた。

（でも、人数が少ないですね……）

だが、ここでヴィンフリーデは首をかしげることとなる。

先ほどまではもっと大勢で遊んでいたはずなのであるが、今は少人数が残っているのみであった。

浜辺に座りながらのんびり雑談している老人らとその孫娘だろう童女はともかくとして、何故か正座している黒髪の貴族娘は姉姫の話にもよく出てくる……確かクリスタとかいう少女騎士であっただろうか。

そして姉姫の意中の相手である巨漢のふんどし男は何やらせっせと敷き物やバスケットを準備しており、見た目にはそこいらの騎士を遥かに凌駕するほどの偉丈夫であるというのにやっていることは小間使いか何かのようであった。

（お姉様たちは……？）

だが、他の面子は見当たらない。

そもそも無計画にここまでやって来たわけであるが、ともかく姉姫らの位置を把握しないことには何もできないのである。

だが、こと姉のことに関してならば熟練の猟犬すら凌ぐほどの嗅覚を発揮するのがヴィンフリーデという娘だ。

（――あそこですね）

見れば浜辺の名物として知られるりんご岩のところで、姉姫を含む残りの面々がのんびりと遊泳を楽しんでいたのである。

（――これは⁉）

この時、ヴィンフリーデ・リンデンベルクの脳裏に閃《ひらめ》いたのは当代随一の武人でありまた戦術家としても知られる祖父譲りの悪魔めいた権謀であったといえるだろう。

（そう……確か吟遊詩人の語る恋愛譚では、溺れた少女を殿方が助けることで恋に落ちるものがあった……！）

何という完璧にして隙のない策であろうか……。

王族たるヴィンフリーデは並の貴族数人分にも匹敵するほどの強大な魔力を幼き体に秘めており、神々から授けられしルーンも姉姫と同じ『風』『水』『土』だ。

このうち『水』のルーンを用いて海水の流れを操作すれば、油断している姉姫を溺れさせるくらい容易きことなのである。

今は水着姿ゆえルーンの刻まれた媒介は手にしておらぬが、ここは砂浜だ。それそのものが真白き帆布《はんぷ》であるといえる。

海辺で『水』のルーンを描いてしまえば、十分に使用可能な即席の媒介へと変ずるのだ。

(待っていてくださいお姉様……少し苦しいかもしれませんが、その先にはめくるめく愛の桃源郷が待っています……！)

敬愛する姉姫を己の手で溺れさせてどうするのだといった自己批判は、ヴィンフリーデの脳内に存在しない。

今この少女を支配しているのは、不意に思いついた詩の発想をこの世の何よりも優れたものとして勘違いする新人吟遊詩人のごとき頑迷な熱意なのであった。

「ふふ……うふふふふ……」

自身の天才的発想に陶酔しながら、妖しき笑みを浮かべて砂浜をほじる。

ぐるぐるとして落ち着かぬ挙動を繰り返す瞳孔が捉えているのは、すでにこの世の景色ではなく約束された勝利の未来であった。

「さあ……今こそ計画その三を……」

いよいよ描き上がった『水』のルーンに手をふれ、魔力を高める。

あまり大規模に魔術を発現させる必要はない……。ほんのわずか、水袋に収まる程度の水を操り足元へまといつかせれば人間を溺れさせるくらいのことは容易いはずなのだから……。

海水の一部がヴィンフリーデの魔術と意を受けて自在に蠢き、今は立ち泳ぎで他の者らと健闘を讃え合う姉姫のもとへと殺到していく。

制御された海水は離れていながらヴィンフリーデの体が一部も同然であり、その位置取りは正確に掴むことができた。

「——いざ！」

そしていよいよ粘性と圧力を変化させられた海水が姉姫の足へ絡みつこうとした時……。

「おいたはいけませんよ」

横合いから伸びた足が素早く、砂浜に描かれた『水』のルーンを削り取ってしまったのである。

それだけで魔術は効力を失い、行き場を失ったヴィンフリーデの魔力がむなしく霧散していく。

「あ……」

そしてふと見てみれば、ルーンを削ったその足は丸太のように太く石材を彫り上げて作り出したかのごとく隆々としたものであったのだ。

「どちらのお嬢様かは存じませんが、ここは皆の遊ぶ海水浴場……みだりに魔術を行使して良い場所ではありません」

「あ……あ……」

その人物は二メートルを超す長身に下帯一丁という一種異様な出で立ちであり、顔立ちもモンレーアの雷光として知られる武人たるヴィンガッセン侯を思わせる厳つきものであったが浮かべた笑みはただただ柔和で涼しげな代物であった。

「海水浴へ来てはしゃいでしまう気持ちは分かります……が、何事にも限度というものはある。分かりますね？」

「あ……はい……」

改めて間近で見ると姉姫の想い人は予想を遥かに上回るほどの迫力を有しており、ヴィンフリーデのような年頃の娘であればこれは泣き出してしまったとしてもおかしくはないところであろう。

が、そうならなかったのはこの人物がどこまでもやわらかな雰囲気を身にまとっており、その言葉もただ自分の意を述べるのではなく聞き手たるヴィンフリーデに染み入らせようとするかのようなものであったからだ。

（姉様が、好きになるはずだ……）

ほんの少し話されただけでも、この人物が見た目の奇態さなど問題にならぬ好人物であることを見抜けた。

「うん。分かったなら……よし」

ぽんと頭に手を乗せられ、くしゃりと撫でられる。

ただでさえ筋肉質な上にいくつもの肉刺ができているその手は心地よいとは到底言えぬものであったが、不思議とどこか心を落ち着かせる働きがあった。

「さ……一人で迷子になってもいけません。お家《うち》の人の所へ戻るとよいでしょう」

「……はい」

手の平が離れた後の頭が妙に熱い気がするのは、もしや日差しにやられたからだろうか……。

「うん。それじゃ、これは言うことをよく聞ける子へのご褒美です。後で食べるとよいでしょう」

「あ、ありがとうございます……」

ともかくヴィンフリーデは小さな蓋つきのバスケットを一つ手渡され、熱に浮かされたような足取りで倒れ伏す親衛騎士たちの元へと戻ることとなったのであった。

そのバスケットに筆で描かれた文様は見たことなきものであったが、ルーン文字に酷似したものだったのである。


その夜……。

目を覚ましていた二人の親衛騎士と共に浜辺を後にしたヴィンフリーデは、侍従らの目をかいくぐり何事もなかったかのように後宮の自室へ帰還することに成功していた。

手ぶらというわけではない……。

その手には、巨漢の青年から手渡された小ぶりなバスケットがあったのである。

「殿方からの貰い物なんて、お父様やお爺様を除けば初めて……」

ベッドに座り、高鳴る鼓動を抑えながら蓋を開く。

「きゃ……」

すると驚くべきことに、すでに夜を迎えようかという刻限とはいえ昼の残り香ともいうべき蒸し暑さに支配されていた室内で真冬のそれすら上回ろうかという強烈な冷気がそこから噴き出したのである。

「何……一体……?」

不可思議な現象に驚きながら中身をあらためると、そこに入っていたのは陶製のカップであった。

「ヨーグルト……?」

一見するとカップに収められたその品は、主神アガーフィヤも好むところである乳製食品であるかのように思える。

だが、大きな違いがあるとすれば乳白色の中に細かく刻まれた果実と思わしきものが散りばめられていることであろう。

「食べ物……なんですよね？」

丁寧なことにバスケットの中には木匙も添えられており、ヴィンフリーデは誰ともなしに呟きながらカップと木匙を手に取った。

意を決し木匙をカップに突き立てれば、返ってくるのはしゃくりとした手応えだ。

「これ……ヨーグルトじゃ……ない？」

そう、その手応えは明らかにヨーグルトのそれではなかった。

あえて例えるならば、冬場に降り積もる雪のそれに似たものだったのである。

だとすると、バスケットの中に満ちている不可思議な冷気はこの品へ淡雪のごとき特性を付加するためのものであるのか……。

導かれるように木匙を口へ運ぶと、王国民にとっては馴染み深く至高の味でもある乳精の風味が口いっぱいへと広がっていく。

だが、それだけではない。

（これ……いちじくが混ぜられている……!?）

細かく刻まれ混ぜられていた果実の正体は、今がまさに旬の盛りであるいちじくであったのだ。

果実としてはどこか甘みも酸味も控えたところのあるいちじくであったが、こうしてヨーグルトに混ぜられるとそれがむしろ丁度良い。

いちじくにしろ乳精にしろどちらかが突出するのではなく、互いに互いを認め合い渾然《こんぜん》一体となった味わいを生み出しているのだ。

しかもこれはいかなる手段を用いたか冷気によって冷やされており、しゃりしゃりとした歯ざわりと共に口内へ溶け落ちていくのが心身共に火照り上がった今のヴィンフリーデには何とも心地よい感覚であった。

ただ凍りつかせただけならば、このような仕上がりには決してならぬであろう。

その工程は想像の域を出ないが、おそらく冷やし固める過程で何度も丁寧に攪拌《かくはん》を加えており、それによって多量の空気を含まされたからこそこのような歯ざわりが生み出されているのだ。

「何て……心地のよいお味なのでしょう……」

うっとりと夢見るような眼差しで呟くヴィンフリーデであったが、この氷菓によって体が冷やされていくのとは裏腹に心の熱量というものは否応なしに高まるばかりであることを自覚していた。

「嘘……」

早鐘のように脈打つ胸を抑え、今生まれようとしている感情は違うものであると己に言い聞かせる。

だが、どう考えてもこれは……吟遊詩人の歌う恋愛譚にて語られるそれと同一のものであったのだ。

「わたし……あの方のことを……?」

思えば、自分を正面きって叱る殿方に出会うなどあれが初めてのことであった……。

しかしそれが己に与えた感情はといえば決して屈辱などではなく、ひどく甘美で……そして淡く熱をもったものだったのである。

「や……駄目……姉様と同じ方を好きになるなんて……」

幼姫は肩を抱きすくめながらくねくねと身を動かし、禁断の妄想へと埋没していくのだった……。

転生冷術士の酒場経営／完

あとがき

本書で初めてお会いする皆様には初めまして、「小説家になろう」様で連載させていただいているWEB版からの読者の皆様には物理書籍でもお目にかかれたことを光栄に思います。普通のフリーターです。

いや、もう「普通の」フリーターを名乗るのはどうなのかとも思えるわけですが、それでも私が普通のフリーターを名乗るのはひとえに皆様への感謝を忘れぬためです。

一フリーターにすぎぬ私がこうして商業形態で作品を発表できたのは急速な発展を遂げ成熟しつつあるWEB小説文化のおかげであり、また、感想という形でエールをくださった読者の皆様方のおかげであるわけですから……。

そもそも本作の発端は買ってきたばかりで十分に冷えてないビールをうっかり開けてしまったことにありまして、きちんとおいしくいただけなかったビールを供養する思いで書いた短編小説にあります。

これは今でもプロト版と称して「小説家になろう」様へ残してあるのですが、これを読まれた方々の感想に後押しされる形で連載へ踏み切りこうして書籍となったのですから、思えば遠くへ来たものです。

あとがきから読み始める派の方にここでお教えすると本書にはWEB版へ掲載してない書き下ろしが一編存在するわけですが、これは読者の皆々様への感謝と出版デビューの気合いを込めて書かせていただきました。

書き下ろしの主人公である彼女は、状況的に出ないと不自然な場合のみWEB版へも顔出ししていますが、基本的には書籍で活躍する予定の人物です。いわゆる一つの課金コンテンツですね。普通の「フリーター」である私の欲しているものがごと如実に表れていると言えます。げへぺろです。

最後に、担当編集のO様、美麗なイラストを描いてくださった吉武先生、ありがとうございます。引き続きよろしくお願いいします。

そして重ねて、本書を手に取っていただいた皆様へ尽きぬ感謝を……。

普通のフリーター

人物設定資料

吉武先生により描かれた「転生冷術士の酒場経営」に登場する、
キャラクターたちの設定ラフ絵を公開！

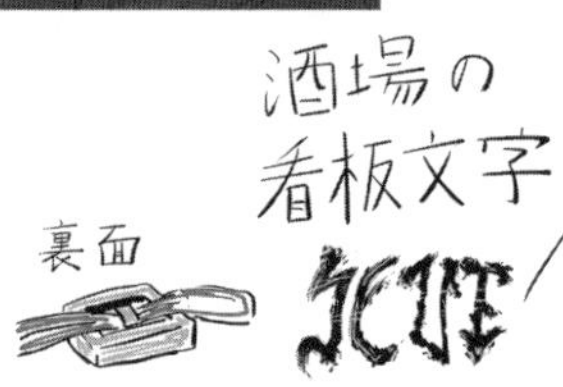

アルフレート・ヴィンガッセン

本編の主人公。愛称はアルで由来は中国数字のイー、アル、サン、スー。二番目という意味である。

……のはずだったのだが、第一話で名前を出し忘れるという筆者の凡ミスにより名無し主人公を貫く羽目になった哀しみの戦士。

　年齢：20歳

　身長：身の丈は二メートル

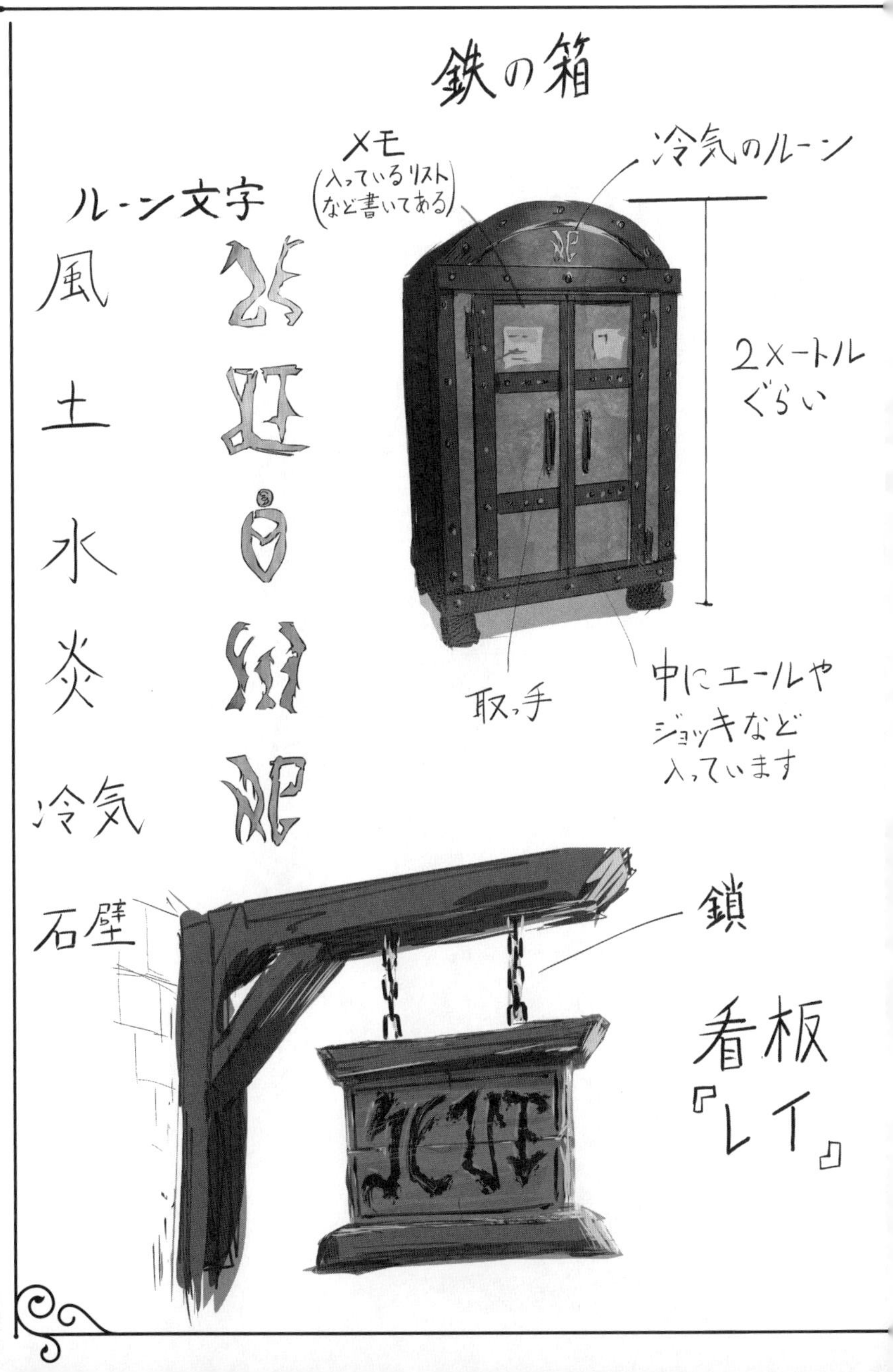

鉄の箱
メモ
(入っているリスト
など書いてある)
冷気のルーン
ルーン文字
風
土
水
炎
冷気
2メートル
ぐらい
取っ手
中にエールや
ジョッキなど
入っています
石壁
鎖
看板
『レイ』

レオナルト・エーベルス

どっかの姫騎士のせいで、最近影の薄い準レギュラー。平凡な下級貴族家出身であり、魔力も並。『風』のルーンを授かる。しかしながら魔術の制御及び剣術、馬術で抜きん出た実力を誇っており、地味ながらも数々の手柄を立ててきた実力派。

年齢：20 台半ば
身長：178 センチ

兜
鎖
小物入れ
マント
武器設定
ルーン効果を
使うと光る感じです
通常時
使用時
ルーン
文字
柄のデザインは
エーディリトのものです
拡大
ルーン文字
うっすら見える
感じです
光ります
視認性の
関係で
単色です
使用ルーンに
よって光る色が
変化します
略式鎧
男女共通

エーディリト・リンデンベルク

本作におけるオチ担当で、ぽんこつ姫騎士様である。最初は典型的姫騎士キャラにする予定が、思ったより読者のヘイトを集めすぎたため緩和を図ったところ異次元生命体と化した人物。店主に匹敵する魔力を持っており『風』『水』『土』のトリプルホルダーである。

年齢：16歳　身長：157センチ

クリスタ・ビーガー

ルッツの双子の姉でエーディリトの付き人。ルーンは『風』と『水』の二つを持ち、それに相応しい魔力量も持つ。（おそらく、出生時にルッツから吸いとったのだと思われる）

年齢：15歳　身長：153センチ

マルグレート

鍋工房の孫娘。エーディリトを遥かに上回る知性とクリスタをわずかにしのぐ胸部を供える、末恐ろしき少女……。

年齢：9歳　身長：132センチ

ヴィンフリーデ・リンデンベルク

エーディリトの妹であり、書籍オリジナルのヒロインキャラ。今回の一件で、筋肉フェチへと目覚める……。姉と同じく『風』『水』『土』のトリプルホルダー。

年齢：10歳　身長：141センチ

ルッツ

店主の弟子であり、『レイ』のスタッフたる見習い料理人。極めて微弱な魔力の持ち主であり、一応は『水』のルーンを授かっている。

年齢：15歳　身長：159センチ

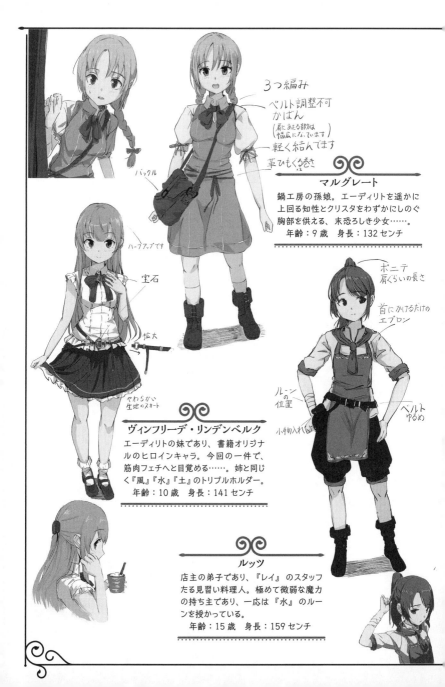

MAG Garden NOVELS

転生冷術士の酒場経営

発行日　2016年7月24日 初版発行

著者 普通のフリーター　イラスト 吉武
©normal freeter

発行人　保坂嘉弘
発行所　株式会社マッグガーデン
〒102-8019 東京都千代田区五番町6-2
ホーマットホライゾンビル5F
編集 TEL：03-3515-3872　FAX：03-3262-5557
営業 TEL：03-3515-3871　FAX：03-3262-3436
印刷所　株式会社廣済堂
装　幀　佐々木利光（F.E.U.）

ISBN978-4-8000-0592-2 C0093